DISCOURSE 54

How to Read LITERATURE

如何閱讀文學

Terry Eagleton

泰瑞·伊格頓 黃煜文◎譯

推薦序

大師小烹，金針度人
——序伊格頓《如何閱讀文學》

單德興

去年（2013）六月，我赴愛爾蘭參加《格理弗遊記》（*Gulliver's Travels*）的作者綏夫特（Jonathan Swift, 1667-1745）就任聖帕提克大教堂總鐸三百週年慶，向文學大家致敬。我特地取道倫敦，走訪一些名勝古蹟與文教之地，著名的書店街查令十字路（Charing Cross Road）當然是參訪的重點，尤其是以學術書籍聞名的黑井書店

（Blackwell Bookstore）。當我在書架上看到伊格頓的新書《如何閱讀文學》（*How to Read Literature*）時，既驚又喜：驚的是這位歐美的文學理論與批評大師竟然願意寫這麼一本入門書；喜的是他為了提升文學教育、培養讀者「對於語言的敏感」（sensitivity to language）而拔筆為文。一想到「大師為了普渡眾生而出手」，我不禁會心一笑。

我站在書架前翻閱，先從序言了解作者撰寫此書的良苦用心，再從目錄認識全書架構，並閱讀內文中對一些古今文學名著的品評，尤其是我曾譯注的《格理弗遊記》。看到伊格頓對於西方文學名著信手拈來，旁徵博引，精讀細品，不時夾雜著英國人特有的幽默，透露出個人的立場，即使讀者不見得完全同意他的看法，也會折服於他的博學，欣賞他的評論與個性，油然生出「斯人也而有斯文也」之感。

其實華文世界對伊格頓並不陌生。一九四三年出生於英國曼徹斯特的他，是第三代愛爾蘭移民，來自工人家庭背景，家境寒微。但他聰敏好學，得以就讀劍橋大學，從學於文化批評大家威廉斯（Raymond Williams, 1921-1988），先後任教於牛津大學、曼徹斯特大學、蘭開斯特大學、愛爾蘭國立大學等。伊格頓的著作等身，至今已超過四十本，至少有下列幾本譯成正體字流通於華文世界——《文學理論導讀》（*Literary Theory:*

An Introduction, 1983；吳新發譯，書林，1993）、《馬克思》（*Marx*, 1997；李志成譯，麥田，2000）、《文化的理念》（*The Idea of Culture*, 2000；林志忠譯，巨流，2002）、《理論之後》（*After Theory*, 2003；李尚遠譯，商周，2005）、《生命的意義是爵士樂團》（*The Meaning of Life*, 2007；方佳俊譯，商周，2009）、《散步在華爾街的馬克思》（*Why Marx Was Right*, 2011；李尚遠譯，商周，2012）。尤其是《文學理論導讀》一書自問世以來便風行全球，譯成多種語文，研讀當代文學理論的學者與學子幾乎人手一冊，售出逾百萬冊。該書合法授權版中文正體字譯本出版至今二十年，已增訂二版九刷，售出逾萬冊，讀者以英／外文系的大學生為主，也有中／台文系所的大學生與研究生，更普及一般社會人士。

如果說《文學理論導讀》因為討論的主題是文學理論所以顯得內容較深奧，風格較抽象，寫作態度較嚴肅；那麼《如何閱讀文學》則是文學導讀，不僅解說文學作品與賞析的重要因素，並針對特定文本加以批評示範。相形之下，《如何閱讀文學》的文字更簡單，風格更具體，寫作態度更為平易近人。全書提綱挈領，娓娓道來，內容豐富，舉重若輕。從史詩、詩歌到童謠，從聖經、莎士比亞到《哈利・波特》……有如大師小烹，談笑風生，左右逢源，揮灑自如，處處展現了作者的學養與見地，也不時流露出性情與幽默。

在二〇一二年六月四日《牛津人評論》（*Oxonian Review*）的訪談之中，伊格頓透露自己有一本書即將出版，書名有些老調（當時提到的書名是《如何研究文學》〔*How to Study Literature*〕）。撰寫此書的動機，在於他擔心「文學批評幾乎死了」，當年在劍橋大學所學的，像是「仔細分析語言，回應文學形式，道德嚴肅感」已邈然無蹤，而他「很珍惜的對於語言的敏感」也消逝了。他之所以有此慨嘆，起因於二〇〇一年在曼徹斯特大學任教時，驚覺學生閱讀文學的能力低落，「能對一首詩的背景深入了解，卻不知如何就詩論詩」。他坦言「明年要出的這本書，其實就是試著把我心目中的文學批評重新納入自己的行動方針」，並提到該書要「討論的問題就是價值、好壞、形式、主題、語言、意象諸如此類的事」，而這些是他「往昔不假思索就在做的事」。

身為當代文學理論的代表性引介者與推廣者，竟然會如此關切「喪失細讀的傳統」（the loss of the close reading tradition），也許令人覺得反諷。但他指出，理論與閱讀之間的對立其實並不成立（照他的說法是「偽對立」〔a false opposition〕），因為「一眼望去，偉大的理論家，從哈特曼（Geoffrey Hartman）、詹明信（Frederic Jameson）、克莉絲特娃（Julia Kristeva）到德希達（Jacques Derrida），幾乎都是很仔細的讀者——對一些人來說，德希達是太過仔細的讀者。」在他看來，問題與其說是出在理論，不如說是出在「媒體、後現代主義、一般文化的變遷、書寫文字的狀態等等」。這位立場鮮明的左派文學批評家並不諱言，只要有人支持「回歸對於語言的敏感」，即使彼此政治立場南轅北轍，也都能在精讀細品文學中找到共通點。

伊格頓在簡短的序言開宗明義指出，「尼采所稱的『慢讀』（slow reading）傳統正面臨逐漸消失的危機」，正是這種危機感促使他寫這本書，希望它不僅「可以充當初學者的指南」，也能對文學研究者或愛好者「有所幫助」。他自言「希望提供讀者與學生一些基本的批判工具」，增加他們對於一些作家、作品與文學思潮的認識。依他之見，感性的喜好與理性的分析、批判不僅不矛盾牴觸，反而能相輔相成，令人對文學作品既知其然，更知其所以然，而且說得出一番道理。換言之，他是抱持著「欲將金針度與人」的動機，將數十年閱讀文學、從事批評與鑽研理論的心得與功力，以淺易的文字傳授給讀者，目標在於提升文學評論技巧與語言敏感度。這個動機與目標，與多年大力提倡並躬身實踐精讀、慢讀的我國作家王文興如出一轍，而後者對於慢讀的要求更是有過之而無不及——理想的速度為「一小時一千字，一天不超過兩小時」，以深入體會一字一句的好處。

序言中表明此書「將試著說明各種問題，例如敘事、情節、人物、文學語言、小說性質、批判性的詮釋問題、讀者的角色與價值判斷的問題。」全書五章，第一章「開頭」（Openings）討論文學作品如何起頭以抓住讀者的注意，接著論述文本中令人印象深刻的「人物」（Character）以及吸引人往下閱讀的「敘事」（Narrative），繼而說明「詮釋」（Interpretation）的作用與意義，歸結於作品的「價值」（Value），其架構基本上由淺入深，由具體而抽象，舉證豐富，條理清晰，文字平易。

第一章「開頭」強調作品的文學性，指出除了要留意文學作品「說什麼」（內容）之外，也要留意「怎麼說」（表現方式），接著針對一些著名的小說、戲劇、詩歌以及聖經的開頭，以文本分析來示範文學批評的手法，剖析各文本開頭的技巧、意義與作用，因為作者都在「開頭使出看家本領，希望藉此讓人留下印象，吸引住讀者飄忽不定的目光。」

第二章「人物」指出文學作品中的人物只存在於文本中，於讀者閱讀時才存在，接著列舉 character 一字的不同意涵，說明文學作品中的不同人物與類型，人物與語言、環境、脈絡的關係，特別著墨於寫實主義與現代主義的不同的人物觀與呈現方式：前者的典型「通常合理而穩定，前後一致」；後者則複雜、深邃而不穩定，並更著重於語言本身。

第三章「敘事」論述小說中不同的敘事觀點、特色與限制，可靠與不可靠的敘事者，戲劇則透過劇中人來表達不同的觀點，敘事與人物的關係，作者與作品的關係，顯示（showing）與訴說（saying）之別，寫實主義、現代主義與後現代主義的不同的敘事觀與對結局的看法，說故事的昔今之別，敘事與情節的不同等等。

第四章「詮釋」強調文學的特色在於虛構性而且是「可攜帶的」（portable，也就是不限於特定的時空與脈絡），文本的意義必須藉由讀者參與創造，既非一成不變，也不能隨便強加，而解讀與詮釋文學時固然要運用想像，也必須依照邏輯與文本證據，然而文學作品並「沒有唯一與正確的詮釋」，只要持之以據，言之成理，便可存此一說，增加文本的豐饒繁複。

第五章「價值」列舉評斷文學作品好壞的一些普遍的假定（如原創性、真實的描述、普世的主題、深刻性與複雜性、形式的統一、語言的創新），接著以作品來說明這些假定雖然合理，卻不是毫無問題，並證諸新古典主義、浪漫主義、現代主義與後現代主義的不同的藝術觀與評價，而偉大的文學作品的價值雖很難說是「永恆」或「普世」，但藉由一代代的閱讀與詮釋可使文本不斷產生新意，獲得新生，穿越不同的時空，感動不同的讀者。然而，全書結尾時留下一個「陰魂不散」的問題讓讀者去思索。此處由於篇幅所限，僅能略述，細節有待讀者閱讀全書，仔細體會。

《如何閱讀文學》除了注意文本細節（微觀），闡明不同文學主義與流派的差異

（宏觀）之外，也透露了伊格頓的左派觀點與英式幽默。在左派觀點方面，如「狄更斯晚年讚美擁有實作技術的人，輕視那些靠股票與股份生活的人。體力勞動是真實的，紙上富貴是寄生在別人的勞動之上」；「在十九世紀，文學對工人階級來說是一種感受方式，它讓工人有機會想像騎馬帶著一群獵犬外出打獵是什麼樣子，或嫁給貴族是什麼感覺，因為這些事情現實上不可能發生。因此詩與小說值得閱讀的理由又多了一個。」在英式幽默方面，如「許多文學作品會回溯過去，但很少有比《創世記》還要遠古的。想比《創世記》更往前回溯，恐怕會從世界的邊緣掉落」；「像簡・愛這樣的女主角，自以為是、愛說教、稍微帶點受虐狂傾向，恐怕很少有人願意跟她一起共乘計程車」；「馬克白夫人到底有幾個孩子，數目是不確定的，這或許可以讓她便於申請兒童福利給付。」

這類大師現身說法之作及其翻譯自有用意與效應。傅月庵在〈2013開卷好書獎——

非文學類／評審報告〉中便語重心長地指出，每年台灣的數萬本出版品中，相較於中文創作，翻譯作品「相對豐饒多元，深入淺出，類皆佳作」。他進一步指出這些外國作者的背景主要有二：一為學術界，一為新聞界。後者是「長期關注、調查某一主題，用心寫成」；前者的特色則是「學有專精的學者或各行各業的專家，放下身段，以簡白的文字，舉重若輕地闡述專門學科或一己之見，造福普通讀者。」《如何閱讀文學》顯然屬於後者，藉由專家學者的投入，甚至大師的加持，讓一般讀者能對特定的議題具有基本的認識。

伊格頓以資深讀者的文學喜好、批評家的敏銳功力與理論大師的豐富學養，回歸到作品本身，根據特定的文學與批評因素，解讀文本細節，彰顯作家的巧妙與作品的特色，並置於更寬廣的文學與文化脈絡，大力推動博雅教育，藉此培養讀者對於語言的敏感以及批判的能力，進而將這種識讀能力（literacy）運用於人生各方面。此書特意以簡易的英文寫成，讀者閱讀中譯之餘，若有興趣也可直接閱讀英文原本，欣賞其文字風格，當更能體會作者的用意，而有另一番感受。

基於上述種種特色，本書值得肯定與推薦。不容諱言的是，每位批評家都有其背景、特色與限制。伊格頓所舉的例證為西洋文學，主要是英國文學，讓讀者能透過他深入淺出的解說進入文學殿堂，獲得一些解讀語言與文本的技巧，領會這些文學作品微妙之處，既「看熱鬧」，又「看門道」，進而如法炮製，運用於其他文本。若讀者讀過這些作品，正可印證自己的閱讀經驗；若尚未讀過，希望書中的觀察與評論能引發讀者的興趣，進而閱讀這些文本，嘗試自行品評。

伊格頓在《文學理論導讀》〈中文版前言〉結尾特地提到，「台灣的社會一定可依自身的方式辨識出許多此類問題。這些都是普受關注的問題，我樂於有此機會與更廣泛的讀者分享個人在這些問題上的看法。」《如何閱讀文學》也可作如是觀。有鑒於此書的寫作動機、呈現方式與目標效應，至盼華文世界的大師級學者／讀者也能懷著廣結善緣、金針度人之心，針對普受關注的文學議題，根據華文文學、比較文學與世界文學的脈絡，寫出類似的作品，讓華文世界的讀者有機會分享資深讀者多年精讀、鑽研文學的心得與看法，與此書參照，以培養文學興趣，精進閱讀技巧，磨練批判工具，拓展視野，提升眼界，共同為「文學共和國」開疆闢土，貢獻心力。

二〇一四年一月十六日

台北南港

（本文作者為中央研究院歐美研究所特聘研究員）

contents

〈推薦序〉大師小烹，金針度人——序伊格頓《如何閱讀文學》　單德興　6

〈自序〉分析並非樂趣的敵人　20

【第一章】開頭　23

作品可能是陰鬱的、臨場發揮的、迂迴的、口語的、簡練的、令人厭煩的、能言善道的、誇飾的、諷刺的、簡明的、不矯飾的、惱人的、訴諸感官的、有力的等等。所有的批評策略都有一個共通點，那就是對語言有著高超的敏感度。即使是驚歎號，也值得人們寫下數句批判評論。

【第二章】人物　89

我們無疑可以藉由閱讀文學作品來拓展我們的經驗。想像可以彌補我們在理解真實時效率上的不足……在十九世紀，文學對工人階級來說是一種感受方式，它讓工人有機會想像騎馬帶著一群獵犬外出打獵是什麼樣子，或嫁給貴族是什麼感覺，因為這些事情現實上不可能發生。因此詩與小說值得閱讀的理由又多了一個。

【第三章】敘事　137

情節是敘事的一部分，但情節無法道盡敘事的全貌。我們一般將情節稱之為故事的重要行動。情節決定了人物、事件與處境三者相互連結的方式。情節是敘事的邏輯或內在動力。亞里斯多德的《詩學》提到，情節是「事件或故事裡各種被完成事物的結合」。簡言之，當某人問我們這篇故事在說什麼時，他想知道的就是所謂的情節。

【第四章】詮釋　187

所有的知識在某種程度上都需經過一段粹取的過程。以文學批評來說，這表示我們要往後退個幾步，從各個角度來觀看作品。這麼做並不容易，部分是因為文學作品往往歷經一段時間與過程才得以完成，我們很難一眼就看穿作品的各個面向。我們要後退幾步，但我們也不能離得太遠，不能與作品的有形外在脫節。

【第五章】價值　267

文學經典是經得起時間考驗的。隨著時間演進，它會獲得各種不同的詮釋。就像一名年邁的搖滾巨星，他會隨著觀眾的不同而做出調整。即使如此，我們也不該認為文學經典一直處於受歡迎的狀態。就像企業一樣，它們有可能關門大吉一陣子，然後又重新開張。文學作品往往隨著歷史環境的變遷，而有人氣榮枯的變化。

作者序

分析並非樂趣的敵人

與踢踏舞一樣，分析文學作品是一件非常累人的事。尼采所稱的「慢讀」傳統正面臨逐漸消失的危機。藉由仔細地考查文學形式與技巧，本書想略盡棉薄之力以挽救這項傳統。我希望這部作品可以充當初學者的指南，也希望這本書能對已經投入文學研究或在空閒時喜歡閱讀詩、劇作與小說的人有所幫助。我將試著說明各種問題，例如敘事、情節、人物、文學語言、小說性質、批判性的詮釋問題、讀者的角色與價值判斷的問題。本書將討論幾個作者，以及一些文學潮流如古典主義、浪漫主義、現代主義與寫實主義，讀者也許會想了解這些思潮。

我想，一般人都知道我是文學理論家與政治批評者，有些讀者也許會想，這跟這本書有什麼關係。答案是，想從文學作品找出政治或理論問題，必須對文學作品的語言有一定的敏感度。在此，我希望提供讀者與學生一些基本的批判工具，如果少了這些工具，他們不可能繼續討論其他的問題。我希望在過程中顯示，批判分析可以是有趣的，而這麼做有助於破除分析是樂趣的敵人這樣的迷思。

泰瑞・伊格頓

Chapter 1
開頭

作品可能是陰鬱的、臨場發揮的、迂迴的、口語的、簡練的、令人厭煩的、能言善道的、誇飾的、諷刺的、簡明的、不矯飾的、惱人的、訴諸感官的、有力的等等。所有的批評策略都有一個共通點，那就是對語言有著高超的敏感度。即使是驚歎號，也值得人們寫下數句批判評論。

想像你正在聆聽著一群學生圍著會議桌討論艾蜜莉・勃朗特（Emily Brontë）的小說《咆哮山莊》（*Wuthering Heights*）。他們的對話大概就像這樣：

學生A：我看不出凱瑟琳（Catherine）與希斯克里夫（Heathcliff）的關係有什麼了不起的。他們只是兩個鬥嘴的孩子。

學生B：他們兩個算不上有「關係」吧，不是嗎？他們比較像是兩個自我神祕地結合在一起。你沒有辦法用日常語言描述它。

學生C：為什麼不行？希斯克里夫不是什麼神祕主義者，他是個畜生。這傢伙不是什麼拜倫式的英雄；他很邪惡。

學生B：好吧，所以是誰讓他變成這樣？當然，是山莊的人。他小的時候還很好。山莊的人認為希斯克里夫配不上凱瑟琳，不答應他們的婚事，所以他就變成凶殘的人。但至少他不像艾德加・林頓（Edgar Linton）那樣軟弱無能。

學生A：的確，林頓是有點懦弱，但他對待凱瑟琳的方式比希斯克里夫好太多了。

這個討論有什麼問題？他們提出的觀點相當具有洞察力。看得出來大家不只是讀了前面五頁而已。沒有人以為希斯克里夫是堪薩斯州的一個小鎮。這裡的問題在於，如果有人從未聽過《咆哮山莊》這本書，而只是在一旁聆聽這段討論，他們將渾然不知這群人是在討論一本**小說**。他們或許會以為這群學生是在聊朋友的八卦。也許凱瑟琳是商學院的學生，艾德加・林頓是藝術學院的院長，而希斯克里夫是精神有問題的舍監。他們沒有提到小說運用什麼技巧來營造這些人物。沒有人問這本書對於這些人物抱持什麼樣的態度。書中的判斷是前後一致，還是模稜兩可？小說使用了何種意象、象徵與敘事結構？這些手法是否加強了我們對書中人物的感受，還是減輕了？

當然，如果討論持續下去，我們一定可以發現學生是在討論小說。有時候，我們很難區別文學批評家談論詩與小說，與談論現實生活有什麼不同。這其實沒什麼大不了。然而最近這種現象似乎有愈演愈烈的趨勢。研究文學的學生最常犯的錯誤，就是他們直接探求詩或小說說了什麼，而忽略了詩或小說用什麼方式來說。這種閱讀方式，忽略了作品的「文學性」——這是一首詩、一部劇作或一本小說，而不是一篇內布拉斯加州土壤侵蝕報告。閱讀文學時，必須格外警醒，要留意語調、情緒、節奏、文類、句法、文法、組織、韻律、敘事結構、斷句、歧義——事實上，這些該留意的東西都屬於文學的「形式」。當然，我們也可以用這種「文學」方式來閱讀內布拉斯加州土壤侵蝕報告。這意謂著我們要特別留意語言的表現方式。在一些文學理論家眼中，這麼做已足以讓土壤報告變成一部文學作品，只不過無法與《李爾王》（*King Lear*）這類大作相比。

形式不只是內容的載具

當我們提到「文學」作品時，有部分的意思是指，要了解作品說了**什麼**，必須從作品**怎麼**說這件事入手。這種寫作方式把語言的內容與語言的呈現方式緊緊結合在一起。語言是由現實或經驗構成的，而不只是現實或經驗的載具。例如道路交通標誌寫著，「道路施工：預計往後二十三年蘭斯波頓外環道將出現長期壅塞」。在這裡，語言只是思想的載具，因此可以用各種不同的方式來表達。稍微用心的地方政府還會用韻文的方式來呈現。如果他們不確定外環道壅塞的現象何時才能結束，他們很可能會用 God Knows（天曉得）來配合 Close（封閉）的韻腳。相反地，「百合腐壞，其臭更甚於野草」（Lillies that fester smell far worse than weeds），這句話就很難換個方式來表達，無論怎麼改換，都可能讓原句面目全非。類似這類的表達方式，我們稱之為詩。

當我們說，我們應該從文學作品的表現方式來了解表現的內容時，並不表示我們認為這兩種方法可以完全吻合。舉例來說，你可以用彌爾頓式（Miltonic）的無韻詩來描述田鼠的一生。或者，你可以用嚴謹的格律來表達對自由的渴望。在這類例子裡，形式與內容產生耐人尋味的衝突。歐威爾（George Orwell）的《動物農莊》（*Animal Farm*）把布爾什維克革命的複雜歷史，放入簡單易懂的農場動物寓言形式裡。像這種情形，批評者也許會提到形式與內容的緊張關係。他們也許會把這種不一致，視為作品意義的一部分。

我們方才聽到學生的爭論，他們似乎對《咆哮山莊》抱持著不同的看法。這引起了一連串的疑問，而嚴格來說，這些疑問與其說是和文學批評有關，不如說它們屬於文學理論的範疇。詮釋文本與什麼有關？詮釋是否有對錯之分？我們是否能證明某個詮釋比另一個詮釋更有效？是否有一個小說的真實敘述是到目前為止還沒有人提出來的，或者未來也不會有人提出來？有沒有可能學生A與學生B對希斯克里夫的說法都是對的，即使他們的觀點存在嚴重的歧異？

或許會議桌旁的學生已經發現這些問題，但近來絕大多數的學生卻沒想到這一點。對他們來說，閱讀是一件相當單純的事。他們沒有發現，光是說出希斯克里夫這個名字，本身就充滿豐富的意涵。畢竟，我們都知道希斯克里夫並不存在，因此把他當成實際存在的人來討論的確有點奇怪。確實，有些文學理論家認為這些文學角色真的存在。有些人相信星艦企業號（Enterprise）真的有熱遮罩。有些人相信福爾摩斯（Sherlock Holmes）真有其人。還有些人認為狄更斯（Dickens）筆下的匹克威克先生（Mr. Pickwick）是真實人物，即使我們未真的看過他，但他的僕人山姆‧威勒（Sam Weller）卻曾親眼目睹本人。這些人不是瘋子，他們是哲學家。

複雜的觀看

這群學生在對話時，忘記了他們的爭論與小說的結構是有關聯的。《咆哮山莊》講述的故事，交織著各種不同的觀點。既沒有「旁白」，也沒有可信任的單一敘事者來引導讀者做回應。相反地，我們看到的是一連串的描述，有些描述或許比別的描述更可靠，而每個描述都能套入前一個描述之中，就像層層堆疊的中國套盒一樣。小說把一段又一段的小敘事交織起來，在描述人物與事件的同時，卻未告訴我們是什麼構成了這些人物與事件。它不急著讓我們知道希斯克里夫是英雄還是惡魔，奈莉・丁（Nelly Dean）是精明還是愚蠢，凱瑟琳・恩肖是悲劇女主角還是被寵壞的孩子。這使得讀者很難給予故事一個明確的判斷，而小說中紊亂的時間順序更增添了這方面的難度。

有人把這種狀況稱為「複雜的觀看」（complex seeing）。我們可以把這種「複雜的觀看」拿來與艾蜜莉的姊姊夏綠蒂（Charlotte）的小說做比較。夏綠蒂的《簡・愛》（*Jane Eyre*）只用一種觀點描述，那就是女主角自己的觀點，所以讀者只能就簡・愛的描述來思考。書中沒有任何角色可以提出任何描述來挑戰簡・愛的觀點。身為讀者，我們也許會懷疑簡・愛的描述或多或少對自己稍有迴護，或偶爾帶點惡意。但小說本身並未承認這一點。

與《簡・愛》相反，在《咆哮山莊》裡，每個角色提供的都是片面而帶有偏見的描述，但這些描述卻成為作品結構的一部分。我們從一開始就注意到這一點，因為我們發現小說的主要敘事者洛克伍德（Lockwood）根本談不上是歐洲最聰明的男子。他只隱約感覺到身旁發生了詭譎之事。奈莉・丁是個充滿偏見的說故事者，她對希斯克里夫充滿敵意，而她的敘事不可盡信。在咆哮山莊看到的故事，與鄰近的畫眉田莊（Thrushcross Grange）所看到的故事，兩者之間存在著不一致。儘管如此，兩種說法都各自成理。希斯克里夫也許是個殘忍的虐待狂，但他也是個曾遭拋棄的受虐者。凱瑟琳也許是個任性的孩子，但當她長大成人之後，也懂著尋求自我的實現。小說並未要求我們做出選擇。相反地，它允許我們同時保有兩種緊張衝突的觀點。但這不表示我們必須從中選擇一條合理的中間路線。在悲劇裡，中庸之道極其難尋。

因此，重點是不能將虛構與現實混為一談，在桌旁討論的學生顯然陷入這樣的危險。莎士比亞《暴風雨》（*The Tempest*）的主角普羅斯彼羅（Prospero）在戲的末尾走向臺前，提醒觀眾不能犯下這個錯誤；但他採取的方式，顯示一旦混淆了藝術與真實世界，那麼他的警告對於真實世界也就沒有用處了：

現在我已把我的魔法盡行拋棄，

剩餘微弱的力量都歸於我自己，
橫在我面前的分明有兩條道路，
不是終身被符籙把我在此幽錮，
便是憑藉你們的力量重返故郭。
既然我現今已把我的舊權重握，
饒恕了迫害我的仇人，請再不要
把我永遠錮閉在這寂寞的荒島，
求你們解脫了我靈魂在的系鎖
賴著你們善意殷勤的鼓掌相助。❶

在這裡，普羅斯彼羅要求觀眾能夠鼓掌，也就是他所說的，「賴著你們善意殷勤的鼓掌相助」。藉由鼓掌，劇院裡的觀眾承認他們所看到的是虛構之物。如果他們未能認識到這點，那麼他們與舞臺上的人物將彷彿繼續深陷在戲劇的幻覺裡一樣。演員無法離開舞臺，而觀眾只能繼續僵在觀眾席上。所以普羅斯彼羅才說，他有被「符籙」錮閉在荒島的危險，意思是指觀眾不願從他們沉迷的戲劇幻想中離開。相反地，彷彿他被捆綁在觀眾的想像世界中難以逃脫似的，觀眾必須用自己的雙手鼓掌才能釋放他。而鼓掌時，觀眾也在心中坦承這不過是一齣戲；而坦承乃是整個過程的核心，必須如此，這齣戲才能產生真正的效果。如果觀眾不鼓掌、不離開戲院返回真實的世界，那麼他們就無法把劇作所給予他們的啟示落實在生活上。想要讓戲劇的魔力生效，這個符咒就必須予以破除。事實上，當時的人相信，吵鬧的聲響可以破除符咒，而這也是普羅斯彼羅要求觀眾鼓掌的另一層含意。

想成為一名文學批評者，除了學習別的事物，了解如何使用某些技巧也非常重要。跟許多技術一樣——如戴著水肺潛水或吹長號——從實踐中學習文學批評的技巧，要比從理論中學習容易得多。這些技巧都與仔細注意語言有關，不能像看食譜或洗衣清單一樣瀏覽而過。因此在本章中，我打算提供文學分析的一些實用練習，我會引用各種著名文學作品的頭幾句做為我分析的文本。

作品的開頭與文化參照框架

首先，我們要談談文學作品的開頭。藝術的結尾是絕對的，以普羅斯彼羅這個人物來說，一旦消失就是永遠消失了。我們不可能追問他是否真的回到故郭，因為他的生命到了劇作的最後一句話就結束了。不過，從某個意義來看，文學作品的開頭也是絕對的。當然這只是其中一種狀況，不是所有的文學作品開頭都是如此。幾乎所有的文學作品開頭所使用的字句，之前都有人使用過，而且使用了無數次，只是在文字的排列組合上容有不同。我們能掌握這些開頭句子的意義，主要是因為我們在閱讀這些句子時，心中已然存在一個文化參照的框架（frame of cultural reference），是這個框架使我們得以理解這些句子。我們在接觸這些句子時，心中也存有對文學作品的一些概念，例如作品的開頭是什麼，等等諸如此類。從這個意義來說，文學作品的開頭顯然不完全是絕對的。所有的閱讀牽涉到各種前置的安排。必須將許多事物安排妥當，文本才可能讓人理解。這些事物包括先前的文學作品。每一本文學作品都回溯地提到其他的文學作品，這當中當然也包括在不知不覺中援用的例子。不過，一首詩或一部小說的開頭也有無中生有的部分，因為它開啟的虛構世界過去從未存在。或許，開頭是我們做的事當中與創世的神聖行為最接近的，一些浪漫主義藝術家也如此相信。不同的是我們無法擺脫創世，但我們可以扔掉凱瑟琳・庫克森（Catherine Cookson）的作品。

讓我們從二十世紀最著名的一部小說的開頭幾句開始，這部小說就是佛斯特（E. M. Forster）的《印度之旅》（*A Passage to India*）：

除了馬拉巴洞穴——而這些洞穴位於城外二十英里處——羌德拉波爾城並未呈現任何特出之處。徐徐接近而非沖刷著，恆河就這樣緣城而行數英里，垃圾隨河水任意堆積在岸邊，與城市難以區別。河邊沒有沐浴用的階梯，宛如恆河流經此處就剛好不神聖了；其實，這裡根本沒有河岸，開闊多變的河水景致也遭市集遮蔽。街道鄙陋，寺廟無效，雖有幾棟優雅美麗的屋子，卻都隱身於花園或後巷之中。巷弄的骯髒使生人不敢入內，只有受邀的賓客才知道裡面別有洞天……

與許多小說的開頭一樣，這段文字帶有一種預設舞臺背景的味道，如同作者清清喉嚨與正式設定好場景一樣。作者通常會在第一章的開頭使出看家本領，希望藉此讓人留下印象，吸引住讀者飄忽不定的目光，偶爾還會為了成功而不擇手段。即使如此，作者必須小心，不能做得太過火，尤其如果作者是個有教養的中產階級英國人，例如佛斯特，他特別重視語言的節制與委婉，那麼更需謹慎留意。或許這是為什麼《印度之旅》的開頭，選擇了一種無意中緩緩說出的描述（「除了馬拉巴洞穴」），而非震耳欲聾的文字號角。它怯生生地從旁邊切入主題，而不是從正面直接走入主題。「羌德拉波爾城並未呈現任何特出之處，除了馬拉巴洞穴，而這些洞穴位於城外二十英里處」，這樣的描述顯然太過粗俗。它會破壞句法的均衡，無法呈現出內斂的優雅。靈巧的管理與操作，搭配沉穩優美的風格，才不會予人賣弄技巧的感受。「優美的寫作」也好，有時人們口中所謂的「紫色」（過度雕琢）散文也罷。佛斯特的眼睛總是緊盯著文字，不讓自己有一絲一毫的放縱。

小說的前兩個子句，兩度迴避了句子的主詞（「羌德拉波爾城」），使讀者在真正抵達這個片語之前，稍微產生了一點預期的心理。然而，讀者的期待感在挑起之後，就隨即幻滅，因為我們得知這座城市並未呈現任何特出之處。更確切地說，我們得知的是相當古怪的事，這座城市除了洞穴之外並未呈現特出之處，然而洞穴卻不在城市之中。我們也得知河邊沒有沐浴的階梯，但這裡根本就沒有河岸。

第一個句子裡的四個片語在韻律與均衡上幾乎都合於格律。事實上，我們可以從這四個片語中讀出三個音格或韻律，每個片語都可找出三處重音：

Ex**cept** for the Marabar **Caves**
And **they** are **twenty** miles **off**
The **city** of **Chan**dra**pore**
Presents **not**hing ex**traor**dinary

同樣細微的均衡突然出現在這個片語「徐徐接近而非沖刷著」（Edged rathen than washed）之中，或許稍微過分講究了點。這位作家有著極愛分辨，同時又冷漠疏遠的雙眼。遵循著傳統英國風格，他避免產生興奮或熱切的情緒（這座城市「並未呈現任何特殊之處」）。「呈現」（presents）這個詞別具意義。它讓羌德拉波爾聽起來像是為觀眾準備的一場秀，而不是一個生活居住的地方。「並未呈現任何特殊之處」，向誰「呈現」？答案當然是觀光客。這段文字的語調——幻滅，略帶倨傲，稍微過於講究——跟自大傲慢的旅遊書沒什麼兩樣。它近距離地觀察，因此敢於表示這座城市就像個垃圾堆。

語調的剖析

語調（tone）做為一種態度的指示，在小說裡清楚表現出來。摩爾太太（Mrs. Moore）是一名剛抵達印度殖民地的英國女性，她不知道當地的英國文化習慣。摩爾太太對她那個存有帝國心態的兒子隆尼（Ronny）說，她在廟裡遇見一名年輕的印度醫生。隆尼起初沒意會到她說的是一名「土著」（native），而當他知道之後，他立刻變得煩躁而多疑。「她為什麼不換個語調告訴我，她說的是一名印度人？」他心裡想著。

以這段文字的語調來說，我們也許舉這句片語「happens not to be holy here」（流經此處就剛好不神聖了）為例，它的三重頭韻說起來帶有一點口齒伶俐的感覺，同時也反映出一名懷疑而世故的外來者對印度教信仰的嘲諷。頭韻蘊含著「機敏」，謹慎地透過口語的巧妙來表現愉悅，使敘事者與赤貧的城市保持一段距離。同樣的做法也表現在這句話「街道鄙陋，寺廟無效，雖有幾棟優雅美麗的屋子……」（The streets are mean, the temples ineffective, and though a few fine housesexist ...）上面。這句話的句法有點過於有意識地造作，太明顯地顯現出製造「文學」效果的意圖。

到目前為止，佛斯特的這段文字一直有意與這座簡陋的印度城市保持一臂之距，避免表現出帶著冒犯的優越感，但「無效」這個詞用來描述寺廟，幾乎是刻意地透露了作者的本意。雖然句法低調地把這個詞塞進從屬子句裡，但還是讓讀者感到心頭一震，彷彿臉上被輕摑了一下。這個詞顯示這些寺廟不是供居民崇拜的，而是取悅參觀者用的。從寺廟無法吸引具審美心靈的觀光客來說，寺廟是無效的。這個形容詞使寺廟聽起來就像洩了氣的輪胎或故障的收音機。事實上，這個詞產生如此感受是經過盤算的，它讓人感到困惑——或許有一點太寬大——不確定這是否是一種諷刺。這名敘事者是否使出的是一種苛酷的手段？

顯然，這名敘事者——他不一定是歷史人物佛斯特——對印度有深入的了解。他不只是下船而已。舉例來說，他知道恆河有時神聖，有時不神聖。或許他暗地比較著羌德拉波爾與次大陸的其他城市。這段文字隱隱帶著一股厭倦的味道，彷彿敘事者已經看膩了這個國家，已經很難有東西讓他感興趣。或許這段文字的目的在於破除浪漫主義的觀點，不認為印度帶有異國風味與充滿奧祕。這本書叫《印度之旅》，書名可能讓西方讀者產生某種期待，但小說卻惡作劇般的從一開始就讓讀者的想像破滅。或許這些文字正靜靜品味著那些期待神祕卻看到骯髒與垃圾的讀者的反應。

提到骯髒，為什麼通往美麗房舍的骯髒巷弄，生人不敢靠近，只有受邀的賓客才敢入內？或許是因為受邀的客人與恰好路過此地的觀光客不同，他們沒有別的選擇，只能忍受巷弄的髒亂。好笑的是，正是那些最有特權的人，那些幸運獲得邀請得以進入這些美麗房舍的人，被迫要小心翼翼地穿過泥濘。說這些客人不是被垃圾嚇退，只是為了好聽一點，彷彿他們是勇敢進取之人。但事實上，這只是客套話，或許是因為心裡期待著豐盛的晚餐，才使得他們別無選擇。

如果敘事者因為看膩了而顯出事不關己的樣子，如這段文字的語調所顯示，那麼這裡便耐人尋味地並存著兩種相反的感受：深入的了解與渺遠的疏離感。或許敘事者覺得他對印度的一般經驗足以證明他對這座城市的偏見是合理的，不能拿他的話與剛從英國抵達印度的人相提並論。敘事者與羌德拉波爾保持一段距離，這一點可以從他描述的是城市的全景而非特寫看出。我們也注意到敘事者的眼睛看到的是城市的建築物而非居民。

這段文字引自一九二四年出版的小說，當時印度仍在英國的殖民統治之下，對於今日大多數的讀者來說，這段描述瀰漫著一股令人不快的優越感。而讀者也許會驚訝地發現，佛斯特其實是一名堅定的帝國主義批評者。事實上，佛斯特是當時最知名的自由主義思想家，與今日相比，當時的自由主義聲音顯然要小得多。整體而言，《印度之旅》對帝國的統治，態度有些曖昧不明，但小說中有許多內容足以讓帝國的熱心支持者感到不舒服。佛斯特曾在埃及的亞歷山卓港為紅十字會工作了三年，他在當地與一名貧窮的火車服務員有過性關係，而這名服務員後來被英國殖民政府以不公正的手段囚禁。佛斯特抨擊英國對埃及施加的權力，討厭邱吉爾（Winston Churchill），痛恨所有形式的民族主義，並且支持伊斯蘭世界。這一切都顯示，作者與作品的關係遠比我們想像的來得複雜。我們稍後將再來討論這個問題。說出這幾句話的人，也許表達了佛斯特的本意，或者只是部分，或者完全不是佛斯特的意思。我們不得而知。而這點也不是那麼重要。

文學開頭的曖昧性

這段文字蘊含巨大的諷刺，讀者只有繼續讀下去才能心領神會。小說以一種否定的方式開頭，馬上就對眼前的景物有所保留：羌德拉波爾並未呈現任何特出之處，除了馬拉巴洞穴。所以馬拉巴洞穴確實有特出之處；但我們是透過輕描淡寫的從屬子句才知道這一點，因此這句話的句法有降低重要性的效果。這句話的重點落在「羌德拉波爾城並未呈現任何特出之處」，而非「除了馬拉巴洞穴」。洞穴要比城市來得更吸引人，但句法似乎表現出完全相反的意思。這段文字引起了我們的好奇心，之後又讓我們希望落空。在提到洞穴的同時，卻又將其簡單帶過，它的功用只是為了讓我們對洞穴產生興趣。前面說過，這是典型的節制與拐彎抹角。這麼做才不會讓這處觀光景點引發過於粗俗的興奮感。相反地，它是用一種迂迴的、否定的方式來暗示它的重要性。

這種曖昧的態度——洞穴到底特出，還是不特出？——一直處於《印度之旅》的核心。在曚曨中，這本書的核心早在開頭幾句話就已完全表現出來——諷刺的是，甚至是揶揄地，讀者在一開始根本不可能看出這點。文學作品通常「知道」讀者不知道，或者還不知道，或者永遠不知道的事。我們永遠不知道亨利．詹姆斯（Henry James）小說《鴿翼》（*The Wings of the Dove*）的末尾，米莉．席爾（Milly Theale）給莫頓．丹舍（Merton Densher）的信上寫了什麼，因為在我們知道內容之前，另一個角色已經把信燒了。有人可能會說，就連亨利．詹姆斯自己也不知道內容。當莎士比亞讓馬克白（Macbeth）提醒班戈（Banquo）參加他所舉辦的宴會，而班戈也同意前往時，劇作（而非觀眾）知道班戈將會出現在宴會上；但他是以鬼魂的方式赴宴，因為馬克白（Macbeth）當時已經殺了他。莎士比亞給觀眾開了個小玩笑。

就某個意義來說，馬拉巴洞穴就跟小說的開頭一樣，每個地方都很重要。它們是小說核心行動的所在。但這個行動也不是行動。洞穴中是否發生了什麼事也難以知道。關於小說本身的內容，有不同的觀點。洞穴確實是空的，所以說馬拉巴洞穴位於小說的核心，等於說小說的核心是空白的或毫無內容。就像許多與佛斯特同時的現代主義小說一樣，這本小說根據的是某種朦朧而不可捉摸的東西。它有個中空的核心。如果在作品的核心確實存在著事實，那麼我們幾乎不可能確定這個事實是什麼。所以《印度之旅》的開頭幾句可以做為整本小說的小範本。它在指出洞穴的重要的同時，卻又在句法上降低洞穴的重要，但這種降低重要性的手法，卻又有助於提升它的重要性。這種手法預示了開頭幾句在小說裡扮演的曖昧角色。

我們接下來要暫時從小說轉向戲劇。《馬克白》最初的場景如下：

女巫甲：何時姊妹再相逢？
雷電轟轟雨濛濛？
女巫乙：且等烽煙靜四陲，
敗軍高奏凱歌回。

女巫丙：半山夕照尚含輝。
女巫甲：何處相逢？
女巫乙：荒野遇。
女巫丙：馬克白由此去。
女巫甲：我來了，綠貓咪。
女巫乙：癩蛤蟆呼喚著。
女巫丙：馬上動身吧！
三女巫合：美即醜，醜即美，
翱翔毒霧妖雲裡。❷

這十三句詩提出了三個疑問，其中兩個出現在開頭。所以這部劇作是以疑問的口吻開場。事實上，《馬克白》通篇充滿了疑問，有時這些疑問是以另一個疑問來解答，這有助於產生一種不確定、焦慮與偏執懷疑的氣氛。提出問題是為了得到明確的解答，但在《馬克白》中卻不是如此，這三名女巫尤然。老女巫的臉上長了鬍子，甚至讓人難以確定她們是不是女的。女巫有三名，但她們共同行動就像一個人，如果我們拙劣地以聖三位一體來比喻她們，那麼確實很難算出她們有幾人。「雷電轟轟雨濛濛？」（in thunder, lightning, or in rain?）這行詩也提到三件事物，但就如批評家弗蘭克・柯莫德（Frank Kermode）指出的，這句話相當古怪地暗示這幾種天氣分屬不同的種類（原文裡，每個字之間都用逗點逗開，顯示這是各自獨立的天氣形式），但實際上，雷、電和雨通常是同時發生，我們稱之為暴風雨。所以，計算數目在這裡也成了問題。

提出問題是為了尋求確定與清楚的解答，但女巫卻把所有確定的事實混為一談。她們斷章取義，任意篡改，又將各種相反的詞彙結合起來。「美即醜，醜即美。」（fair is foul, and foul is fai.）又如 hurly-burly，指的是各種騷動喧鬧的活動。「hurly」念起來就像「burly」一樣，但兩個是不同的字，所以這兩個字結合起來就表示同與異之間的相互混淆。而這也反映出女巫的非聖三位一體。「敗軍高奏凱歌回」（When the battle's lost and won）這句也是一樣。它應該是指「某支軍隊敗了，而另一支軍隊高奏凱歌」，但這行詩也暗示這類軍事冒險，就算是贏了，實際上還是等於輸了。殺死數千名敵軍，勝利的意義在哪裡？

「lost」與「won」是相反詞，但接在它們之間的「and」（技術上來說稱為連繫詞）卻使兩者立在相同的層次上，因此讓兩者聽起來是一樣的；於是我們再次混淆了同與異。彷彿我們的腦子必須牢記這個矛盾，一件事物既是自己，又是別的事物。最後，對馬克白而言，人類的存在也是如此，看起來具有活力而積極進取，但實際上卻是虛無。「它是一個愚人講的故事，充滿了喧嘩與騷動，找不到一點意義。」馬克白說，我把虛無的幻影認為是真實了。虛與實之間只有一髮之距，其間的細微差異一直是莎士比亞關心的主題。在世界文學史上，很少有人像莎士比亞一樣，如此用心在虛無與現實之間。

女巫將成為能預見未來的預言家。或許這在開頭幾行詩裡已經說得很清楚了，女巫乙宣稱她們三人將在戰爭結束後再度相會。但或許這與預見毫無關係；或許她們早已安排好在戰後見面，而女巫甲只是提醒她們這件事。女巫丙提到這場戰爭將在日落之前結束，但這也不需要預知力量。戰爭通常會在日落前結束。看不見敵人，作戰就沒有太大意義。人們也許期待這三名怪誕的姊妹（馬克白後來這麼叫她們）有能力預言競爭的結果，但她們未做出任何預測。「勝與敗」，幾乎所有戰爭都不脫這兩個結果，因此曖昧不明或許只是一種狡獪的手法，在賭局中兩頭下注。因此，我們不清楚這三個女巫是否真有能力預言。她們對未來的預言沒有人相信，但馬克白卻付出了生命代價才得以領悟。她們吐露的預言充滿弔詭與模稜兩可，但她們所言是否真能預測未來，本身就是個問題。曖昧可以負載豐富的意義，學過文學的學生都知道這點，但曖昧也可能致命，《馬克白》的主角將發現這一點。

聖經中的開頭

接下來是上帝。《聖經》的第一句話：「起初，神創造天地。」（In the beginning, God created the heavens and the earth.）這是世界最著名作品的開頭，恢宏、簡單而充滿權威。「起初」指的當然是世界的開始。從文法上來說，我們可以把「起初」解讀成上帝本身的起源，意思是指創造世界是上帝從事的第一件事。創世在神的日程表中排在最前面的位置，創世之後，上帝才會為英國人安排令人討厭的天氣，以及因災難性的疏忽而讓麥可・傑克森匆忙來到這個世界上。不過，就定義而言，上帝沒有起源，所以上述的說法並不成立。我們談的是宇宙的起源，而不是上帝的系譜。由於「起初」是作品的第一句話，所以免不了讓我們思考各種起源的問題。《聖經》從一開始就談論開始，彷彿作品與世界是在相同的時刻誕生。

《創世記》的敘事者使用「起初」，這種用法就像「很久很久以前」（once upon a time）一樣，是一種由來已久的說故事方式。粗略言之，「很久很久以前」是童話故事的開頭，而「起初」是起源神話的開頭。世界各文化都有這類起源神話，《聖經》的第一篇就是其中之一。許多文學作品會回溯過去，但很少有比《創世記》還要遠古的。想比《創世記》更往前回溯，恐怕會從世界的邊緣掉落。「很久很久以前」把寓言從現在往前回溯到迷霧般的神話領域，來到人類歷史的範圍之外。它小心翼翼地將故事座落在特定的地點或時間裡，使它籠罩在永恆與普世的氣氛中。如果有人告訴我們，小紅帽擁有柏克萊大學的碩士學位，或者大野狼曾經在曼谷坐過牢，那麼我們恐怕將不會對〈小紅帽〉（Little Red Riding Hood）如此著迷。「很久很久以前」不會讓讀者產生某些疑問，例如，這是真的嗎？它在哪裡發生的？它發生在有玉米片發明之前還是之後？

同樣地，「起初」這個制式的說法告訴我們不要去問事件發生的時間，因為它除了意謂其他事情之外，還表示「時間的起點」，而我們恐怕無法知道時間本身是在哪個特定的時間點開始的。我們很難想像宇宙是在某個星期三的下午三點十七分被創造出來的。同樣地，我們有時會聽到一種古怪的說法，認為死亡是永恆的起點。永恆不應該有起點。人也許會從時間步入永恆，但這不應該是永恆的一個事件。永恆裡沒有事件。

然而，《聖經》恢宏的開場白是有問題的，它告訴我們起初神創造天地。但神怎麼可能不在起初創造天地？祂不可能在時間過了一半才創造天地。說某件事物在起初被創造出來，等於是說某件事物源於起初，是一種套套邏輯。所以《聖經》一開頭的「起初」二字就算刪掉，也不會在意義上造成重大影響。也許當初寫下這句話的人，想像時間是在某個時點開始的，而就在時間開始之時，上帝創造了宇宙。但我們現在知道，沒有宇宙，就沒有時間。時間與宇宙是同時出現的。

《創世記》把上帝的創世行動描述成從混亂中理出秩序的過程。起初，事物黑暗而空虛，但上帝給予它們形體與實質。就這個意義來看，這則故事反轉了一般敘事的順序。許多敘事一開始都是井然有序的，之後才被打亂。如果達西先生（Mr. Darcy）未曾到來，那麼珍・奧斯汀（Jane Austen）《傲慢與偏見》裡（*Pride and Prejudice*）的伊麗莎白・班奈特（Elizabeth Bennet）很可能終身未嫁；如果奧利佛・崔斯特（Oliver Twist）沒有要求更多，他也許不會碰上費根（Fagin）；如果哈姆雷特（Hamlet）繼續在威騰堡（Wittenberg）念書，他也許不會遭遇如此悲慘的結局。

《聖經》還有另一句開頭，其修辭之優美足以與《創世記》的第一句話相互輝映。我們在《約翰福音》的開頭發現這句話：「太初有道，道與神同在，道就是神。」「太初有道」（In the begining was the Word）間接提到了三位一體的第二人稱；然而由於它出現在文章的開頭，所以我們不得不想到開頭本身也是文字。這些與最初的道（Word）有關的文字（words），與《創世記》的第一句一樣，第一句話與它所談到的內容，兩者之間彼此呼應。而我們也注意到句法的戲劇性效果。這句話的寫作方式，技術上來說稱為並列。作者把子句串在一起，但未指出它們之間的地位是平等還是從屬。（你可以在許多仿傚海明威風格的美國作品中發現這種寫作方式：「他經過里可的酒吧，轉頭望向廣場，看見嘉年華結束後還有一些流浪漢徘徊不散，他感覺到嘴裡還留著昨晚威士忌的酸味……」）並列可能會讓句子變得平板單調，在語氣上顯得平淡無奇。然而聖約翰的文字卻帶有些許敘事的意味，避免了單調，使我們想知道接下來還有些什麼。

好的敘事總會在末尾予人驚奇。我們知道太初有道，道與神同在，然後令人意外的是，道就是神。這就像「弗瑞德與他的叔叔同在，弗瑞德就是他的叔叔」一樣，令人感到不解。道如何與神同在，然後又是神本身？這就跟馬克白的女巫一樣，我們眼前又出現了同與異的矛盾。起初就出現這樣的弔詭，令人百思不解，無法以語言形容——也就是說，「道」不是人類的語言所能掌握的。這種驚奇又因為句法的關係而獲得凸顯。「In the begging was the Word」（太初有道）與「and the Word was with God」（道與神同在），兩句長度相同，都是六個字，格律也一樣；所以，我們也許希望能有類似的片語來平衡它們——譬如說，「and the Word shone forth in truth」。然而與此相反，我們得到的是與前面毫不連貫的「and the Word was God」（道就是神）。乍看之下，這句話似乎為了顯示啟示的力量而犧牲了韻律的平衡。前兩個流暢的片語，後面卻接著簡練、斷然、有力的宣示，予人無可動搖的感覺。從句法上來說，這個句子在最後破壞了我們的期待，並未以華麗的修辭加以完結。然而，就語義來說，這樣的結尾卻是強而有力。

含著諷刺的開頭

英國文學有一句最著名的開頭：「有錢的單身漢，總想討個老婆，這是舉世公認的真理。」（It is a truth universally acknowledged, that a single man in possession of a good fortune must be in want of a wife.）這是珍・奧斯汀《傲慢與偏見》的第一句話，普遍認為是諷刺中的小名言，雖然這句話並未完全跳脫書中的脈絡。這句話的諷刺之處，在於字面上（每個人都同意有錢人需要老婆）與實際意義（這句話其實反映了絕大多數未婚女子的想法，她們渴望找個有錢的丈夫）之間的落差。因此這個句子的諷刺其實是倒過來的，我們以為說的是有錢單身漢的渴望，其實指的是急欲結婚的未婚女子的想望。

有錢人想要娶妻的渴望，被表現成普世真理的形式，使它聽起來無可質疑，宛如幾何原理，幾乎就像自然的事實。如果這真是自然的事實，那麼未婚女子積極想成為這些有錢男子的妻子，就不應該受到大家的責難。因為這是世界運行的方式，她們只是回應有錢單身漢的渴望而已。奧斯汀小心翼翼寫下的外交辭令，讓年輕未婚女性以及她們愛出風頭的母親得以免除貪婪攀附的指控，並且在不名譽的動機外披上一層端裝賢淑的面紗。但這句話也讓我們看到了這一點，而這當中也潛伏著諷刺。它暗示，人們如果以自然事物的秩序來合理化自己的行為，那麼他們對於內心卑劣的渴望比較不會感到難受。而看到人們以這種方式來解釋自己的惡意，其實也是一種樂趣。這個句子的語言是抽象的，而且經過審慎的衡量，以奧斯汀慣有的風格來看略顯正經，因此它需要一點溫和的諷刺來增添生氣。有個地方顯示這個句子不是現代英語，那就是在「acknowledge」後面多了一個逗點，現代作品不需要這麼做。

奧斯汀的諷刺可以是辛辣而尖刻的，就像她的一些道德判斷一樣。有些作者曾經提到，而奧斯汀在《勸說》（*Persuasion*）中也曾說過，她的人物之中，有些人如果沒出生在這世上，反而是件好事。很難有比這句話更尖酸的了。與此相對，《傲慢與偏見》開頭的諷刺，則是具有愉快溫和的特質，就像喬叟（Geoffrey Chaucer）《坎特伯里故事集》（*Canterbury Tales*）序裡暗藏玄機的第一行詩一樣：

當四月的甘霖滲透了
三月枯竭的根鬚，

沐濯了絲絲莖絡，
使枝頭湧現出花蕾；
當和風吹香
使得山林莽原遍吐著
嫩條新芽，青春的太陽
已轉過半邊白羊宮座，
小鳥唱起曲調
通宵睜開睡眼——
是自然撥弄著它們的心弦——
這時，人們渴想著朝拜四方名壇……❸

當春天再度降臨大地，男男女女都感覺到血液中有股力量蠢蠢欲動著，驅使著他們前去朝聖。在這裡，自然施惠萬物的循環與人類的精神之間有著不為人知的相似性。但人們在春天也會朝聖，因為天氣比較好的關係。人們可不想在隆冬時節一路走到坎特伯里。喬叟以一首優美的詩開頭，然後，在讚美人性的同時，又諷刺地予以貶損。人們朝聖是因為他們道德有虧，而他們道德有虧的一項證據就是，他們選擇一年最好的時節前往，以免讓自己凍壞了身子骨。

開頭點出了作品自身的虛構性質

《傲慢與偏見》的第一句話如此知名，但在美國文學之中，我們也找得到毫不遜色的開頭：「叫我以實瑪利。」（Call me Ishmael.）（有人說，這段話可以簡單加上一個逗點，使它成為現代的英語：Call me, Ishmael.）梅爾維爾（Melville）《白鯨記》（*Moby-Dick*）的這句簡明的開頭，幾乎無法讓人想像接下來會有什麼樣的描述，有趣的是，這部小說卻是以華麗而令人目不暇給的文學風格著稱。這句話也稍微帶著一點諷刺，因為在整本小說中，只有一個人物曾這麼叫過敘事者。那麼，為什麼他要讀者這麼稱呼他呢？因為這是他的本名，還是因為這個名字有著象徵性的意涵？《聖經》裡的以實瑪利，是亞伯拉罕與他的埃及僕人夏甲生下的兒子，他是個流亡者、亡命之徒與流浪者。

也許，以實瑪利對於這名經驗豐富的旅人來說，是個十分恰當的假名。或者，敘事者不想讓我們知道他的真名？若是如此，為什麼？他表面上的開放態度（他客氣地要我們直呼他的名字，如果那是他的真名的話），背後是否隱藏著祕密？

名字叫瑪莉亞的人，通常不會說「叫我瑪莉亞」，而是說「我叫瑪莉亞」。說「叫我某某」，通常是要求對方叫你的綽號，例如「我的本名是阿爾傑隆‧迪格比─史都華，但你可以叫我露露。」而這通常是讓別人方便稱呼時才這麼做。「我的本名是多利斯，但你可以叫我昆丁‧克雷倫斯‧伊斯特哈吉三世」，這種說法聽起來很古怪。「以實瑪利」聽起來不像是綽號。因此我們可以假定，以實瑪利若不是敘事者的本名，就是他的假名，用來顯示他是個四處漂泊之人。若真是如此，那麼他對我們隱瞞了本名，而且就在他對我們表示親密與友好的時刻。西方世界叫以實瑪利的人不多，至少不像多利斯那麼多，而這也可以做為一個旁證。

「叫我以實瑪利」，這句話如同是在對讀者說話，而這類的表現形式充分說明這是一篇虛構故事。承認讀者的存在，等於坦承這是一部小說。寫實主義小說通常不會採取這種方式，反而企圖佯裝自己不是小說，而是真實人生的呈現。承認讀者的存在，可能會把寫實的氣息破壞殆盡。《白鯨記》是否不算是一部寫實主義作品，是另外的問題，但寫出這樣一個與全書風格迥異的開頭，毋寧是相當寫實的。因為當一名小說家寫下「親愛的讀者，可憐這位貧窮浮躁的鄉村醫生吧」時，那句「親愛的讀者」等於間接承認這裡並沒有一個真正的鄉村醫生，無論他的個性浮躁還是如何——也就是說，這是寫作技巧，與鄉村生活毫無瓜葛。在這種狀況下，我們對這名傻醫生的同情，通常會比對真實的傻醫生來得少。（有些文學理論家附帶提到，你不可能真的憐憫、讚賞、畏懼或厭惡一個虛構的角色，你只能「假想地」產生這樣的情感。觀賞恐怖片的觀眾嚇得臉色發白，他們不是真的害怕，而是假的害怕。而這又是另外的問題。）

由於「以實瑪利」聽起來比較像是假名而非真名，因此這也是一個信號，告訴我們接下來所要面對的將是虛構之物。從另一個角度來看，這個名字聽起來像是虛構的，因為它不是敘事者的真名，而是假名。或許他的本名是弗瑞德．沃姆，使用以實瑪利這個較具異國情調的名字，可以彌補本名的平凡無奇。如果他的本名不是以實瑪利，讀者可能會猜想他的本名是什麼。然而，如果小說沒告訴我們他的本名，那麼他也就沒有本名。這不是說，梅爾維爾隱瞞了他的名字。你不可能隱瞞原本就不存在的東西。以實瑪利做為一個小說人物，他一切的存在就只是書頁上的黑色印記而已。舉例來說，如果小說沒有提到，你不能擅自主張他的額頭上有一道疤。小說沒講，就表示不存在。小說裡的一段話也許能讓我們推知，其中有個角色用假名隱瞞了自己的本名；但是，即使小說告訴我們角色的真名，它在小說裡的功能，其實跟假名也相去不遠。狄更斯的最後一部小說《艾德溫・德羅德之謎》（*The Mystery of Edwin Drood*）裡有個角色，此人顯然經過喬裝改扮，並在書中以另一個我們知道的角色出現。然而由於狄更斯還沒完成此書便與世長辭，因此我們永遠不知道那張改扮的臉背後的真面目是什麼樣子。我們知道某人的真實身分被隱藏了，但他絕不會是某個特定的人物。

讓我們再回來談詩，我們要討論六首著名的詩的開頭。首先是濟慈（John Keats）〈致秋天〉（To Autumn）的首行：「Season of mists and mellow fruitfulness」（多霧與果熟豐收的季節）。這一句最吸引人的地方在於它有著豐富的聲音質地。這些聲音被一絲不苟地調諧著，宛如交響樂團合奏，沙沙作響的 s 與低吟的 ms。頻繁地聽見絲絲的聲音，輕柔流暢，罕有生硬或尖銳的子音。「fruitfulness」的兩個 f 也許是其中的例外，但緊隨在後的 r 緩和了刺耳的聲音。這是一張以聲音織成的錦氈，充滿了對應與微妙的變化。「mellow」的 m，從後頭呼應著「mists」的 m，此外還有「of」的 f 與「fruitfulness」的 f，「mists」的 s 與「fruitfulness」的 s；此外，「Season」的 e、「mists」的 i 與「mellow」的 e 構成了同與異之間錯綜複雜的模式。

這行詩所呈現的扎實感，也吸引了讀者的目光。作者盡可能地塞入音節，卻又不讓人覺得饜膩與拗甜。這種感官上的豐足，為的是讓人聯想起秋日的豐穰，而語言本身也要顯現出豐收的景象。這行詩纍纍垂掛著肥美的意涵，不意外地，接下來便如此討論起秋天的景象：

農舍旁覆滿苔蘚的樹木，低垂著結滿了蘋果，
所有的果實，滋味已然熟透；
葫蘆隆起，榛果鼓脹凸出

包藏著甜仁；發出更多的新芽，
更多更多，遲開的花朵吸引著蜂群，
直到牠們以為溫暖的日子永不停歇，
因為夏天已讓巢室黏蜜四溢。

To bend with apples the mossed cottage-trees,
And fill all fruit with ripeness to the core;
To swell the gourd, and plump the hazel shells
With a sweet kernel; to set budding more,
And still more, later flowers for the bees,
Until they think warm days will never cease,
For Summer has o'er-brimmed their clammy cells.

或許這首詩在不經意間，在描繪秋日景象的同時，也描繪了自己。詩句本身雖然避免了黏膩與滿溢，卻隨時可能陷入其中。與秋天一樣，這首詩顫顫巍巍地保持平衡，因為成熟豐收很可能一晃眼就成為令人喘不過氣的累贅過剩（秋日的成長，與詩裡的語言，均是如此）。然而，內在的節制使詩句免於這種令人不快的過度。

之後的英國作家菲利普・拉金（Philip Larkin）也寫了描述自然成長的詩〈樹〉（Trees）：

樹正長出葉子
就像即將說出口的話……

The trees are coming into leaf
Like something almost being said...

對於生性悲觀的拉金來說，這是個大膽而直接的意象。萌發的新葉，如同即將說出口的話語。然而這樣的意象在某種意義上也帶著自我否定。當樹葉完全長成時，這首詩便無法成立。屆時，樹木不是低語，而是大聲嘶吼。我們也許可以把努力長出葉子的樹，聯想成試圖說話的人。但我們無法把一棵樹葉已經長成的樹想像成已經說出口的陳述。所以這個比喻現在是成立的，但之後當樹葉完全長成時就無法適用了。拉金詩句吸引人的地方在於，它讓我們把樹（連同它的枝椏、葉子、枝幹）當成一種視覺的意象，讓看不見的語言依托其上。彷彿我們的言談話語被照了X光，轉化成實體，投射成可見的影像。

拉金更有名的詩〈聖靈降臨節的婚禮〉（The Whitsun Weddings）的開頭如下：

> 聖靈降臨節那天，我出發得晚：
> 直到
> 陽光普照的星期六一點二十分
> 我坐的那列空了四分之三的火車才開出……

That Whitsun, I was late getting away:

Not till about
One-twenty on the sunlit Saturday
Did my three-quarters-empty train pull out…

第一行是抑揚五音格（iambic pentameter），在仔細安排下呈現出平淡、隨性與口語的風格。如果不看整部作品，只是偶然間看到第一行，任誰都猜不出這是一首詩。然而，彷彿察覺到這一點似的，這首詩馬上祭出了反制措施。「直到」只有半行，我們原本預期這裡應該要有完整的五音格詩行。它表現出對格律突發而靈巧的操控，告訴我們，「是的，這的確是一首詩，雖然你們在幾秒前還看不出來。」這些詩句還暗示些什麼呢？它的不起眼看起來不是有意為之，而是一種自然流露。然而，這畢竟是藝術，作者不管怎麼做也無法隱藏這一點。含蓄節制的英國中產階級不是追求時尚的巴黎審美家，他們面對自己的作品，就像面對自己的銀行存款與性能力一樣，不會隨便大聲地嚷嚷。

時態的把戲

批評家總是不斷在搜尋曖昧不明的字句，在艾蜜莉・狄金生（Emily Dickinson）的詩的第一行就有這麼一個著名的曖昧詩句：「我的生命在終結之前，結束了兩次。」（My life closed twice before it's close.）狄金生寫的是「it's」——今日我們稱之為撇號——而非「its」，她標點的方式有點與眾不同。她也把「upon」拼寫成「opon」。這些偉大的作家就跟我們一樣很容易犯這種錯，知道這點還蠻令人安慰的。例如葉慈（W. B. Yeats）就曾因為在應徵時拼錯「教授」這個字，而未能在學界取得職位。

時態也可以玩一些奇怪的把戲。狄金生的這句詩大概是說，「在我死前，我會有兩次悲傷悽慘的經驗，足以與死相提並論。」但是她還沒死，她怎麼知道只會碰到兩次？詩句裡的動詞（closed）是過去式，表示這兩次悲慘的經驗是已經發生的事；但這樣的說法會讓詩人的死看起來好像也是已經發生的事。然而，儘管詩人的原意如此，但寫成「Before my life ends, it will already have ended twice.」似乎就太拙劣了。因此，狄金生才寫出那樣的詩句，感覺就像死後寫的一樣。如果她知道她的人生只有兩次類似死亡的經驗，那麼她要不是已經死了，就是躺在臨終的床上。而對死去的人來說，已不可能再發生任何事。他們已經完全與這個世界無關。然而，書寫與死亡不可能同時存在。所以狄金生不可能已經死亡，即使她的筆調看起來她已經死了。

美國文學另一個令人吃驚的開頭，是羅伯特・洛爾（Robert Lowell）的〈南塔基特的貴格會墓園〉（The Quaker Graveyard in Nantucket），這首詩的第一行非常優美：

馬達基特附近的一片鹹澀淺海
海水仍猛烈激盪著浪花而黑夜
衝進我們的北大西洋艦隊，
溺死的水手緊抓著拖網，火光
在他蓬亂的頭與大理石般的腳上忽隱忽現，
他與網子糾纏在一起
用他盤繞、跨越的大腿肌肉……

第一行詩讀起來（A brackish reach of shoal off Madaket），好像口中塞滿了東西。大聲朗讀的時候，拗口的母音與尖銳的子音，如同嚼著一塊牛排。「馬達基特」這個地名聽起來勇敢而堅毅，正適合這首詩的語言，反映出詩描繪的嚴酷環境。「海水仍猛烈激盪著浪花而黑夜」（The sea was still breaking violently and night）這行詩如果沒有「仍」（still）破壞格律，那麼會是相當標準的抑揚五音格。但是這首詩並不希望流暢與對稱，它的句法充分顯示了這一點：

The sea was still breaking violently and night
Had steamed into our North Atlantic Fleet,
When the drowned sailor clutched the drag-net. Light
Flashed from his matted head and marble feet…

在這裡，不僅海洋出現猛烈的激盪，就連詩本身也是一樣。第三行詩句終止之後，居然大膽地直接在後頭開啟新句，並且只寫了一個字。我說「只寫了一個字」，因為根據格律，這一行頂多再塞一個單音節的字。所以洛爾大膽用了一個不連貫的字「Light」做為新句的開頭，來結束這一行詩。結果，我們在「drag-net」之後加了一個句點，表示在此有個短暫而完全的休止；然後是「Light」；然後之後又是短暫的休止，接下來我們就到了這一行的結尾，於是必須換到下一行的開頭，留下「Light」這個字懸掛在上一行的尾端。句法與格律的自相衝突，反而產生令人回味的戲劇效果。

另外還有一處耐人尋味的顛倒，「黑夜／衝進我們的北大西洋艦隊」。比較常見的說法是艦隊衝進黑夜之中；在詩句裡，黑夜聽起來就像一艘船，它可能即將與艦隊衝撞。（莎士比亞的作品中也有類似的例子——《凱撒大帝》〔*Julius Caesar*〕裡有一句，「他懦怯的嘴唇失去了血色」，這個景象似乎太理智也太做作，讓人無法相信。）「盤繞、跨越的肌肉」中的「跨越」，大概是指「某個想跨過網子的人」。但這個片語也與這個詩充塞、堅硬、打結的語言融合無間。

字面與真實意義的差異

文學作品的開頭有時真正的意義與字面上的意思會有所差異。例如彌爾頓（John Milton）《利西達斯》（*Lycidas*）的動人開頭，這首詩是為了紀念同為詩人的愛德華・金恩（Edward King），他溺死在海中，詩中的利西達斯指的就是金恩：

再一次，月桂樹啊，再一次
褐色的桃金孃，與常綠的長春藤，
我來採摘妳們生澀而未熟的漿果，
用我粗魯而被強迫的手指，
未等成熟便搖散妳的葉子。
苦澀的逼迫，悲傷的景況，
強令我無視時節；
因為利西達斯死了，壯年殞命，

年輕的利西達斯，當世無匹：
誰不歌詠利西達斯呢？他知道
大家為他而唱，為他獻上崇高的詩。
他不能漂浮在水棺之上
不能無人啼哭，任由灼熱的風吹得他東倒西顛，
不能沒有動聽的淚水向他致意。

Yet once more, O ye laurels and once more
Ye myrtles brown, with ivy never sere,
I come to pluck your berries harsh and crude,
And with forced fingers rude,
Shatter your leaves before the mellowing year.
Bitter constraint, and sad occasion dear,
Compels me to disturb your season due;

For Lycidas is dead, dead ere his prime,
Young Lycidas, and hath not left his peer.
Who would not sing for Lycidas? He knew
Himself to sing, and build the lofty rhyme.
He must not float upon his wat’ ry bier
Unwept, and welter to the parching wind,
Without the meed of some melodious tear.

「利西達斯」這個名字一次又一次，緩慢而悲慘地在詩句中出現，就像葬禮的鐘聲一樣。事實上，開頭的幾句充滿了回音與反覆：「再一次……再一次」，「死了，壯年殞命」，「誰不歌詠……呢？他知道……為他而唱。」這麼做產生了儀式或典禮的效果，這首詩與其說是發自內心的悲傷呼喊，不如說更適合在公開場合吟誦。彌爾頓與金恩或許並非熟識的好友，而我們也不認為他對金恩的早死有絲毫的難過。無論如何，金恩是保皇派，而彌爾頓日後則敢於為處死查理一世辯護。死者也受過教士的訓練，但

《利西達斯》卻猛烈抨擊當時的教會，這麼做在當時是相當危險的。無疑地，這是為什麼彌爾頓在詩上署名時只簽了名字的首字母。

事實上，在陰沉的詩句裡，除了憂鬱，還暗藏某種厭煩與不情願的感受。當彌爾頓提到他必須採摘月桂樹與桃金孃（詩人的象徵）尚未成熟的果實時，他的意思是指，他在精神上還沒做好成為偉大詩人的準備，就被迫要來寫這首輓詩。這是為什麼採摘果實的手指是被強迫的，而不是基於自由意志。而這也是為什麼詩裡說手指是粗魯的，因為他的寫作技巧還不夠好。事實上，這些詩句所呈現出來的均衡與權威，已足以反駁詩句本身的主張。這非但不是一首粗魯的詩，反而是極其練達的優美作品。加諸在彌爾頓肩上的責任如此重大，以至於他的詩聽起來彷彿有兩度被迫——「苦澀的逼迫」與「強令」——提筆寫作。「悲傷的景況」指的當然是金恩的死，但我們不禁猜想，米爾頓難道不感到挫折嗎？原本精神蟄伏的他，強被要求頌揚另一名詩人。從他的詩可以看出，他彷彿努力要把滿腹的牢騷轉化成敬意似的。

金恩的早死，與這首詩的不成熟，兩者之間存在著類似之處，「生澀而未熟的漿果」正表現了這一點。彌爾頓必須從尚未成熟的素材尋找輓詩的靈感。他似乎把身為未成熟詩人的感受，投射在月桂樹與桃金孃上。也許，要不是有人逼他，恐怕他一輩子也不會寫下這部傑作。這是責任的問題，而不是他自己想這麼做。從這個角度來看，「誰不歌詠利西達斯呢？」這句話並不實在。真要說有誰不歌詠利西達斯，坦白講，應該就是彌爾頓自己。金恩身為一名詩人——他還算不上是基督教世界最偉大的吟遊詩人——是否真的當世無匹？同樣的問題，彌爾頓呢？這些詩句只是標準的誇飾說法，並不完全是發自內心的誠懇話。「他不能漂浮在水棺之上／不能無人啼哭，任由灼熱的風吹得他東倒西顛」（'He must not float upon his wat'ry bier / Unwept, and welter to the parching wind'），確實，這聽起來充滿了憐憫。（這兩行詩相當大膽地塞進四個 w 音，卻沒有人覺得過度。）但從另一個角度來看，似乎又不那麼憐憫，因為大家必須哀悼金恩，所以彌爾頓不得不這麼做。

附帶一提，水棺的意象頗具有震撼力。如批評者指出的，它讓人聯想到人在水裡載浮載沉，最後卻渴死的恐怖景象（「灼熱的風」）。「動聽的淚水」——這是個相當大膽的形容，因為淚水既不會吹奏樂器，也不會唱歌——指的可能是為利西達斯流淚、獻詩給他，以及給他水。最後一項有點怪異，因為溺水的人怎麼可能缺水。原句中的

「Meed」指的是致敬，但這個字也有報償的意思，如果說為金恩寫這首詩是為了補償他的死，那麼就太奇怪了。一般認為彌爾頓在這裡採取的是致敬的意思。

彌爾頓這首詩寫得有點不情願，但這不是重點。詩人可以寫出一篇感人肺腑的悼詞，內心卻一點也不感到悲傷，正如詩人可以描寫愛情，但心中卻不一定有戀愛的感覺。彌爾頓的詩句打動人心，但他自己卻未覺傷感。或者應該說，對於金恩的早逝不感到悲傷。有人猜想，彌爾頓更擔心的，應該是自己也有可能英年早逝，還來不及成為大詩人就從這個世界上消失。金恩的早逝與彌爾頓還未能寫出成熟的詩作，使彌爾頓感受到這樣的危機。他終究會被「摘下來」，但有可能時候太早，就像他現在採摘漿果哀悼詩人的早逝一樣。摘取植物，即使這麼做是為了藝術，為了生者，但也為植物帶來某種死亡。

公開表達情感的形式

彌爾頓寫下《利西達斯》，就像去參加一場沒什麼交情的同事葬禮一樣，談不上虛偽。相反地，心中不難過卻裝出悲傷的樣子，這才叫虛偽。參加好友的葬禮，我們會在典禮上油然而生悲傷的情緒。同樣地，彌爾頓在詩中表現的情感只是一種文字策略，並非內心真的感到沉痛。像我們這樣的後浪漫主義者，傾向於相信情感是一回事，而社會成規（convention）是另一回事。真正的情感意謂著拋去虛矯的社會形式，直接表達內心的感受。但這或許不是彌爾頓的想法，或者，也不是今日許多非西方文化的想法。

這也不是珍・奧斯汀的觀點。對她而言——一般的新古典主義作者也是如此——真正的感情有著適當的公開表現形式，而這種形式受到社會成規的規限。成規——這個字的字面意義是「結合在一起」——的意思是說，我的情感行為並不是完全由我來決定。我的情感不是我的私人財產，即使是比彌爾頓或奧斯汀身處的時代更強調個人主義的社會，也認同這樣的觀點。從某個意義來看，人是藉由參與共同文化，而從中學習情感行為。敘利亞人的哀悼方式與蘇格蘭人不同。慣習與禮儀的影響非常深遠。對奧斯汀來說，禮儀不僅意謂著吃香蕉時要使用刀叉，也包括要敏感地注意他人的感受並且尊重他人。禮節不只是不要吐口水在雪利酒的醒酒器裡，也包括不要粗魯、傲慢、自私與自滿。

成規不一定會扼殺情感。慣習會判斷情感的回應是否太過度或太貧乏。有人認為情感與成規緊密連繫，也有人認為兩者格格不入，兩種意見的差異，正是莎士比亞劇作中哈姆雷特與克勞迪斯（Claudius）爭論的主軸。哈姆雷特秉持著個人主義觀點，認為情感例如悲傷不用理會社會形式，但克勞迪斯則認為，情感與形式之間的關係遠比哈姆雷特所言緊密得多。奧斯汀《理性與感性》（*Sense and Sensibility*）中愛蓮娜（Eleanor）與瑪麗安・達什伍德（Marianne Dashwood）之間的部分差異也表現在這一點上。詩是說明情感與形式不一定彼此扞格的好例子。形式可以凸顯情感，也可以壓抑情感。《利西達斯》表現的不是彌爾頓對金恩死去感到遺憾，而是他的遺憾。這是一篇為配合場景而負責寫下供典禮朗讀的輓詩。這裡頭沒有不誠懇的問題，就像人們在早晨互道早安，其實每個人心裡想的是自己目前急欲處理的問題。

薩繆爾・貝克特（Samuel Beckett）的《等待果陀》（*Waiting for Godot*）堪稱二十世

紀最著名的劇作，它的開頭是一句了無生趣的話：「無事可做。」說這句話的是艾斯特拉岡（Estragon），旁邊窮極無聊一副悲慘模樣的是他的同伴弗拉迪米爾（Vladimir）。二十世紀有一位最知名的人物也取了同樣的名字，弗拉迪米爾・列寧（Vladimir Lenin），他寫過一篇革命短文《該做什麼？》（*What to be Done?*）。這或許是巧合，雖然貝克特的作品很少有無心之作。如果這個暗示是有意為之，那麼這句臺詞交給艾斯特拉岡而非弗拉迪米爾，或許可以讓這個意圖看起來不那麼明顯。若是如此，那麼這齣一般認為摒棄了歷史與政治以描繪永恆人性狀況的戲劇，實際上一開始就已經用不起眼的方式暗指一件現代政治史最重大的事件：布爾什維克革命。

事實上，這不令人驚訝，因為貝克特並不是與政治毫無交涉。他在二次大戰期間曾經勇敢地參與法國抵抗運動，法國政府因為他的勇氣而授勳給他。他與他勇敢的妻子曾差一點遭蓋世太保捕獲。他的作品中比較特異的地方是他的幽默感：陳腐、面無表情地掉書袋，尖酸的機智，陰沉刻薄的諷刺，與超現實的天馬行空，這些都帶有獨特的愛爾蘭色彩。當都柏林出生的貝克特被巴黎記者問起，他是不是英國人時，他回答說，「剛好相反。」

富含愛爾蘭色彩的戲劇性開頭

還有一部小說也呈現出這種愛爾蘭色彩，那就是弗蘭・歐布萊恩（Flann O'Brien）的偉大小說《第三名警察》（*The Third Policeman*）。它一開始就呈現出驚悚的景象：

不是每個人都知道我是怎麼殺掉老菲利普・馬赫斯，用鐵鍬敲碎他的下巴；但首先最好還是先談談我的朋友約翰・迪夫尼，是他先用特製的腳踏車打氣筒重重地從脖子將他擊倒在地上，那個打氣筒還是他親手用中空的鐵棒做的。迪夫尼是個強壯而講理的人，但他生性懶惰而且腦袋空空。這個主意最初是由他提出來的。是他要我帶鐵鍬過來。他在現場發號施令，並且解釋了一番。

我是在很久以前出生的。我的父親是個農夫，擁有大片田地，而我的母親經營一家酒吧……❹

如果這段話的英文讀起來有點奇怪，那可能是因為歐布萊恩說了一口流利的愛爾蘭語，他有些作品也是用愛爾蘭語寫的。所以他這裡寫的不完全是他的母語，不過他的英語至少可以說的跟邱吉爾一樣好。愛爾蘭英語有時會扭曲標準英語到令人感到陌生的地步，因此它成了製造文學效果的沃土。舉例來說 Mathers（馬赫斯）這個名字在愛爾蘭的發音是「Ma-hers」，因為「th」在愛爾蘭語與英語不同。「我是在很久以前出生的」，這是「我年紀大」的另一種罕見的說法，卻也是相當不錯的改進說法。「strong farmer」在愛爾蘭不是指強壯，而是指擁有大片田地的農夫。

這段話使用的語言，與《印度之旅》可說是天差地別。佛斯特的散文文雅而有教養，歐布萊恩的散文則明顯不用技巧且質樸無文。歐布萊恩的小說帶著一種粗魯，就像他小說裡的人物一樣。第一個句子如閒聊一般，延伸了好幾行，這就是最明顯的地方。它包含了幾個特定的部分，但只有兩處斷句，這產生了一種效果，敘事者可能是咆哮或喃喃自語地把腦子裡隨意想到的東西說出來。我說「隨意」，因為句子裡有不合理的地方，例如「迪夫尼是個強壯而講理的人，但他生性懶惰而且腦袋空空」。他生性懶惰而且腦袋空空似乎跟我們馬上可以看到的描述有很大的不同。事實上，這段文字描述的迪夫尼相當的積極而且做事井然有序，或許，這是敘事者有意淡化自己的角色。順帶一提，我們推測敘事者是一名男子，或許是因為男人比女人更可能殺人；或許是因為女人就算殺人，也不太可能用鐵鍬把人的下巴敲碎；或許是因為敘事者與迪夫尼聽起來像是認識多年的哥兒們。男性作家也偏好男性的敘事者。但這些說法全基於大膽的假設。

這種不用技巧的描述其實需要相當多的技巧。歐布萊恩的散文有一種未經雕琢的氣息，但整段文章其實經過審慎地安排以產生最戲劇性的效果。舉例來說，留意一下開頭自白（「不是每個人都知道我是怎麼殺掉老菲利普・馬赫斯」）產生的吸睛效果，這種效果因為否定的關係而進一步獲得凸顯。（碰巧，這是一部與否定緊密相關的小說作品，因此它的第一個字是「不」，可說再適合不過。）如果以「我殺了老菲利普・馬赫斯」開場，將無法像原來的開頭一樣產生立即而震撼的效果。原句讓我們知道，敘事者殺死馬赫斯，但心裡頭關心的居然是別的事（不是每個人都知道這件事），這足以讓人產生驚悚的感覺。如果這是直接針對讀者的感受所做的攻擊，那麼這樣的攻擊確實隱含著邪惡的意味。敘事者才剛完成重大宣示，隨即話鋒一轉（「但首先最好還是先談談我的朋友約翰・迪夫尼」）。這也是一種巧妙地加強開場力量的陳述方式。敘事者拋下驚魂未定的讀者，直接談起另一個主題，彷彿完全沒察覺到他剛才透露的訊息多麼具震撼性。附帶一提，「不是每個人都知道我是怎麼殺掉老菲利普•馬赫斯」這句話聽起來有點奇怪。「不是每個人」意謂著知道的人不在少數，也就是說，這件謀殺案已經有很多人知情。

敘事者接下來就是為自己脫罪。他才剛坦承自己打碎了馬赫斯的下巴，就急著把罪全推到迪夫尼身上，是迪夫尼第一個出手，而且「是他最早策畫了整起事件」。彷彿敘事者——故事從頭到尾都沒提到他的名字——希望當我們從「是他要我帶鐵鍬過來」聽到「解釋了一番」時，會忘了他才剛剛坦承自己是殺人凶手。這種反咬一口的做法，讓人有黑色喜劇的感覺，用「是他要我帶鐵鍬過來」這句話來為自己開脫，實在是太沒有說服力了。很難想像陪審團會被這種說法所左右，而放他一馬。「解釋了一番」這句話的含混不明也具有喜感。什麼解釋？向敘事者解釋為什麼要殺害馬赫斯（難道他之前都不知情？），還是解釋要怎麼殺他，或者預先串好事發之後的說詞？

荒謬是大家熟悉的愛爾蘭文學模式，在《第三名警察》的開頭就有許多荒謬內容。為什麼迪夫尼用打氣筒這麼一個難以想像的武器來殺害老馬赫斯？（這本小說對腳踏車相當癡迷。）用中空的鐵棒製造打氣筒很容易嗎，為什麼迪夫尼一開始就做了這件事？

腳踏車在當時的愛爾蘭是相當常見的交通工具，因此按理來說打氣筒應該不虞匱乏。敘事者的意思當然不是說，迪夫尼把鐵棒改造成打氣筒明顯是為了毒打馬赫斯，雖然這個荒謬的可能性不能完全排除。但為什麼不乾脆用鐵棒呢？也許迪夫尼製作打氣筒是在此之前的事，但我們還是想知道為什麼。為什麼敘事者不先用鐵鍬擊倒受害者，然後再給予致命一擊？打氣筒難道只是一個笨拙的故事，企圖諉罪給迪夫尼，然後敘事者可以從這個案子全身而退？這個可能性至少我們可以排除，因為我們往下看下去就會發現，迪夫尼確實用打氣筒擊倒了馬赫斯。（附帶一提，當迪夫尼打倒老頭時，敘事者無意間聽見倒在地上的老頭「用一種交談的語氣輕輕說了幾句話」，聽起來像是「我不在乎芹菜」或「我把眼鏡忘在放廚具的櫥櫃裡了」。）

模仿者與被模仿者

《第三名警察》的開頭已經夠吸引人了，但我們很難想像還有哪部作品的開頭能比安東尼・伯吉斯（Anthony Burgess）的小說《塵世權力》（*Earthly Powers*）的第一句話更引人注目：「我八十一歲生日那天下午，我正與我的孌童（catamite）躺在床上，這時阿里（Ali）通報，大主教過來看我。」（孌童是供男人狎玩的男童。）只用了一句話，這部小說就構築了一個醜聞場景：一個八十一歲的老頭跟個男童躺在床上，而且此人的聲望地位使他有一名僕役（我們假定此人就是阿里）在旁服侍，甚至還能勞駕大主教來探望他。他能使用 catamite 這個字，足見他有一定的教養，catamite 這個字可不是經常可以在福斯電視台的節目裡看到的。老人似乎對於自己的處境一點也不感到困窘，顯示出英國人特有的沉著冷靜。這個句子了不起的地方在於，它以不加裝飾而且簡省的方式，一下子就讓讀者掌握所有的資訊，文字完全沒有任何一點累贅。由於阿里是個外國名字，因此我們也可以推論我們身處於一個充滿異國情調的海外場景。它反映出西方對東方的某種刻板印象，認為在東方要比在里茲或長島更容易取得孌童。我們或許可以懷疑，敘事者是一名殖民官員，在當地享受違法的逸樂。

事實上，我們很快就會發現這個人是一名知名作家。書中的主人翁是以英國作家毛姆（W. Somerset Maugham）為藍本，毛姆曾被稱為「威嚴的英國同性戀者」。開頭這句話惡意模仿了毛姆的風格——不過也有批評者認為，雖說是拙劣的模仿，卻比毛姆對自己的描述來得貼切。模仿者反而比被模仿者更為出色，就像英文的維也納（Vienna）要比德文的維也納（Wien）更具詩意一樣。《塵世權力》的第一句話因此應該是某個小說家寫的，而這也給予了我們線索，使我們能對整起事件有所了解。敘事者希望開頭這句話能讓他取得先機，藉由純粹感官性質的描寫來擊敗其他作家。因此，就某個意義來說，這一開場的宣示，的確透露了不為人知的祕密。

然而好笑的是，開頭第一句話這麼寫並不完全是為了文學效果（雖然這句話當然是安東尼‧伯吉斯創作的）。讀者應該把它當成實際情況的描述。也就是說，敘事者——本身寫著小說——也過著只有在小說裡才有的花天酒地的生活。在這裡，虛構與現實的互動讓人頭暈目眩。敘事者——本身是小說家——的行為就像小說人物一樣，而小說人物偏偏就是敘事者自己。雖然敘事者是虛構人物，但畢竟以真實人物為藍本。然而，他所憑藉的作者（毛姆）在許多評論者眼中，卻有點不真實。就這一點來說，讀者都會想躺到床上去，不管有沒有孌童陪伴。

刻意安排的文字細節

在《塵世權力》粗俗的第一句話裡，大概沒有一個字不是用來引起讀者注意的。相反地，在喬治・歐威爾的《一九八四》（*1984*）中，只有一個字是特別為了吸引讀者而寫的：

> 四月份一個晴朗、寒冷的日子裡，時鐘敲了十三下。溫斯頓・史密斯下巴緊挨著胸膛，想躲避討厭的寒風吹襲，他快速通過勝利大廈的玻璃門，但還是免不了颼進一些砂石。

第一句話引人注意的地方在於「十三」這兩個字，少了它，這句話就變得平凡無奇，而「十三」也顯示，小說的場景要不是指某個我們不熟悉的文明，就是指未來。有些事情沒有改變（月份依然叫四月，寒風依然難受），但有些事情改變了，從尋常與陌生的並列中，句子產生了某種效果。讀過歐威爾小說的讀者已經知道，小說的場景設定在未來，不過是作者的未來而非我們的未來。然而，有人可能覺得，敲了十三下的鐘有點太 voulu，這個字是法文「想要」的意思，用來表示過度盤算或太具有自我意識的效果。或許這個細節有點太刻意了。它似乎過於大聲地宣布，「這是一部科幻小說」。

這是一部反烏托邦小說（dystopian novel），描述一個全能的國家可以操縱一切，從過去的歷史到民眾的心靈習慣，無所不包。無疑地，勝利大廈就是因此得名。不過，第二句話卻為這個陰鬱的處境帶來一點希望。當溫斯頓・史密斯進入大廈時，一陣風捲起的砂石跟著他一起進到大廈內；雖然小說本身似乎把這種狀況當成一種負面的現象（「討厭」的寒風吹襲），但讀者會發現，與全能的國家相比，飛砂走石其實好得多。砂石代表著隨機與偶然。它們代表了無韻律或無理性之物，不會灌輸他們已經安排過的各種意義。因此，我們也許可以把砂石看成是小說描述的極權政權的相反物。同樣地，這陣風可以視為反對管制人類的一股力量。它任意地吹著，一下子吹向這裡，一下子吹向那裡。它沒有韻律，也沒有理性。至少，國家無法如其宣稱地宰制自然。極權國家對於它們無法改造成秩序與可理解之物的東西特別感到不安。或許這個政權無法排除偶然，就像勝利大廈無法完全隔絕砂石一樣。

讀者無須完全順從作者的想法

無疑地，有些讀者會覺得這種詮釋太荒誕。他們這麼想是很有理由的。歐威爾確實不太可能把砂石視為正面的意象，或許他連想都沒想過這點。但往後我們會發現，讀者不一定要乖乖地順從他們想像的作者想法。同樣地，讀者或許能找到其他理由說明為什麼這個詮釋行不通。也許我們愈往下讀，愈覺得難以解釋。我們可能發現風總是帶著邪惡的訊息，但我們也可能找不到這方面的線索——無論哪一種狀況，心存懷疑的讀者必須找出其他的理由來說明這樣的解讀是荒謬的，在那之前，任何結論都有可能成立。

在以上這些簡短的批評練習中，我試著顯示文學批評可能運用的一些策略。你可以分析詩句的聲音質地，或者專注於意義的模稜兩可，或者觀察文法與句法的運用方式。你可以檢視文章賴以呈現的情感態度，或者聚焦於值得再三玩味的悖論、不一致與矛盾。追尋文字背後隱藏的意涵，有時相當重要。判斷文章的語氣，觀察它是否轉變或動搖，同樣也能帶來豐富的成果。嘗試界定作品的明確性質，也很有幫助。作品可能是陰鬱的、臨場發揮的、迂迴的、口語的、簡練的、令人厭煩的、能言善道的、誇飾的、諷刺的、簡明的、不矯飾的、惱人的、訴諸感官的、有力的等等。所有的批評策略都有一個共通點，那就是對語言有著高超的敏感度。即使是驚歎號，也值得人們寫下數句批判評論。或許有人會說，這是文學批評的「微觀」面向。但這些也與「宏觀」議題有關，例如人物、情節、主題、敘事等等諸如此類，而我們接下來就要把目光轉向這些議題。

---

❶ 譯注：這段莎士比亞《暴風雨》收場詩，譯文引自朱生豪先生。

❷ 譯注：莎士比亞《馬克白》第一幕第一場，當中除了「我來了」到「馬上動身吧」等句，其餘均引用朱生豪先生的譯文。

❸ 譯注：譯文引自方重譯《坎特伯雷故事》。

❹ 編注：此段原文為：「Not everybody knows how I killed old Phillip Mathers, smashing his jaw in with my spade; but first it is better to speak of my friendship with John Divney because it was he who first knocked old Mathers down by giving him a great blow in the neck with a special bicycle-pump which he manufactured himself out of a hollow iron bar. Divney was a strong civil man but he was lazy and idle-minded. He was personally responsible for the whole idea in the first place. It was he who told me to bring my spade. He was the one who gave the orders on the occasion and also the explanations when they were called for.

I was born a long time ago. My father was a strong farmer and my mother owned a public house ...」

Chapter 2
人物

我們無疑可以藉由閱讀文學作品來拓展我們的經驗。想像可以彌補我們在理解真實時效率上的不足……在十九世紀，文學對工人階級來說是一種感受方式，它讓工人有機會想像騎馬帶著一群獵犬外出打獵是什麼樣子，或嫁給貴族是什麼感覺，因為這些事情現實上不可能發生。因此詩與小說值得閱讀的理由又多了一個。

要檢視劇作或小說的文學性，最常見的一種方式是把劇作或小說中的人物當成真實人物來看待。就某個意義來說，確實是如此，我們幾乎不可避免會這麼做。形容李爾王的恃強凌弱、易怒與自欺，免不了讓人聯想到現代報紙報導的某個富豪鉅子。然而，李爾王與富豪鉅子的差異，在於前者只是印在紙上的黑字，至於後者，遺憾的是，他並非簡單的幾個記號。富豪鉅子在我們遇見他之前就已真實存在於這個世界，文學角色剛好相反。在戲上演之前，哈姆雷特並非真實存在的大學生，即使戲是這麼告訴我們的。哈姆雷特其實根本不存在。在步上舞臺之前，黑達．加布勒（Hedda Gabler）從未存在過一秒鐘，我們對她的認識完全是易卜生（Ibsen）的劇作告訴我們的。此外，我們沒有其他的資料來源能知道黑達。

希斯克里夫神祕地從咆哮山莊消失了一段時間，小說並未告訴我們他去了哪裡。有一種說法認為他回到了利物浦，也就是他幼年首次被發現的地方，並且在當地靠奴隸貿易致富，另一種可能則是他在里丁（Reading）開了美髮沙龍店。事實上，希斯克里夫並未停留在地圖上的任何地方。相反地，他居無定所，四處漂泊。他去的地方在真實生活中並不存在，即使他提到了印第安納州的蓋瑞，但那也是虛構之物。或許，我可以問希斯克里夫有幾顆牙齒，但我們得到的答案將只是不確定的數字。我們可以合理地推論他有牙齒，但我們無法知道有幾顆。著名的批評文章〈馬克白夫人生了幾個小孩？〉（How Many children had Lady Macbeth?）提到，我們可以從劇作的描述來推斷，她或許至少生了一個孩子，但我們不知道她是否又繼續生了其他孩子。因此，馬克白夫人到底有幾個孩子，數目是不確定的，這或許可以讓她便於申請兒童福利給付。

人物的生命僅存於文本之中

文學人物的生命只存在於文本之中。據說，一名劇場經理在演出哈洛德•品特（Harold Pinter）的劇作時，曾向作者請教，希望能得到演員在上臺前該做什麼的建議。但品特的回答是：「不要多管閒事」。愛瑪•伍德豪斯（Emma Woodhouse）是珍•奥斯汀的小說《愛瑪》（*Emma*）的女主角，但只有當人們閱讀她時她才存在。如果沒有任何人在任何時間閱讀到她（鑑於這部小說的精采程度，以及全世界有數十億英語讀者閱讀，這種狀況幾乎不可能發生），那麼愛瑪將不存在於這個世界上。愛瑪在

《愛瑪》一書結束後就消失無蹤。她活在字裡行間，而非活在富麗堂皇的鄉村宅邸裡，文本是其自身與讀者產生交流的地方。書籍本身是個有形體的物質，即使沒有人翻開書本閱讀，書本也依然存在。但文本的內容是由意義構成的類型，這些意義類型不像蛇或沙發一樣，它無法獨立存在。

有些維多利亞時代的小說會在末尾以溫柔的眼神遙望小說人物的未來，想像他們年事漸長、頭髮斑白，被一群嬉鬧的孫子孫女所圍繞，所有人都沉浸在快樂的氣氛裡。小說家很難放下小說人物，就像父母有時很難放下對兒女的牽掛。當然，以溫柔眼神遙望小說人物的未來也可說是一種文學技巧。文學人物沒有未來，他能擁有的希望甚至比不上關在牢裡的連續殺人犯。莎士比亞在《暴風雨》末尾以美麗的詩句表達這一點，至於另外一段我們先前已經看過：

高興起來吧，我兒。
我們的狂歡已經終止了。我們的這一些演員們，
我曾經告訴過你，原是一群精靈；

他們都已化成淡煙而消散了。如同這虛無縹緲的幻景一樣，
入雲的樓閣、瑰偉的宮殿、
莊嚴的廟堂，甚至地球自身，
以及地球上所有的一切，都將同樣消散，
就像這一場幻景，
連一點煙雲的影子都不曾留下。構成我們的料子
也就是那夢幻的料子；我們的短暫的一生，
前後都環繞在酣睡之中……❶

隨著戲劇接近尾聲，人物與事件也消失在稀薄的空氣裡，因為在虛構的情節中，他們已無處可去。他們的作者也即將從倫敦的戲劇院消失，返回斯特拉特福（Stratford）的老家。耐人尋味的是，普洛斯彼羅（Prospero）的一席話，並未讓舞臺的不真實，與真實男女有血有肉的現實生活對立起來。相反地，他口中戲劇人物的不堪一擊恰好成了一種隱喻，足以反映現實人生虛幻不真實的一面。因為不光只有莎士比亞想像了一連串

虛構人物，如愛麗兒（Ariel）與卡利班（Caliban）[2]，就連我們也一樣做著夢。即使是實際聳立在地上的入雲樓閣與瑰偉宮殿，充其量也不過是舞臺布景罷了。

戲劇可以教導我真理，不過這個真理說的卻是我們的存在其實帶有虛幻的性質。戲劇提醒我們人生如夢，人生短暫、多變、缺乏堅實的基礎。因此，藉由提醒我們人生是有限的，可以讓我們培養出謙遜的美德。這是個寶貴的體悟，因為我們有許多道德難題是來自於某種無意識的假定，我們很容易以為自己會長生不死。事實上，我們的人生就像《暴風雨》的末尾一樣戛然而止。這聽起來或許讓人感到沮喪。如果我們接受自身的存在就像普洛斯彼羅與米蘭達的人生一樣，脆弱而短暫，我們或許能從中得到一些領悟。我們也許不會像過去那樣以過度戒慎恐懼的心情看待自己的人生，而是更加放鬆地享受人生，停止傷害他人。或許這正是普羅斯彼羅——他在戲裡是相當奇怪的角色——要我們高興起來的原因。世事變化無常，因此不需要感到扼腕。如果愛情與夏多諾夫杜帕普（Châteauneuf-du-Pape）的好酒均有消逝的一日，那麼戰爭與暴君也是一樣。

character 的多重意義

「character」這個字在今日可以指符號、字母或象徵，也可以指文學裡的人物。它源自古希臘文，意思是指可以留下特定記號的銘刻工具。推而廣之，character 也可以指一個人的特徵，就像一個人的簽名一樣。以今日來說，character 就像前雇主在推薦信（character reference）裡對你的介紹一樣，它是一種符號，一種對男女樣貌的刻畫與描述。之後，它又直接用來指稱男女。原本用來代表個人的符號，現在成了個人本身。記號的獨特性也成為個人的獨特性。character 這個字因此成為比喻的一種，稱為提喻法，也就是以部分來代表全體。

以上的說明不光只是一種技術性的陳述。character 從個人的獨特記號轉變成個人本身，這段變化的過程與整個社會的歷史息息相關。簡言之，這種轉變與現代個人主義的興起有關。個人是透過自身的獨特性來界定，例如自己的簽名與旁人無法模仿的人格。個人用來區別彼此的特點，要比個人彼此之間的共通點來得重要。湯姆・索亞（Tom Sawyer）之所以是湯姆・索亞，在於他的一切特質都與哈克・芬恩（Huck Finn）不同。[3]

馬克白夫人之所以是馬克白夫人，在於她那殘暴不仁的意志與勇往直前的野心，而非她的痛苦、笑容、悲傷與噴嚏。因為這些是她與其他人共有的性質，所以這些表現實際上就不能說是她特質的一部分。如果我們把這種說法推到極端，男人與女人這種相當耐人尋味的概念，顯示男人與女人是什麼以及男人與女人做什麼，不盡然真的能代表**他們**。因為他們是什麼與他們做什麼並不是他們特有的；而且由於性格或人格被認為是不可比較的，因此他們是什麼與做什麼就不能說是性格或人格的一部分。

今日，character（性格）這個詞指的是個人的心智與道德特質，如安德魯王子評論的，他說在福克蘭戰爭槍林彈雨的環境下，「對於性格的建立非常有幫助」（Very character-building）。或許他想讓自己的性格多受一點錘鍊。當然，character 這個字也可以指小說、劇作、電影這類作品裡面的人物。然而，我們也會用 character 這個字來指稱實際存在的人，例如，「在梵蒂岡溫德爾飯店外頭嘔吐的那些人（characters）是誰？」character 也可指某個特立獨行的人，例如，「我發誓，先生，他是個人物（character）！」令人好奇的是，character 比較常用來講男性，而非女性，它反映出一種非常英式的對怪癖的喜好。英國人讚賞脾氣不好、不迎合流俗的類型，這些類型的人總是與身邊的人格格不入。這些怪人跟誰都處不來，只能一個人獨處。出門肩上停著一隻白鼬，或者頭上套著牛皮紙袋的人，據說也可以稱為 character，表示他們的脫離常軌予人一種親切的感受，因而獲得大家的縱容。因此，character 這個字蘊含著寬容的精神。我們因此不會專斷地將某些逸脫常軌的人置於保護管束之列。

相對於「正常」的怪異角色

在狄更斯的小說裡，有些怪人討人喜歡，有些則討人厭。狄更斯筆下的人物也有介於這兩個極端的，他們可能有著讓人覺得有趣的怪癖，而這些怪癖也使人隱隱感到不安。他們似乎無法站在別人的視角來看世界，只是一味固執自己的想法。這種道德斜視症使他們充滿喜感，但也可能使他們做出不道德的事。精力充沛的獨立心智，與拒人於門外深鎖在內在自我之中，兩者的差異只在一線之間。封閉內心太久，很可能造成精神失常。characters 與瘋狂相隔絕不遙遠，這一點可以從薩繆爾・約翰生（Samuel Johnson）的人生看出。迷人與怪異只有一步之遙。

沒有規範，就沒有偏差。特立獨行的人頑固地堅持自己的行事作風，並且沾沾自喜，但從另一個角度來看，他們任性的基礎其實來自於現實上存在著一群「正常」男女。能稱得上古怪，主要是因為對照著標準行為。同樣的，這種狀況在狄更斯的世界裡看得最明顯，他的人物總是分成兩種，慣常的與特異的。只要有小奈兒（Little Nell）——她是《老古玩店》（*The Old Curiosity Shop*）裡令人感到煩悶的美德典範——這樣的人存在，世間就免不了出現一個奎爾普（Quilp），一個野蠻的侏儒，他叼著點燃的雪茄，威脅著要咬他的妻子。只要有尼可拉斯・尼克比（Nicholas Nickleby）這樣的年輕紳士，就會有威克佛德・斯奎爾斯（Wackford Squeers）這樣的獨眼怪獸，惡棍般的校長，他從不教導這些受欺凌的學生怎麼拼「窗戶」這個字，反而要他們把學校的窗戶給擦乾淨。

問題是，如果正常的人物具備所有的美德，則怪異的人物擁有美好的生活。如果能跟費根喝啤酒，誰還會跟奧利佛・崔斯特共享柳橙汁。為惡不悛要比受人尊敬更吸引人。當維多利亞時代的中產階級把正常界定為節儉、謹慎、耐心、貞潔、順從、自律與勤勉時，邪惡顯然鼓吹的就是其他令人舒服自在的面向。在這些德行重重束縛下，脫離常軌自然成了一種選擇。因此，後現代對吸血鬼與哥德式恐怖、對反常與邊緣的著迷，在今日儼然成了正統，就像節儉與貞潔在十九世紀大受標榜一樣。《失樂園》（*Paradise Lost*）的讀者幾乎沒有人喜歡彌爾頓筆下的上帝，祂說起話來就像便祕的公務員，反倒欣賞鬱鬱不平而叛逆的撒旦。事實上，這可能是英國歷史上首次出現美德令人厭煩而邪惡反而受人喜愛的現象。哲學家霍布斯（Thomas Hobbes）在十七世紀中葉的作品中讚揚英雄或貴族的特質，如勇氣、榮譽、光榮與寬大；哲學家洛克（John Locke）在十七世紀末則宣揚中產階級價值，如勤勉、節儉、冷靜與穩健。

即使如此，我們也不能說狄更斯筆下的怪人違反了規範。他們的確藐視習以為常的行為規範。但他們遵守自己的方式，即使行為詭異，卻自成一格。他們成了自身古怪習慣的囚徒，正如擁有身分地位之人成了社會規範的犯人。我們身處的社會，每個人都成了自己的尺度。每個人只理會自己的事，無論這事是咬自己的老婆還是讓口袋裡的零錢叮噹作響。然而，這與人們想像的自由大相逕庭。共同標準幾乎完全瓦解，隨之而來的就是無法溝通。每個人（Characters）說著自己習用的詞語與難解的黑話。人與人之間是隨機的相遇，而非雙向的交流。早在十八世紀，勞倫斯・斯特恩（Laurence Sterne）

偉大的反小說《項狄傳》（*Tristram Shandy*）早已預言了這種滑稽的景象，在他的書中充斥著怪胎、妄想患者、偏執狂與情感障礙者。《項狄傳》之所能成為英國文學偉大的喜劇傑作，這是原因之一。

善良帶來的厄運

善良的文學人物也許不是那麼吸引人，有些小說與劇作似乎也察覺到這一點。芳妮・普萊斯（Fanny Price）——珍・奧斯汀的《曼斯菲爾德莊園》（*Mansfield Park*）的女主角——是個有責任感、無可挑剔且行為高尚的年輕女子，但相當無趣（閱讀這部小說的讀者幾乎都有這種感覺）。她溫順、被動，讓人覺得有點討厭。然而，這部小說似乎暗藏著回馬槍，凡是不加思索批評芳妮無趣的人都不可避免被回刺了一下。一個年輕的未婚女子，既無財產，又無社會地位或負責任的父母保護她，身處在小說描繪的掠奪社會裡，她除了這麼做，還能如何？芳妮的死氣沉沉，難道不是隱含著對社會秩序的批評？她畢竟不像艾瑪・伍德豪斯那樣富有、具吸引力、擁有社會地位，因此能隨心所欲從事各種有趣的事。有力量的人可以拒絕父母的管束，相反地，貧窮無立錐之地的人卻希望有父母可以依靠。他們寧可被人批評為無趣，也比遭受更嚴重的指控來得好。如果芳妮看起來相當無趣，那不是她的錯。而這也不是作者的錯，因為珍・奧斯汀向來以善於描寫活潑的年輕女性著稱。

人們可能覺得這與夏綠蒂・勃朗特（Charlotte Brontë）的簡・愛有異曲同工之妙。像簡這樣的女主角，自以為是、愛說教、稍微帶點受虐狂傾向，恐怕很少有人願意跟她一起共乘計程車。與批評家口中的薩繆爾・理查森（Samuel Richardson）的帕美拉（Pamela）一樣，與其說簡在算計，不如說她**不知不覺**在算計。然而，對於在壓迫環境裡成長的簡，我們如何期望她保持開放的心胸與昂揚的精神？只要四周一直圍繞著像羅徹斯特（Rochester）這種打算重婚的男子，以及像聖約翰・理佛斯（St John Rivers）這種想拉著你冒著早死的危險前往非洲的宗教狂熱分子，那麼像簡這樣一個孤苦無依、一文不名的年輕女子，最終還是會卸下她的道德心防。愉快是有錢人的專利。

這種說法也適用在英國文學幾個最偉大的女性人物上，如薩繆爾・理查森的克拉里莎（Clarissa）。很少有人物像克拉里莎一樣受到批評者如此粗暴對待。克拉里莎因為拒絕與一名放蕩的貴族上床，而遭到強姦，儘管如此，她卻被形容成過於拘謹、正經、病態、自戀、自吹自擂、受虐狂、虛偽、自欺，以及（這是某個女性批評者說的）「引誘別人施暴」。具備美德的人很少像她一樣這麼受人討厭。理查森筆下的克拉里莎虔誠、高尚、稍微帶點自欺。然而，克拉里莎所做的不過是在這個野蠻的父權世界裡維護自己的貞潔。如果她不是那種樂意陪你續攤喝酒的女人——如莎士比亞的薇歐拉（Viola）或薩克利（Thackeray）的貝姬・夏普（Becky Sharp）——那麼小說也已經清楚告訴你，她沒有本錢這麼做。

在放蕩的社會裡，純真總是讓人覺得有點好笑。十八世紀小說家亨利・菲爾丁（Henry Fielding）喜愛自己筆下那些好心腸的人物，就像《帕美拉》裡的約瑟夫・安德魯斯（Joseph Andrews）與帕森・亞當斯（Parson Adams）一樣，但他也喜歡取笑他們。純真的人輕信而且天真，因此成為諷刺喜劇豐富的題材來源。好人注定受騙，因為具備美德的人沒有處處防人的道理。誠實值得讚揚，但也愚蠢。菲爾丁因此利用這些好心腸的人物來揭露圍繞在他們身邊的惡棍與壞蛋，而在此同時，他也從這些未受塵世污染的純真之人身上，獲得些許的滑稽趣味。要不是小說把追尋這些人的福祉放在第一位，這些人或許在第一章結束前就已經被惡人吃得連骨頭都不剩。

之前，我說特立獨行的人是一種「類型」（type），這話聽起來似乎有點矛盾。（附帶一提，type 這個字也可以指印刷字體，就像 character 一樣。）把個人歸類為某種類型，如同將其置於某種範疇裡，而不認為他獨一無二。然而，提出古怪的類型其實完全合理，尤其因為我們身邊這種人真的很多。諷刺的是，「古怪」（quirky）、「怪人」（oddball）與「奇異」（singular）這些詞其實都是全稱詞（generic term），用來指稱整個群體或類別。它們就像「獨身的」（celibate）或「有勇氣的」（courageous）這些形容詞一樣，帶有全稱性質。我們甚至可以區分出不同類型的古怪。所以就連怪人也可以分類。怪人彼此之間擁有共通點，就跟攀岩者或右翼共和黨員一樣。

全稱詞的陷阱

我們喜歡說每個人都是獨一無二的。然而，若果真如此，那麼每個人其實都擁有相同的特質，亦即，每個人都是「獨一無二」的。我們每個人共有的特點，就是我們每個人都不一樣。每個人都是特別的，便意謂沒有人是特別的。然而事實上，人類只有在有限的範圍內才能說每個個體是獨一無二。沒有任何一種特質是某個個人所獨有的。很遺憾，在這個世界上，不可能只有一個人會發怒、懷有惡意或帶有致命的威脅。這是因為人類從根本上來說，彼此之間並無太大不同，這是後現代主義者不願承認的事實。我們之所以擁有許多共通點，只因為我們都是人，而這也表現在我們討論人類性格所使用的詞彙上。我們甚至是在同一個社會過程（Social Process）裡找到了自己的個性。

事實上，每個人身上都結合了這些共通特質，只是結合的方式不盡相同，而正是結合方式的差異決定了每個人的獨特性。特質本身如同共同貨幣。因此，宣稱只有自己才會瘋狂地嫉妒別人，這種說法充其量就跟把口袋裡的硬幣稱為十分錢一樣（就算只有你這麼做）。喬叟與波普（Pope）無疑會覺得理所當然，但王爾德（Oscar Wilde）與金斯堡（Allen Ginsberg）或許不這麼認為。文學批評者也許認為個人是不可比較的，而社會學家則無法同意這點。如果大多數人都是不可預測的（可能有人聽了會覺得高興），那麼社會學家可就要失業了。他們跟史達林主義者一樣，對個人毫無興趣，他們調查的是共通的行為模式。例如以下所述就是社會學上的一個事實，超級市場結帳櫃臺的隊伍長度總是差不多，因為人類都不喜歡從事索然無味且相對瑣碎的事，例如購買雜貨然後付帳。如果有人因為排隊有趣而喜歡排隊，那會是很奇怪的事。此時為了這個人好，或許我們該通報社會單位。

為了捕捉個人的「本質」——也就是讓個人看起來獨特的特質——我們不可避免要使用全稱詞。不僅文學如此，日常的言談也是如此。有時，人們特別覺得文學作品與具體而特定之物有關。然而，這當中也不乏諷刺的例子。一名作家可能不斷地堆砌詞藻，為的是將事物捉摸不定的本質確定下來。然而，作者對人物或場景投以愈多的語言，就愈有可能讓人物或場景被堆積如山的一般性詞語所掩埋。或者，他只是單純用語言來埋沒它們。我們可以舉福樓拜（Gustave Flaubert）《包法利夫人》（*Madame Bovary*）的著名例子，夏爾・包法利（Charles Bovary）的帽子來說明：

他的帽子混合了多種形式，你可以從中發現熊皮帽、騎兵盔、圓頂禮帽、睡帽與獺皮帽的特徵：那帽子看起來可悲透頂，又呆又醜，就像一張傻子的臉。帽子看起來像顆雞蛋，帽口往外延伸出一條條的鯨鬚，繫著三顆絨球；交錯著菱形天鵝絨布與兔皮，彼此間以紅帶隔開，往上的帽筒有如袋子一般，帽頂是多角形的硬紙板，上面裝飾著圖案繁複的縫帶；從帽頂垂下來類似流蘇的東西，長而極細的繩子，末端繫著一小捆金線。這是一頂新帽子，帽簷閃閃發亮。

這類文字堆砌帶有一種報復心理。批評家指出，想要想像去夏爾帽子的外形幾乎是不可能的。要將這些細節拼湊成整體，恐怕會讓人傷透腦筋。這種帽子只存在於文學之中，完全由語言構成。我們無法想像有人會戴這種帽子上街。藉由詳盡刻畫到近乎荒謬的程度，福樓拜讓自己的描述無法傳達明確的意象。作家描述得愈詳細，提供的資訊就愈多。然而，作家提供的資訊愈多，他為讀者創造的詮釋空間就愈大。這麼做的結果不是鮮明與清楚，而是曖昧與模糊。

就這個意義來說，寫作似乎是一個勞而少功的活動。福樓拜的文字彷彿有意要凸顯這點，蒙蔽我們的不是科學，而是各種表象。福樓拜開了讀者一個玩笑。帽子的例子也可以用來說明人物。文學人物——至少在寫實主義小說中是如此——如果獲得最豐富的個人描寫，那麼一般認為，這些人物便在此時呈現出他們最好的一面。然而，如果這些描寫無法歸結出某些類型，無法讓我們聯想起過去曾經看過的某些特質，那麼再多的描述也無法讓人理解。完全原創的小說人物將從語言的篩孔流失得一滴不剩。類型不一定是刻板印象。因此我們不認為亞里斯多德（Aristotle）是對的，他說藝術家把女性描繪成聰明的樣子是不適當的。刻板印象把男性與女性化約成最一般的範疇，但類型在保留男性與女性的個別性時，卻又賦予他們更多的內容。嘲諷的人可能利用這種方式，說愛爾蘭人總是喝酒鬧事，但每個愛爾蘭人吵鬧的方式皆不盡相同。

的確，文學——詩尤其如此——使我們覺得眼前的事物是特定而不可化約。然而，這只是運用了巧妙的手法而已。沒有任何事物是絕對特定的，亦即，它無法歸類於任何一般性的範疇。我們可以透過語言來辨識某件東西，而語言本質上是一般性的。如果語言不具有一般性，那麼當我們指著每一隻橡膠鴨或每一根大黃根時，我們都要用不同的字稱呼它們。就連「這個」、「這裡」、「現在」與「完全獨特的」，也都是全稱詞。

沒有任何特殊的詞彙專門只用來描述我的眉毛或我突然產生的怒氣。說「章魚」這個字時，指的是這隻特定的章魚類似於其他章魚。事實上，任何事物都有相似之處。中國的萬里長城與悲痛的概念，兩者類似的地方就是都不能剝香蕉皮。

無論如何，文學作品處理的是可見而立即之物，而非抽象而一般之物，這種觀點是相當晚近才產生的，主要來自於浪漫主義者。十八世紀時，薩繆爾・約翰生認為過度關切特定之物會降低作品的品味。對他來說，普世之物是更具吸引力的好題材。但對今日的一些人來說，喜愛普世之物就跟認為三角學比性更令人興奮一樣古怪。這顯示對特定之物充滿熱情的浪漫主義如何潛移默化了我們的感性。

因此，沒有任何事情是絕對的。而這個問題只有後浪漫主義者才會感到困擾。但丁（Dante）、喬叟、波普與菲爾丁這些作者並不是用這種方式來看待個別性。相反地，他們認為人類共通的特質，構成了人類的個別性。事實上，「個別」（individual）這個字原本是指「不可分」（indivisible）。意思是指個別之物與外在的大環境密不可分。我們唯有生於人類社會之中，才能成為個別的人。或許，這是為什麼「單一」（singular）這個字也含有「奇異」（strange）之意的原因。對上古之人來說，怪物指的是生活在社會存在藩籬以外的生物。

亞里斯多德及上古作者對於角色的觀點

我們所知最早的文學批評作品是亞里斯多德的《詩學》（*Poetics*），裡面絕大部分討論的是悲劇，但它的中心焦點並不是角色人物。事實上，亞里斯多德似乎認為，悲劇可以不需要有人物。在劇作《呼吸》（*Breath*）中，貝克特又稍微更進一步，他想了一齣沒有情節、人物、故事主線、對話、場景或（幾乎沒有）演出時間的戲。對亞里斯多德來說，最重要的是戲劇情節。個別的人物只是「幫襯」。人物不是為自己而存在，而是為情節而存在，亞里斯多德認為，情節是一種共同事務。古希臘文的 drama，字面上的意思是「完成的事」。人物也許會讓行為染上一點色彩，但最重要的還是發生的現象。觀賞悲劇時忽略這一點，如同觀看足球賽時只留心個別球員的動作，或他們表現「個人風格」的機會。即使有些球員確實表現出個人的球風，但我們仍不能忽略了球賽的整體性。

亞里斯多德並不是認為人物完全不重要。相反地，他認為人物極其重要，這在他另一本著作《尼各馬可倫理學》（*Nicomachean Ethics*）中說得很清楚。這本書討論了道德價值、人物特質、善惡之人的差異等等。亞里斯多德對現實生活人物的看法，與現代人不同。在這裡，他也是認為行動是首要的。世間男女的所做所為，他們能否了解自己在公共競技場所展現的創造力，至少從道德層面來說，這些才是最值得關心的事。光靠自己是不可能產生美德的。美德不是編織一只襪子或咀嚼一根胡蘿蔔。上古思想家不像現代思想家會孤立地凸顯個人的光采。他們顯然無法了解哈姆雷特，更甭說對普魯斯特（Marcel Proust）與亨利・詹姆斯的作品感到困惑。今日的讀者也會對普魯斯特與詹姆斯的作品感到困惑，但理由完全不同。

這不是說上古時代的作者把男人與女人當成殭屍，而是說他們對意識、情感、心理等等事物的想法與我們有很大的不同。像亞里斯多德這樣的思想家，當然知道人類具有內在生命（innes life）。他們只是不像浪漫主義者與現代主義者一樣，凡事從內心世界著眼。相反地，他們傾向於把人的內在生命安放在行動、親族、歷史與公共世界的脈絡下觀察。我們之所以有內在生命，是因為我們屬於某一種語言與文化。我們當然可以隱藏思想與情感，但這種社會實踐是需要學習的，像嬰兒就無法隱藏任何事。亞里斯多德也承認，我們的公共行為對我們的內在生命有積極影響。實踐美德能讓我們擁有美德。荷馬（Hones）與維吉爾（Virgil）認為男人與女人是實踐的、社會的與有形體的生物，並且以此為基礎來看待人類意識。埃斯庫羅斯（Aeschylus）與索福克勒斯（Sophocles）也是如此。這種人類觀點的逐漸喪失，與我們的社會觀逐漸萎縮有很密切的關係。我們現在的文學人物觀點主要來自於個人主義的社會秩序。而這種社會秩序是相當晚近的產物。它絕不是描繪人類的唯一方式。

對亞里斯多德來說，人物是複雜藝術設計中的一項元素。人物不該硬生生地抽離他所屬的脈絡，如批評者寫評論時經常下類似這樣的標題，〈歐菲莉亞的少女特質〉或〈伊亞戈能否勝任亞利桑那州州長？〉。真實世界的人所身處的環境總是具有一定意義。我們總是在某個背景下看待彼此。人類無法脫離環境。不確定自己身處於什麼環境，不表示這個環境不存在。人要是不屬於任何環境之中，表示他已經死了。有些人在死後創造出比生前更多的戲劇場景，然而這些場景只能供他人享有，死者自己是再也享受不到了。真實的人不只是語言的創造物，他在環境中仍擁有一定程度的獨立性，但約瑟夫・K（Josef K）與巴斯之妻則非如此。因為真實的人在處境中仍擁有意識，他們可以改變自己，相反地，蟑螂與文學人物則永遠原地踏步。巴斯之妻無法從《坎特伯里故事集》移動到《喧嘩與騷動》（*The Sound and the Fury*），但我們總是能吻別桑德蘭，前往沙加緬度。

文學角色的自主性

人不只隨著環境亦步亦趨，他們相信自己是自主的，自主這個詞是指「用來規範自己的法律」。人可以認為自己不受他人與社會干涉。從這個觀點來看，人可以自己決定如何行動，人可以自己為自己負責，終極來說，人毋需仰賴他人。簡言之，人的行為就像莎士比亞描述的科里歐拉努斯（Coriolanus）一樣：「彷彿人是自己的創造者／完全不識其他親族」。人可以自己為自己負責，正是這樣的假定使美國有這麼多人被置於死刑監房裡。

這種人性觀點絕大多數的上古或中世紀思想家並不支持。我們懷疑莎士比亞也不會贊同。以莎士比亞的奧塞羅（Othello）為例。當然，奧塞羅是戲裡的人物，但他表現得像個人，而且認為自己是個人。他老是大言不慚地自我吹噓，誇大地展示自己。他在劇院裡是個吸引人的角色。這齣戲一開始，他以洪亮的聲音打斷一場爭鬥，「收起你們亮晃晃的劍，免得露水讓它們生鏽。」這是一句足以引起大家注意的生動臺詞，彷彿演員在扮演演員似的。或許奧塞羅在廂房等待時，已經反覆排練了好幾回。這句話讓人想起耶穌在客西馬尼園命令門徒收劍入鞘的事，因此憑添了這句話的權威性。奧塞羅不只是一流的表演者；他甚至帶有一點耶穌的行事風格。他也是老派的演員，把舞臺看成誇耀自身人格的地方，而罕能意識到他人的存在。團隊合作不是奧塞羅最大的優點。他只與鏡中的自己對話。這是他與海明威極少數的相似點之一，另一個相似點是他與海明威都選擇自殺一途。奧塞羅是個無脈絡（Context）之人——從字面上來說就是如此，身為摩爾人，他是柏柏人與阿拉伯人的混種，在收養他的威尼斯城裡，他是個失根之人。

這名威尼斯的摩爾人看起來容光煥發，然而如果輕易接受他自尊自貴的態度，我們很可能受到誤導。這名主角身上帶有一種演員的戲劇特質。他似乎自覺到自己正在吟詠莎士比亞的無韻詩：

絕不，伊亞戈。就像前往龐提克海一樣
它冰冷的海流與一往無前的浪濤
從不退縮，持續往
普羅彭提斯與赫勒斯龐奔流；[4]
即使我腦中充滿血腥，步履殺氣騰騰，
我也絕不後顧，絕不屈從於卑微的愛，
直到可用而強大的復仇力量
吞沒他們為止……

奧塞羅在戲的末尾死去，步上典型悲劇英雄的後塵，但不同的是，他最終以戲劇性的高亢嗓音宣示：

請你們將這些話記下：
再補充幾句，曾經在阿勒坡這個地方，

有個充滿敵意裹著頭巾的土耳其人
打了一名威尼斯人，誹謗他的國家，
我一把抓住這個受割禮的狗的喉嚨，
殺了他——就像這樣。（**他以劍自刺**）

一名評論者挖苦說，這是個華麗的戲劇手法（coup de théâtre）。這個人甚至把自刺的行為轉變成自我誇耀的動作。即使到了死亡這一刻，他仍不放過理想化自己的機會。

把奧塞羅安放到劇作的脈絡裡，不難看出賦予奧塞羅性格的模式如何與主題、情節、心情、意象及其他事物交織互動，我們因此得出一個與奧塞羅本身完全不同的文學人物觀念，奧塞羅不再是純粹自主的人物。這種做法可以避免在談論文學人物時，把他們講得好像是住在跟我們同一棟公寓大樓裡的人物。哈姆雷特不只是一名沮喪的年輕王子；他也反映了整齣戲，他具體表現的觀看與感受模式不只局限在他一人身上。他是各種洞察與偏見的複合體，而不只是屈居於繼父陰影之下的大學生。我們也需要檢視人物塑造的技術。特定的文學人物是單純呈現出類型或象徵，還是帶有微妙的心理反應？我們是否從他的內心來掌握他這個人，還是根據其他人物的觀點？他是前後一貫還是自我矛盾，是靜態還是不斷變化，是鮮明還是模糊不清？其他人物是否位於舞臺中央，還是說他們根本不是情節的主要部分？他們是透過行為與關係來加以界定，還是透過無形的意識隱隱出沒？我們感受到的他們，是鮮明的有形之物，還是純然的聲音話語，是一望即知，還是捉摸不定？

寫實主義小說中角色與脈絡之間的關係

偉大歐洲寫實主義小說——從斯湯達爾（Stendhal）與巴爾札克（Balzac），到托爾斯泰（Tolstoy）與湯瑪斯・曼（Thomas Mann）——的成就之一，在於它充分說明了人物與脈絡之間的交織互動。寫實主義小說裡的人物，往往陷於互相依存的複雜之網，難以自拔。這些人物由龐大的社會與歷史力量組成，並且受到他們罕能察覺的過程所形塑。這不是說，這些人物只是這些社會與歷史力量玩弄的對象。剛好相反，他們積極地形塑自己的命運。然而，現實並非幾個孤立耀眼存在的偉人創造出來的。如喬治・艾略特（George Eliot）所言，每個人的私人生活，莫不深受外在公眾生活的影響。寫實主義小說傾向於從歷史、社群、親族與體制來捕捉個人生活。人的自我便是植基於這些框架之上。正如文學作品的形成，除了作者外，還要有許多事物的助緣，同樣地，寫實主義人物的產生，也需要許多事物的幫襯。寫實主義小說與現代主義小說之間存在著差異，後者呈現在我們面前的多半是單一而孤獨的意識。舉例來說，貝克特的《馬龍之死》（*Malone Dies*）或伍爾芙（Uirginia Woolf）的《達洛維夫人》（*Mrs. Dalloway*）。

寫實主義傳統中的人物，一般都呈現成複雜、可信、完全發展的樣子。許多人看起來比我們的隔壁鄰居還真實。有些人看起來還更好相處。少了這群逼近真實的人物——但有些人帶有神話或傳說的色彩——世界文學將會失色不少。即使如此，我們必須了解，寫實主義觀念下的人物只是諸多人物描寫的一種。許多文學作品並不會特別想告訴我們，它的主角早餐吃什麼，或是他的司機穿什麼顏色的襪子。《新約》也把耶穌當成某種人物來加以呈現，只是《新約》沒有興趣深入探索耶穌的內心。這些心理刻畫與《新約》寫作的目的無關。《新約》也不是耶穌的傳記。《新約》甚至沒有告訴我們它的中心人物的長相。如果今日《新約》的作者去參加創意寫作課程，他們的分數想必會奇差無比。

還有一些作品也對主角的內心世界著墨甚少，如《以賽亞書》、但丁的《神曲》、中世紀的神祕劇作、綏夫特（Jonathan swife）的《格理弗遊記》（*Gulliver's travels*）、迪福（Daniel Defoe）的《摩爾・弗蘭德斯》（*Moll Flanders*）、布雷希特（Bertolt Brecht）的《三文錢歌劇》（*The Threepe Opera*）以及其他許多優秀的文學作品。伊夫林・沃（Evelyn Waugh）是二十世紀英國最優秀的作家之一，他曾經評論說，「我從未把寫作當成是人物調查，而是當成語言使用的練習，而我對此頗為癡迷。我對人的心理沒興趣。真正吸引我的是戲劇、話語與事件。」亞里斯多德會了解他所說的，不過費茲傑羅（Scott Fitzgerald）可能想破頭都搞不懂這是何意。

現代主義者的角色描寫方式

現代主義者尋求一種能符合後維多利亞時代的新描寫模式。做為一個人是什麼感覺，卡夫卡（Framz kafka）的答案與喬治・艾略特很不一樣，當然，《奧義書》或《但以理書》作者給的答案一定更不一樣。喬治・艾略特把人物視為「一段過程與開展」，但伍爾芙或貝克特則不如此認為。對他們來說，人類並不是那麼一貫與連續。典型的寫實主義人物通常合理而穩定，前後一致，他們比較像艾咪・多里特（Amy Dorrit）或大衛・科波菲爾（David Copperfield），而不像喬伊斯（James Joyce）的史帝芬・迪達勒斯（Stephen Dedalus）或T．S．艾略特（T. S. Eliot）的枯叟。而這也反映出在那個時代，認同的整體性不像現在一樣受到質疑。人們仍認為自己可以決定自己的命運。他們可以相當敏銳地感受到自己在何處停止，而他人又從何處開始。他們的個人與集體歷史，儘管存在著高低起伏，但整體來說呈現出前後一貫的演進過程，而這個過程通往的終點通常是幸福而非災難。

與此相反，現代主義讓整個認同概念陷入危機。史帝芬・迪達勒斯（Stephen Dedalus）與利奧波德・布盧姆（Leopold Bloom）這兩個喬伊斯《尤利西斯》（*Ulysses*）的孿生主角，儘管毫無目的地漫步在都柏林街頭，也依然能主導自己的人生。然而，這是一個嘲弄他們的笑話，因為讀者清楚意識到，他們的所做所為都已被《尤利西斯》荷馬史詩般的次要情節決定了。他們完全不知道自己的人生已被祕密安排好，因為他們不是這部以他們為主角的小說的讀者。他們與荷馬史詩次要情節的關係，宛如自我與潛意識的關係。我們日後將會看到，現代主義也對正統的敘事觀點產生質疑，因為要提出眾人同意的、前後一貫的人類事務大敘事已愈來愈難。舉例來說，在《尤利西斯》中，幾乎沒有任何大敘事出現，或至少——跟馬拉巴洞穴一樣——不確定是否有大敘事出現。一名評論者提出著名的說法，他表示在《等待果陀》中，沒有任何事情發生超過兩次，第一次發生在第一幕，第二次則發生在第二幕。

現代主義者因此對既有的人物觀念提出質疑。有些現代主義者把文學人物的心理複雜度推到極端，使古典意義下的人物開始瓦解。一旦你開始認定人類意識深不可測，你就不可能認為人類的意識像沃特・司各特（Walter Scott）的羅布・洛伊（Rob Roy）或羅伯特・路易斯・史帝文森（Robert Louis Stevenson）的吉姆・霍金斯（Jim Hawkins）一樣，有個明確的界線。相反地，人類意識開始溢出邊緣，浸滲到周圍乃至於其他人的自我。伍爾芙的小說尤其如此，在她的小說中，認同要比特洛勒普（Trollope）或湯瑪斯・哈代（Thomas Hardy）的小說來得難以捉摸與不確定。而這種不確定感不一定如後現代主義者所想的能獲得肯定。相反地，它可能導致失落與焦慮的創傷。認同不足與過度認同一樣，都有可能使人失能。

如果自我與不斷變化的經驗有密切關係，那麼自我就不像班揚（Bunyan）的艾弗里曼（Everyman）或莎士比亞的科里歐拉努斯（Coriolanus）那樣和諧與一貫。如此一來，要講述前後一貫的自我故事也就變得更難。自我的信仰與欲望，兩者不一定能天衣無縫地結合在一起。而且也沒有任何作品出現這樣的人物。從亞里斯多德到今日，批評者通常認為文學作品應該構成緊密結合的整體，不能有任何突兀的象徵，也不能有任何不恰當的安排。然而，為什麼非得這麼做不可？難道衝突與雜音沒有任何值得稱道之處？或許，如伍爾芙有時懷疑的，自我只是感官知覺作用偶然間集結於一處，自我的核心也許空空如也。喬伊斯的布盧姆抱持著這種現代主義心態，他的感官是片斷的，幾乎不存在任何連續性。雖然布盧姆也表現出心智健全、極其重視細節的樣子，卻形同寫實主義或自然主義人物的拙劣模仿。如果喬治・艾略特描寫她的人物吃早餐，那麼喬伊斯會進一步地描寫主角上廁所。某個心存異議的愛爾蘭人假裝成健壯現實的英國人，因而創造了布盧姆。另一個充滿顛覆性的愛爾蘭人王爾德，喜歡勾引英國人，他說真實不過是「心血來潮」。對王爾德來說，真正的自由是毋需有前後連貫的自我，以及可以自由地跟英國貴族的兒子上床。

現代主義作品還有另一種拆解傳統人物觀念的方法，那就是將形塑深層自我的力量揭露出來。勞倫斯說，他不在乎性格或人格，他探索的是深藏在意識內部的自我。佛洛伊德之後，正統的認同觀點顯然遭受了質疑。現在，意識生活只是自我的冰山一角。勞倫斯探索的自我，位於觀念、情感、人格、道德觀點或日常關係的遠端。它存在於陰暗、原始、非個人的領域，而這個領域，寫實主義作者幾乎不可能涉足。對勞倫斯來說，自我是無法掌握的。自我的邏輯不可測度，而且自行其是。我們其實對自己完全陌生。如果我們無法掌握自我，我們又如何能將我們的認同強加在別人身上。所以，這種自我觀點其實帶有倫理與政治意義。

T·S·艾略特也輕蔑意識，而且不關心個別的人格。真正讓他感興趣的是神話與傳統，這兩樣東西形塑了個別的自我。這些深層的力量才是艾略特的作品所想探討的。這些力量深埋於個別心靈深處，屬於一種集體的潛意識。在這裡，我們所有人共同分享著相同的永恆神話與精神智慧。因此，詩在意識層面上的意義並不重要。所以，艾略特毫不在乎讀者對於他的詩的詮釋。他的詩對於核心本質、神經系統與潛意識的衝擊，才是他最關心的。諷刺的是，艾略特在人們心目中是個令人生畏、思想深邃的作者。他的詩充滿深奧的象徵與旁徵博引的暗示。然而，「思想」其實最不適合用來形容他的作品。他的詩，與其說建立在觀念上，不如說建立在字詞、意象與感官上。事實上，艾略特並不認為詩人可以透過詩來思考。

賡續這種反智的基調，艾略特表示，理想的讀者最好是沒念過書。他自己甚至宣稱，他無法閱讀義大利文，但是卻能享受閱讀但丁原文的樂趣。你閱讀《荒原》（*The Waste Land*）與《四首四重奏》（*Four Quartets*），卻完全看不懂，可能會覺得自己很笨，但從某個崇高的層次來說，你已經看懂了。如果讀者是歐洲人，那麼他們非常幸運，因為他們也屬於歐洲心靈的一部分，無論他們知不知曉。如果讀者是印尼漁民，那麼他仍有可能捕捉到《荒原》的意義，因為他的直覺帶來的偉大精神原型與《荒原》是互通的。如果他看得懂英文的話更好，但那不是最重要的。讀者不用絞盡腦汁就能理解《荒原》，這對所有攻讀文學的學生來說的確是一項福音。或許一般相對論也是如此。也許每個人的內心深處，都是核子物理學家。

有一個理由可以解釋巴爾札克或霍桑（Hawthrone）的人物觀為什麼在現代不可

行。這是因為在大眾文化與商業盛行的時代，人類的臉孔愈來愈模糊，人也變得可以互換。我們可以輕易認出奧塞羅與伊亞戈（Iago），但貝克特的弗拉迪米爾（Uladimir）與艾斯特拉岡（Estragon）則讓人難以區別。艾略特自己曾說過，《荒原》裡的人物實際上沒有什麼差異。之前提過的布盧姆相當具個人色彩，但他跟缺乏個性的艾弗里曼一樣，思想與情感跟其他人一模一樣。他的心靈極為陳腐平凡。伍爾芙的人物彼此之間的界線相當模糊，人與人之間可以輕易傳遞情感與感受。很難從特定經驗來辨識個人。喬伊斯的《芬尼根守靈夜》（*Finnegans Wake*）的角色就像夢裡的人物，不斷地結合、分離、瓦解然後再結合，他們的內心充滿各種斷裂的自我與暫時性的認同。我們或許可以說，許多現代主義小說中的主角，指的其實不是書中的人物，而是語言本身。

接下來，我們要更仔細地考查特定文學人物。哈代《無名的裘德》（*Jude the Obscure*）中的蘇・布萊德赫德（Sue Bridehead）是維多利亞時代小說中性格最為原創的女性人物。不過，這部小說對不謹慎的讀者設下了陷阱。看來作者似乎有意將蘇醜化成墮落、水性楊花、善變的令人惱火的女子，而許多讀者也乖乖上了鉤。一名正經八百的批評者評論蘇時寫道：

只要繼續看下去，幾乎無法為她辯護什麼。第一個愛人因她而加速死亡，而蘇則擄獲了裘德的心，並且享受被愛的興奮感，然後，她懷著令人起疑的動機與耐人尋味的冷淡與菲洛特森（Phillotson）結婚，在此同時完全冷落了裘德。在拒絕與菲洛特森同寢之後，蘇離開菲洛特森，投向裘德的懷抱，隨即毀了他的教師生涯，而且也拒絕與裘德上床。她出於對阿拉貝拉（Arebella）的嫉妒，因此同意嫁給裘德，但後來又改變心意，最後又回到菲洛特森身旁，拋下裘德任其死去……問題在於我們如何相信蘇不只是個墮落輕佻的女子，充滿小詭計與挑釁地噘嘴；因此，就某方面來說，這應該是對她的精確描述，無庸置疑。

四十年前，當我為這本小說的新威塞克斯版寫序的時候，我也認為這樣的描述無可置疑，然而時至今日，我覺得這種說法實在錯得離譜。蘇並未經常挑釁地嘛嘴。事實上，在小說中她只嘛過一次嘴，而且不是為了挑釁。她也不是個陰謀者，「充滿小詭計」這句話並不恰當。我們不是很確定她是否「加速」了第一個愛人的死亡。他宣稱她傷了他的心，但這項指控相當荒謬。很少有人因為相思病而死，尤其是當他們犯了重病時，蘇的第一個愛人就是如此。她也沒有「完全冷落」了裘德。菲洛特森丟了工作並不是她的錯。這段話顯然是一連串的謊言。如果蘇現在活著，她一定會提出誹謗官司。她可以向D．H．勞倫斯提出鉅額的損害賠償，因為勞倫斯在《湯瑪斯・哈代研究》（*Study of Thimas Hardy*）中說蘇「幾乎就像個男人」，「作風像個老太婆的女巫」，她凡事照著「男人的原則」，「看不出來她是個女人」。詭異的是，勞倫斯還曾經說蘇「性無能」。所以蘇是個男人，一個不是男人的男人。我們很難找到比這句話更讓人性別混淆的了。

事實上（我要為年輕的自己說句公道話），我當時認為這只是一種可能的解讀。蘇當然有可能是善妒的、善變的、前後矛盾的。而這些說法實在談不上是冒犯。蘇的行為絕大部分都能獲得合理的解釋，對性的深刻恐懼很可能是觸發她種種行為的主因。這不是因為蘇是個維多利亞時代的老古板，原因恰恰相反。她是個受過啟蒙的年輕女性，對婚姻與性有著大膽而進步的觀點。談到宗教信仰時，蘇也抱持著懷疑論的看法。諷刺的是，蘇對性之所以戒慎恐懼其實是因為她的解放觀點。她認為婚姻與性是奪走女性獨立地位的陷阱，而小說本身也支持這個看法。裘德說，「女人是該責難的對象嗎？抑或該責難的是人建立的這套制度？在這種體制下，正常的性衝動成了惡魔的陷阱，用環繩套住脖子，將那些追求進步的女子往後拉？」（真實世界是否有人會這麼說，則是另一回事。）如果蘇試圖否認自己對裘德的愛，並且為兩人帶來了災難，這不是因為她沒心沒肺，而是因為她了解在當前的社會處境下，愛情與壓迫的權力密不可分。性與臣服有關。哈代在《遠離塵囂》（*Far from the Madding Crowed*）中說道，「女性要用語言來抒發自己的情感是很難的，因為語言是男性創造來表達男性自身的情感。」

如果蘇面對裘德裹足不前，那不是因為她水性楊花，而是因為她重視自己的自由。小說告訴我們，蘇的成長過程使她成為一個舉止像男人的女孩；這種無性的特質，使她超越了傳統性別的區分，也讓她無法理解男人對她的性慾望。她因此在無意間傷害了對方。她寧可單純當對方的朋友。小說以卓越的洞見看出了維多利亞時代晚期的性建制摧毀了男女之間純友誼的可能。蘇的一些明顯反常的行徑，源自於她的進步性慾觀不可避免淪為空談。此時離女性解放的時代尚早。因此她的信念必須屈服於社會壓力。蘇因為行為不檢而被退學，而後，為了平息眾怒，他只好嫁給溫和但令人厭惡的菲洛特森，好維持住自己的名聲。可想而知，結果是一場災難。

縱觀全書，蘇對於自己並不抱太高的期望。她遠比自己想像的更值得大家讚揚，而小說也讓我們看到實際上的她與她對自己的厭惡之間的落差。當裘德與蘇收養的孩子絞死他們的其他子女，然後自殺身亡時——小說並未寫實地說明這起事件——蘇的自責已達到極度病態的程度。「我應該用針刺自己的全身，」她叫道，「讓我體內的邪惡隨著血液流出！」在罪惡感與自我嫌惡的驅使下，她離開裘德，回到菲洛特森身邊，任由裘德悲慘而孤獨地死去。我在序裡點出這個事實，卻未能說明蘇是為了一個最可理解的理由而離開裘德。這點其實並不令人意外，一名剛在一場詭異事件中失去自己的孩子、成為邪惡公眾敵視焦點的女性，很有理由把孩子的死視為自己過著波希米亞式生活的天譴，因而在最後返歸正統的道德觀。尤其可以理解的是，因為蘇的性解放仍處於萌芽而不確定的階段。她還在發展，而非已經發展完成。在必須獨力進行、沒有社會協助，同時還要面對廣大的偏見與敵意的狀態下，會有這種結果也是理所當然的。

小說的悲劇在於，蘇與裘德想過著夥伴式的生活，但最終還是遭到父權力量的阻撓。即使他們的愛情深刻而堅定，還是禁不起體制的摧折。「性沾上了血跡，」評論這本小說的人說道。這部深具勇氣的小說討論了性的不可能，而不是只提到性的陷阱與幻象。然而小說也拒絕接受蘇與裘德關係的失敗是注定的，它與自然、神意或充滿惡意的上帝無關，它只是一場尚未成熟的失敗實驗。歷史還沒有做好準備。裘德以工人的身分申請進入牛津大學遭受拒絕也是如此。裘德自己也承認，這項嘗試並不是注定失敗，只是時機未到。裘德死後不久，牛津成立了專供工人就讀的學院，而且一直存續至今。無論如何，小說冷眼旁觀的寫實主義手法，顯示主角試圖進入牛津大學這樣的愚蠢機構是不智的。裘德的工作是修繕那些拒他於門外的學院門牆，在哈代眼中，這份工作要比在門牆內學習那些無用的學問來得有用許多。

批評者輕易地認定蘇是性冷感而且神經質，那純粹是因為他們完全透過他人的眼光來評價她。我們無法由蘇的內心來理解她。從敘事中可以看出，她在小說中的角色只是為了反映裘德的經驗，她不具有獨立的人物地位。她之所以如此難以看清，主要是因為小說是透過主角的需要、欲望與妄想來表現蘇。如同一名批評家所言，蘇是裘德的悲劇工具，而沒有自身的意義。因此不意外地，在裘德死後，蘇也就沒有出現的必要了。就這點來說，小說等於架空了女主角，但還是對她做出了非凡的呈現。

《無名的裘德》使我們對蘇產生同情，但小說也希望我們了解，蘇其實極力想避免自己被等閒視之。如果小說裡的人無法真正擁有她，那麼讀者當然也不可能。我們也許應該同情她，但不代表我們可以忽略她的前後矛盾。書中其他人物也跟裘德一樣，把蘇的捉摸不定視為女人心海底針。然而就整體來說，小說本身並不認同這種紆尊降貴的態度。蘇的「神祕」主要來自於複雜而自我矛盾的性本質，而這種性本質又源於社會秩序對她的壓迫。

移情不是理解的唯一形式

許多寫實主義小說希望讀者能認同它的人物。我們想像成為某人會是什麼樣子，即使我們並不希望成為他們。透過想像來重建他人的經驗，寫實主義小說就是藉由這種方式來拓展與加深我們對他人的同情。就這點來說，寫實主義小說是一種不需要實際實踐的道德現象。你可以說這是道德，但卻是透過形式而表現的道德，而不只是透過內容。喬治‧艾略特因為過於強調道德而不合現代人的口味，她眼中的小說形式便是從道德出發。「我想透過小說表達的是，」她在一封信裡寫道，「閱讀小說的人理應更能**想像**與**感受**他人的痛苦與快樂，人與人之間固然存在著差異，但至少有一個共通點，即人是努力犯錯的生物。」對艾略特來說，創造的想像與自我主義（egoism）相反。創造的想像使我們進入他人的內在生命，而非與他人隔絕，只躲在自己的私人空間裡。藝術因此非常接近倫理。只要我們能站在他人的立場來看待世界，我們就能更充分地了解他人何以如此行事。我們就能避免自以為是地責怪他人。了解帶來寬恕。

這種寬厚的想法值得推廣，但當中也有錯誤之處。首先，不是所有的文學作品都要我們認同當中的人物。其次，移情不是理解的唯一形式。事實上，如果從字義來看，移情甚至不是理解的形式。如果我「變成」你，我就沒有辦法運用自己的能力來了解你。此時，該由誰來從事了解的工作？此外，我們為什麼一定要移情於一些令人作嘔的人物，如卓久勒（Dracula），或者《曼斯菲爾德莊園》中的諾里斯夫人（Mrs. Norris）？（有許會有極少數怪人想成為吸血鬼，但絕多數人還是想成為奧德修斯或伊莉莎白・班內特。）無論如何，如果我「成為」赫克特（Odysseus）或荷馬・辛普森，我只有在他們也了解自己的狀況下才能了解他們，但以荷馬・辛普森來說這恐怕是不可能的。D．H．勞倫斯在他的《美國文學研究》（*Studies in American Literatuve*）中特別針對移情嘲諷一番。「沃特〔惠特曼〕一但『知道』一件事，」他寫道，「他就以為自己與它合而為一。如果他知道有個愛斯基摩人坐在小船裡，那麼馬上就有一名又矮又黃又油膩的沃特坐在小船裡」。也許有人批評這句話是種族歧視，但裡面的論點依然成立。

索福克勒斯並未要我們移情於伊底帕斯。劇作希望我們憐憫主角，但同情與移情是有差異的。如果我們想像自己與伊底帕斯合而為一，那麼我們該如何評判他？然而這是批評的一個重要部分。要評判，意謂著要與對方保持一定距離，可以同情，但不能移情。古希臘的文學作品並未要求我們去感受把矛刺進對方肚子裡、或子宮裡懷著怪物的感覺。相反地，它們把人物與事件展示在我們面前，供我們評斷。新古典主義作者菲爾丁也是如此。我們要用愉快、嘲諷與同情的眼光觀察湯姆・瓊斯（Tom Jones），而不是跟他上床。跟他上床的人已經夠多了。

馬克思主義劇作家布雷希特，寫作時正值希特勒時期，他認為移情於舞臺上的人物，可能會讓我們失去批判能力。而這一點，他認為得利的將是當權者。移情會讓人感情用事，忘了批判。身為馬克思主義者，布雷希特也相信社會存在是由矛盾構成的，而這些矛盾存在於人的認同的核心。將人原本的面目揭露出來，顯示人是變化無常、不連貫與自我分裂的。對布雷希特來說，人是整體而一貫的觀念純屬幻覺。這種觀念壓抑了自我的內在衝突，消弭了社會變遷的可能。在布雷希特的短篇小說中，有位離開村莊多年的克努爾先生（Herr Keuner），回鄉後很開心地聽到鄰居對他說，他完全沒變。但布雷希特寫道，「克努爾先生變得蒼白。」在司各特或巴爾札克的人物概念背後存在著某種政治觀點；在布雷希特背後則存在著另一種。他是歷史上唯一一位在申請加入丹麥共產黨之前遭丹共禁止的人。

想像的限制

如果想像的同情是了解人物的唯一方法，那麼這種方法也存在著更一般化的限制。「創造的想像」聽起來似乎是相當正面的詞彙，就像「我們明天要到馬拉喀什」或「再來一杯健力士」一樣。但想像其實不一定總是正面的。連續殺人需要相當程度的想像。想像不僅可以產生許多正面的內容，也能投射出各種黑暗、病態的場景。每一種被發明出來的致命武器，都是想像活動的結果。想像被認為是人類活動能力中最高貴的一種，然而一旦淪為幻想，就成了最低下的一種。

無論如何，試著感受對方的感受，不一定能提升你的道德品格。虐待狂（Sadist）也想知道受害者的感覺。有人想知道對方的感受，只是為了更有效地剝削對方。納粹不是因為他們無法了解猶太人的感受而殺害猶太人，而是他們根本不在意猶太人的感受。我無法體驗生孩子的痛苦，但這不表示我對此麻木不仁。無論如何，道德與感受很難說有什麼關連。當你看到一個人的頭被轟掉一半，你忍不住一陣噁心，但你仍試圖幫他。

相反地，你對於摔進人孔裡的人感到同情，但你卻閃開不去拉他一把，我想這無法讓你得到任何人道獎項。

文學有時會被當成經驗的「代用品」。我不知道成為一隻臭鼬是什麼感覺，但一篇引人入勝、以臭鼬為主角的短篇小說，或許可以讓我克服這種限制。但是，知道身為一隻臭鼬是什麼感覺，其實並不是什麼特別的事。想像本身其實無足稱述。我花了一整天想像成為一台真空吸塵器是什麼感覺，無助於提升我的創造力。成為一台真空吸塵器，不會讓你聯想到其他事物。想像也不會比真實更受喜愛。認為想像世界比真實世界來得可貴——浪漫主義者就是這麼想——等於是對日常現實抱持著否定的態度。這種想法暗示不存在的事物要比真實存在的事物更具吸引力。如果你說的是唐納・川普（Donald Trump），那也許是對的，但如果你說的是曼德拉（Nelson Mandela），那可就說不通了。

我們無疑可以藉由閱讀文學作品來拓展我們的經驗。想像可以彌補我們在理解真實時效率上的不足。舉例來說，有錢有閒的人可以親自到巴基斯坦與阿富汗交界的山區探險。地球上絕大多數人都沒有這樣的資源可以享受這類經驗，而我們也不可能為了免費到當地旅遊而加入蓋達組織。我們只能湊合著翻翻旅遊書就好。然而，如果財富能更平均地分配，那麼就會有更多人可以到當地觀光，如果他們願意冒著被槍殺的風險的話。閱讀寂寞星球（*Lonely Planet*）旅遊書的好處之一，就是你不會挨槍子。在十九世紀，文學對工人階級來說是一種感受方式，它讓工人有機會想像騎馬帶著一群獵犬外出打獵是什麼樣子，或嫁給貴族是什麼感覺，因為這些事情現實上不可能發生。因此詩與小說值得閱讀的理由又多了一個。

---

❶ 譯注：這段莎士比亞《暴風雨》第四幕第一場的譯文是引自朱生豪先生。
❷ 譯注：愛麗兒是精靈，卡利班是普洛斯彼羅的僕人。
❸ 譯注：湯姆與哈克是《湯姆歷險記》裡的人物。
❹ 譯注：龐提克海是今日的黑海。普羅彭提斯是馬摩拉海，赫勒斯龐是達達尼爾海峽。

Chapter 3
敘事

情節是敘事的一部分，但情節無法道盡敘事的全貌。我們一般將情節稱之為故事的重要行動。情節決定了人物、事件與處境三者相互連結的方式。情節是敘事的邏輯或內在動力。亞里斯多德的《詩學》提到，情節是「事件或故事裡各種被完成事物的結合」。簡言之，當某人問我們這篇故事在說什麼時，他想知道的就是所謂的情節。

小說中有些敘事者被稱為全知者（Omniscient），這表示他們知道自己講述的故事的一切，而讀者不應該質疑他們說的內容。如果一部小說開頭寫著，「威嚴而肥胖的巴克・穆里根（Buck Mulligan）從樓梯頂端走了下來，手上端著一碗肥皂泡沫，上面交叉擺著鏡子與剃刀，」那麼讀者大叫說，「不，他不可以！」「你怎麼知道？」或「我不喜歡這種安排！」這種叫嚷完全是徒勞。我們才剛在標題頁讀到「一部小說」（A Novel）這行字，光憑這點就足以認定這些問題是無效的。我們應該屈服於敘事者的權威。如果敘事者告訴我們穆里根拿著一碗肥皂泡沫，那麼我們就該乖乖進入這個幻想之中，相信他的確這麼做，而非幻想某個蹣跚學步的孩子是國際貨幣基金組織總裁，即使這能讓他暫時開心一下。

然而，屈服於敘事者的權威並沒有太大風險，因為我們其實也不是很相信敘事者的說法。我們不會真的被要求相信某個人真的叫巴克・穆里根，他拿著一碗肥皂泡沫。比較接近真實的說法是，我們被要求假裝有這麼回事。我們讀到「一部小說」這行字時，或知道作品是部小說時，就知道作者並不是要愚弄我們，讓我們以為這些事真的存在。他並不是要提供一段陳述做為真實世界的一個命題。據說十八世紀一名主教讀了綏夫特的小說《格理弗遊記》之後，把書扔進火堆裡，憤怒地說裡頭一個字都不可信。他顯然認為故事必須是真實的，而他懷疑這個故事是虛構的。小說當然是虛構的。但主教不喜歡小說的原因，居然是因為他認為小說是虛構的。

如果這段關於穆里根的陳述不是為了愚弄我們，那麼下面這項主張可就相當奇怪了，那就是我們可以說這段陳述雖然不是真的，但也不能說是假的。因為只有與現實有關的斷言才有真假可言，而穆里根的陳述與現實無關，它只是乍看之下有關而已。它擁有的是形式，而非內容。所以我們不應該相信，但也毋需叫嚷，「別瞎說了！」或「你講那什麼鬼話！」這麼做等於暗示作者想提出關於世界的真實主張，但這顯然跟穆里根的例子不同。同樣地，「早安」聽起來像是與現實有關的命題（「這是個美好的早晨」），但事實上這只是表達內心的希望（「我相信你會擁有一個美好的早晨」）。「早安」沒有真偽可言，就像「饒了我吧！」、「看什麼看？」或「你這個噁心的劈腿男」一樣。但像下面的句子就有真偽可言，例如有個名叫拉斯科尼科夫（Raskolnikov）的俄國學生殺了人，或有個勤跑業務的推銷員名叫威利・洛曼（Willy Loman）。然而這兩個句子如果出現在文學作品裡就沒有真偽可言，因為作品裡並未明說在真實世界中真的有這兩個人。

全知的敘事者是無形的聲音，而非可找出形跡的人物。敘事者匿名而不可辨識，他們的功能如同作品自身的心靈。即使如此，我們還是不應該認為敘事者表現了現實中作者的思想與情感。佛斯特《印度之旅》開頭的那段話就是個例子，雖然是全知敘事者說的話，但顯露的卻不一定是佛斯特自己的態度。羌德拉波爾這個鎮未必存在，因此佛斯特無法對它發表什麼意見。他可以對整個印度表示看法，但他寫的這段話，頂多只能說是一種用來反映這些觀點的文學效果。作者與作品之間很少存在著簡單的關係。肖恩・歐凱西（Sean O'Casey）的劇作《犁與星》（*The Plough and the Stars*）無情地嘲弄書中人物科維（Covey）。科維喋喋不休地賣弄馬克思主義術語，而且堅持工人鬥爭必須先於民族解放。然而歐凱西自己就是個馬克思主義者，科維傳布的理念正是他的信仰。喬伊斯《一個青年藝術家的畫像》（*A Portrait of the Artist as a Young Man*）末尾由主角針對美學旁徵博引說了一大套論點，但我們很確定喬伊斯本人並不接受這種觀點。但小說並未透露出這一點。

是誰在敘事

有時候，我們不是很清楚小說中是誰在敘事。舉例來說，以下這段文字引自索爾・貝洛（Saul Bellow）小說《雨王韓德森》（*Henderson the Rain King*）：

天光從頭上狹窄的洞口射了進來；光線原本應該是黃的，但因為接觸到石頭而變成灰色。洞口裝設了兩根金屬釘，防止小孩爬進來。我仔細看看四周，發現花崗岩切出了一條小通道，往下走還有一段階梯，還是一樣是石階梯。這段路變得更窄，而且通往更深的地方，不久我發現有些石階碎裂了，從裂縫裡鑽出青草，泥土也滲漏出來。「國王」，我叫道，「國王，嘿，你在那兒嗎，殿下？」但底下並沒有聲音傳來，除了一股暖空氣抬得蜘蛛網往上飄揚。「那傢伙在急什麼？」，我心裡想著……

這段描述應該是書中主角韓德森說的。然而韓德森是個粗枝大葉的美國人，他可能喊著「國王，嘿」或「那傢伙在急什麼？」，但應該不會說出「光線原本應該是黃的，但因為接觸到石頭而變成灰」這種詩意的話。他也不可能做出有點正經的描述，「我仔細看看四周，發現花崗岩切出了一條小通道……」。這是一段混合式的敘事，韓德森自己的聲音穿插到較為文雅的作者語調中。小說的語言範圍如果無法超越主角的意識之外，那麼內容就會太受限制。但小說還是要讓主角說話，才能彰顯自身的風格。

不可靠的敘事者

我曾經說過，敘事者理應知道小說打算描述的一切內容，但偶爾會有例外。舉例來說，敘事者有時會假裝不知道接下來會發生什麼事。在平庸的偵探小說《閘邊足印》（*The Footsteps at the Lock*）中，某個角色點起廉價香菸，而裝派頭的作者則假裝不知道香菸是什麼牌子。我說「假裝」，但實際上並不是那麼明顯地明知而故意隱瞞。如果讀者未能從中得知香菸是什麼牌子，那麼就表示沒有牌子。在這裡，我們罕見地看到沒有牌子的香菸（暫且不論這香菸是不是自己捲的這類複雜問題）。你可以在文學裡擁有這種香菸，正如你可以只看到貓的微笑而看不到貓、一隻會說阿爾巴尼亞語的鴕鳥；或者是某人可以同時間在英格蘭的伯明罕喝威士忌，又能在阿拉巴馬州的伯明罕進行腦部手術。真實的人生不會這樣有趣而多采多姿。王爾德曾說，在藝術這個領域，一件事可以是真的，但於此同時，也可以是假的。我們想到貝克特小說《莫洛伊》（*Molloy*）的最後一句話：「午夜。雨水敲著窗戶。不是午夜。沒有下雨。」

有不可靠的敘事者，也有全知的敘事者。亨利・詹姆斯《碧盧冤孽》（*The Turn of the Screw*）的敘事者是女家庭教師，但她幾乎可以說是已經瘋了。詹姆斯跟讀者玩兜圈子的遊戲，他一方面提供充分的理由讓我們相信女家庭教師言而有據，另一方面又隱隱暗示她的話不可信任。我們看到奈莉・丁在《咆哮山莊》裡的敘事不完全可信。簡・愛所描述的故事沾染上她的驕傲、憎恨、嫉妒、焦慮、侵略性與自利。康拉德（Joseph Conrad）的敘事者使人留意到他們詮釋的力量有其限制。這些敘事者對於自己講述的故事其實心存困惑。康拉德《在西歐人眼中》（*Under Western Eyes*）的敘事者就是如此，此外，福特・麥朵克斯・福特（Ford Madox Ford）的《好士兵》（*Good Soldier*）與湯瑪斯・曼的《浮士德博士》（*Doctor Faustus*）亦然。這類敘事者所掌握的故事意義甚至比讀者還少。我們可以看見他們看不見的東西，或許還能知道他們為什麼看不見。

綏夫特的《格理弗遊記》，當中的敘事者是出了名的不可靠。格理弗似乎一直未能從旅行中學到教訓，不僅愚蠢，而且是個不可靠的敘事者。愚蠢的敘事者不可靠，但不可靠的敘事者未必愚蠢。格理弗擔任全書諷刺的焦點，而從無懈可擊的雙重戰術來看，他也是被諷刺的目標。格理弗看到異國人物，便可悲地急著認同他們。舉例來說，在小人國，他過於急切地將這個微小生物國度的標準套用到自己身上。他曾激烈地駁斥人們指控他與身高只有幾英寸的小人國女性有染。他在反駁時從沒想到這顯然是不可能的事情。他也愚蠢地為這些侏儒授與他的頭銜沾沾自喜。簡言之，格理弗是個容易受騙之人。

綏夫特自己是英裔愛爾蘭人，因此他既不認為愛爾蘭是家鄉，也無法認同英國。要解決這個難題的方式之一，如王爾德所發現的，是變得比英國人更像英國人，這個策略反映在格理弗曲意迎合的行為上。在小說的末尾，格理弗短暫生活在長得像馬的慧駰國中，他居然一邊小跑步一邊發出馬嘶的聲音。這種直接顯露出敘事者腦袋出問題的敘事，我想並不多見。然而，格理弗有時也會完全不顧當地風俗，就像愚蠢的英國人，自滿地無視自己心中懷有的文化偏見。他要不是完全違反，就是完全遵守。綏夫特使用敘事者來顯示其他人的殘忍與腐敗，但也在自己的故事裡狠狠地嘲弄了自己。

如果你透過某個特定人物來講述故事，那麼要擺脫這個視角恐怕不是件容易的事。以青蛙的角度寫成的文學作品，有可能自限在青蛙的世界裡。要超越敘事者的意識是相當困難的事。敘事者是青蛙的例子並不多，但敘事者是小孩的例子可就不少了。敘事者是小孩有其吸引力，如《麥田捕手》（*The Catcher in the Rye*）中受人喜愛的少年敘事者，但也有其缺點。從孩子的觀點看世界，可以表現出世界相當令人陌生的一面。不僅角度新鮮，而且直接，這點華茲華斯（Wordsworth）已然提到。然而，孩子的觀看方式自然是有限的。（一個著名的例外是亨利・詹姆斯小說《梅西的世界》（*What Maisie knew*）裡的梅西・法蘭吉，這個小女孩跟作者一樣全知。）狄更斯的大衛・科波菲爾告訴我們，男孩的他可以看見零碎而非完整的事物。諷刺的是，這也是狄更斯自己傾向的知覺方式。孩子看見的現實也許生動，但卻顯得片段，而這也是狄更斯自己的觀看方式。因此，說狄更斯是透過孩子的眼睛看世界，似乎言之成理。

孩童敘事者的有限觀點，意謂著他們無法將自己的經驗拼湊成前後連貫的故事。這會構築出某種有趣或令人警醒的內容。但這也表示像奧立佛・崔斯特這樣的人物無法了解是什麼樣的體制造成他的苦難。他需要的只是立即的幫助，而這讓我們油然生出幫他的意願。然而，如果不思索體制的運作，並且找出改變的方法，那麼只會有愈來愈多的孩子看著挺著大肚腩的邦波先生（Mr. Bumble）走過，並希望能多得到一點稀粥。在這部早期的小說中，狄更斯似乎還無法參透有比個人遭受的殘酷與基本需求更要緊的事。真正待解的是整個社會的無情思維，這是狄更斯在日後逐漸了解的。我們稍後將以《遠大前程》（*Great Expectations*）為例，進行檢視。

有些敘事者不可靠到公然說謊的程度。阿嘉莎・克莉絲蒂（Agatha Cristie）的偵探驚悚小說《羅傑・艾克洛伊德謀殺案》（*The Murder of Roger Ackroyd*）的敘事者，實際上就是殺人凶手，但是他被賦予了講述故事的權威，因此讓我們墜入五里霧中。偵探小說裡的殺人犯通常會被隱藏起來，但是是隱藏在情節中，而非敘事的行為背後。我們到了弗蘭・歐布萊恩《第三名警察》的末尾才知道，敘事者早就死了，正如我們在威廉・戈爾丁（William Golding）小說《品徹・馬丁》（*Pincher Martin*）的結尾時震驚地發現，講故事的馬丁早在第一頁就死了。

敘事者的立場究竟為何

安德魯・馬維爾（Andrew Marvell）的詩〈致害羞的情婦〉（To His Coy Mistress），裡面的說話者顯然怕死怕得要命，他催促他的情婦放棄處女的矜持，趁著兩人還沒進墳墓之前趕快做愛。此人雖非不可靠的敘事者，但情婦與讀者只要稍微再想一下，就會懷疑他的動機。他真的是為人生和愛的短暫而煩憂，抑或只是想釣她上鉤？這是人類歷史上最具哲學性的邀人上床的方法嗎？這名說話者是否真的在思索生命的短暫，或者只是巧妙地想說服情婦，趁她還有肉慾可以耽溺時，趕緊耽溺其中？這首詩並未給我們選擇的機會。相反地，它讓這些選擇同時存在，形成一種諷刺性的緊張，玩笑與迫切同時發生。也許敘事者自己也沒有意識到他所想的事情有多嚴肅。

有些批評者對於瑪莉亞・艾吉沃斯（Maria Edgeworth）小說《拉克倫特城堡》（*Castle Rackrent*）的敘事者薩迪・奎爾克（Thady Ouirk）的可靠性感到懷疑。薩迪是愛爾蘭貴族拉克倫特家族的僕人，他的外表看起來是個忠心的老家臣。他用一種奉承的態度來陳述他酗酒、黑心的主人的家族史。綜觀全書，薩迪和藹可親地將主人的髒事臭事全部抖出來，包括他們的一些怪癖：如基特・拉克倫特爵士（Sir Kit Rackrent）把妻子囚禁在臥房七年。讀者可以從中發現諷刺的意味，那就是僕人不得不順從主人的意志，他們說出來的話代表主人而非自己的利益。就這個意義來說，這部小說是個所忠非人的寓言故事。

然而，還有另一種解讀方式。我們也可以視薩迪為心懷叛意的愛爾蘭農民的類型，在恭敬服從外表下，狡詐的隱藏著他的不滿。或許，他祕密推動著推翻地主的工作，企圖實現平民的蓋爾人美夢，也就是重新取回他們的土地。我們在小說中找到一些線索，可以證明這類陰謀並非空穴來風。薩迪犯了幾個利己的錯誤，但似乎更像是有意為之。在小說末尾，薩迪的兒子傑森打算謀奪拉克倫特家的地產，這或許是出於他父親的默許。總之，薩迪不僅愚弄了他的主人，也愚弄了讀者，沒有人看穿他心裡藏著什麼主意。從這角度來看，薩迪是典型的表面上卑躬屈膝、背地裡陰謀欺詐的愛爾蘭農民。白晝，他向地主宣誓效忠，夜裡，卻偷偷挑斷了地主的牛的腳筋。然而，還有一種解讀，與其說薩迪欺騙了讀者，不如說他連自己都欺騙了。他做出了典型的自欺行為，相信自己忠於拉克倫特家，卻在潛意識中謀畫了他們的衰頹。他的敘事絕大部分淡化了拉克倫特家聳人聽聞的行徑，但描寫的過程卻不智地讓他們的行為更顯齷齪。因此，我們有好幾種解讀薩迪行為的版本。但讀者無從決定孰是孰非。

第三人稱的全知敘事是一種後設語言，至少在寫實主義小說中，這種敘事是不容批評或評斷的。因為這是故事本身的聲音，我們無法質疑它。產生質疑的狀況只會發生在敘事暫停下來反省自身的時候。著名的例子是喬治・艾略特在《亞當・畢德》（*Adam Bede*）中插入的一章，她在當中思索了關於寫實主義、人物本質、小說對下層民眾的表現方式等問題。我們可以這麼說，這是一部反思小說的小說。在所謂的書信體小說中——也就是以主角書信往來的方式來表現的小說——不一定會出現這類後設語言或作者旁白的表現方式。在絕大多數的戲劇形式裡也是如此，總是傾向於讓人物說話，而不是讓作品自己說話。班・強森（Ben Jonson）可不能突然插進幾句，告訴讀者沃爾彭（Volpone）是什麼樣的人，一如薩克利在《浮華世界》（*Uanity Fair*）裡指出書中某個最可愛的人物是個傻子。

因此，我們很難知道一齣戲到底是支持還是反對某個觀點。以莎士比亞《威尼斯商人》（*The Merchant of Venice*）的波西亞（Portia）為例，她發表了著名的演說，談到慈悲：

慈悲不是出於勉強；
如同天降甘霖
施惠眾生。慈悲是兩度祝福：
不僅施的人得到祝福，受的人也得到祝福。
慈悲具有無上的力量；它比
王冠更能彰顯君主的尊貴……

我們很難不被如此美麗的詞藻說服。然而波西亞的說詞顯然完全是為了自利。她有意解救她的同路人威尼斯基督徒安東尼奥（Antonio），使他得以逃出可憎的猶太人夏洛克（Shylock）的掌握。威尼斯的基督徒向來輕蔑這些外來者，他們絕不會對這些人施予慈悲，只要夏洛克輸了訴訟，他們一定會狠狠地懲罰他。然而現在他們卻必須透過波西亞——毛遂自薦的女性發言人——向夏洛克討饒，讓這位從骨子裡反猶（anti-semitic）的安東尼奧能平安脫身。他們希望夏洛克能大發慈悲，那是因為他們還沒準備好要還他公道。夏洛克手裡握著法律文件，上面寫著他可以從安東尼奧的身體挖下一磅肉；而儘管這聽起來是個野蠻的交易，但一磅肉確實是他在法律上應得的主張。更重要的是，安東尼奧自己同意了這項交易。他甚至認為這個交易相當划算。

如果夏洛克頑固地拘泥於法律文字是一種玩法的行為，那麼波西亞的策略也不遑多讓，她靠著指出夏洛克的合約只允許他取下對方的肉，卻不包括肉中的血，因而贏了這場訴訟。實際上不可能有法院接受這麼離譜的說法。法律必須依照一般的理解來執行，而非狡詐的吹毛求疵。無論如何，慈悲不能強求，但正義卻必須如此。舉例來說，懲罰必須與罪名相符。慈悲是美德，但慈悲不能用來嘲弄正義。我們有理由懷疑波西亞的計策仍有弦外之音。但由於沒有旁白告訴我們是怎麼一回事，所以我們也就自己下了這樣的結論。

類似的狀況也出現在《哈姆雷特》波洛尼爾斯（Polonius）勸告自己的兒子雷爾特斯（Laertes）之時，他的最後幾句話成為眾人引用的名句，「最重要的是——你必須對自己忠實，／正如黑夜之後白晝必將來臨，／對自己忠實，才不會欺騙別人。」這段話真能算是賢智的建議嗎？如果你是天生的騙子，而且決定忠於自己，那又該如何？我們不知道莎士比亞對於這段父親的忠告作何想法？它帶有一種警句的味道，很可能讓一些讀者感覺充滿了權威性。另一方面，波洛尼爾斯有時會講出一些帶有預示性的話，充滿了曖昧不明的意義。或許，這齣戲只是想嘲弄他，就跟莎士比亞其他的劇作一樣。或許，在某個難得的時刻，他會從自己慣有自尊自貴的態度，變而說出具有道德色彩的名言。也有可能莎士比亞並未認真想過這句話說得是否穩妥，或者莎士比亞認為穩妥，其實卻搞砸了。或許莎士比亞壓根兒沒想到會有天生的騙子。我們不應懼於向詩人提出質疑。畢竟，他的喜劇幾乎很少讓人捧腹大笑。就算我們看的是《第十二夜》（*Twelfth Night*），通常也不會有人因為陷入歇斯底里的大笑而被抬出場。

全知的敘事者並非不可挑戰。我們大可懷疑他們的觀點存在著偏見與盲點。以敘事與人物之間的關係為例。一部小說很可能過度理想化某個人物，正如小說很可能因為過於偏愛某個觀點而扭曲了故事主線。小說會對自身描繪的一些人物與事件顯露出某種態度，這些態度可能很明顯，也可能很含蓄，而這正是讀者可能提出質疑的部分。一名敏銳的批評者曾評論格雷安姆・葛林（Greaham Greene）《事件的核心》（*The Heart of the Matter*）既過於褒揚，又過於貶低主角斯科比（Scobie）。我們沒有必要把小說的文字當聖旨，雖然我們也只能以小說的文字為準來進行討論。如果小說告訴我們，女主角的眼珠子帶著綠斑，我們也只能照單全收。如果小說還暗示，女主角是從露克蕾提亞・波吉亞（Lucretia Borgia）以來最黑心的女性，那麼我們也許會問，小說是根據哪一點這麼說，以此來進行質疑。小說作品也許看似相信自身的人物是愚鈍的、軟心腸的或可鄙的，但小說本身也可能誤判。小說很可能在不知不覺中提供了與這些判斷完全悖反的證據。

作品本身的誤判

D・H・勞倫斯的《兒子與情人》（*Sons and Lovers*）也許可以充當例證。這部小說隱約批評了主角人物保羅・莫瑞爾（Paul Morel）。儘管如此，這部小說卻是從他的角度來看世界。在敘事與中心人物之間，存在著祕密的共謀關係。事實上，小說在某些時刻似乎比我們更肯定主角的做法。由於小說的世界主要透過保羅的目光來加以呈現，因此他的愛人米莉安在小說裡著墨不多。我們很想知道她對保羅的看法，卻毫無線索。可以說，整個敘事是對她不利的。而且整個結構從一開始就已經偏斜，真實生活的米莉安不難發現這點。同樣的狀況也許還有勞倫斯《查泰萊夫人的情人》（*Lady Chatterley's Lover*），這部小說完全不給冷血的克里佛德・查泰萊任何發言的機會。相反地，他被呈現出來的方式幾乎完全來自於外部。我們或許可以拿他與《安娜・卡列妮娜》（*Anna Karenina*）的卡列寧（Karenin）對比，托爾斯泰對於這個索然無味的人物做了相當細膩的處理。而這種處理方式也顯然與勞倫斯《戀愛中的女人》的傑拉德・克里奇（Gerald Crich）不同。傑拉德代表作者憎惡的類型，但他還是獲得充分的描寫。傑拉德是從內部來加以呈現，假使他的內在真的有靈魂的話。與此相對，克里佛德・查泰萊卻被化約成某種刻板印象，因此小說可以用最少的力氣輕鬆將他交代過去。此外，克里佛德的肢體殘障，而勞倫斯在處理坐輪椅的人物時原本手法就不是特別高明。

喬治・艾略特的《亞當・畢德》讓讀者得以一窺赫蒂・索瑞爾（Hetty Sorrel）的內心世界。赫蒂是一名年輕女工，她被地方上一名好色的士紳所引誘，生下了私生子。她殺死孩子，但最後得以免於絞刑。這場精采好戲有許多部分是從外部來呈現，彷彿是說赫蒂的內在缺乏深度，不值得探討。與其說她是精力充沛的悲劇英雄，不如說她是值得憐憫的對象。她的姓「索瑞爾」，發音令人聯想到悲傷（Sorrow），但這個字也讓人想到一種馬，而這種聯想似乎有點不太莊重。敘事終與把赫蒂打發走，為故事主角亞當清出了一條道路，讓他得以選擇較高尚的女子為妻，而非選擇腦袋空空的擠奶女工。艾略特最出色的小說《米德爾馬奇》（*Middlemarch*）沒有這種過度偏向一方的現象，敘事者就像是大公無私的主席一樣主持公共辯論，確保各方都能發表意見。就連無情的卡索邦（Casaubon）也是帶有情感，會感到痛苦的生物。這裡沒有任何人可以壟斷發言權。

《無名的裘德》與艾略特處理卡索邦的方式有類似之處。這部小說使我們對穩重而心態傳統的菲洛特森產生嫌惡感，而我們知道思想自由的蘇・布萊德赫德可悲地嫁給了他。她懇求丈夫讓她自由，正當我們預期這位體面的人物會拒絕她時，令我們意外的是，他居然答應了。儘管他顧慮旁人的觀感，儘管他對失去自己所愛的人感到難過，但他還是這麼做。然而他無私的行為卻使他丟了教職。小說這裡的安排不同於傳統，雖然菲洛特森是個不討人喜歡的人物，但小說並未對他落井下石。相反地，小說讓菲洛特森在面對妻子的不快樂時，慷慨地做出令人敬佩的決定。如果換成是D．H．勞倫斯來處理，他不會讓菲洛特森如此寬大，他甚至不會讓他擁有任何內在生命。

就這個意義來說，哈代的人物總讓我們感到驚訝，而奧斯汀或狄更斯的人物很少如此。他們會突然跳出窗戶，嫁給她們嫌惡的人，坐在樹上動也不動，就這樣維持很長一段時間，或脫掉內衣解救掉在山崖下的人，無來由地在市集上販售自己的妻子，為了不起眼的理由在古物展示會上大打出手。喝醉的裘德在牛津的酒館背誦尼該亞信條，這可不是當地酒館常見的事。哈代的小說不因缺乏寫實主義的成分而感到困窘，他甚至沒注意到這點。他的小說允許寫實與非寫實的手法齊聚一堂，而不強行加以區別。

作者的偏愛與偏見

哈代處理《德伯維爾家的黛絲》（*Tess of D'Urbervilles*）的黛絲・德貝菲爾德（Tess

Durbeyfield），與喬治・艾略特處理赫蒂・索瑞爾有很大的不同。哈代顯然很喜愛自己的女主角，那種感覺跟薩謬爾・理查森喜愛克拉里莎頗為類似，他希望能為這名飽受虐待的年輕女子做點事。就這個意義來說，小說中有些人物可恥地剝削了黛絲，而敘事則是希望還給黛絲公道。哈代希望把黛絲描寫成完整的女性，而不是像安傑爾・克雷爾（Angel Clare）一樣將她理想化，或者是像阿雷克・德伯維爾（Alec D'urberville）一樣把她當成洩慾的對象。

這種慷慨的做法並非毫無問題。如果作品想從內部來描述黛絲，那麼作品也會使黛絲淪為熱切注視下的焦點，她將成為眾多讀者審視的對象。批評家曾經指出，在這部小說中，要讓黛絲成為受人矚目的女主角有其難度。雖然哈代想讓黛絲這個人能一目了然，但在小說中卻免不了要透過眾人的言談與目光來認識她。關於黛絲的性，書中沒有詳細描述。在敘事的關鍵點上，例如黛絲被誘惑那一刻，她的意識讀者也無從得知。黛絲拒絕了敘事者（隱含著男性觀點）強加給她的生活方式。此外，書中對黛絲的看法充滿衝突與矛盾，這些看法彼此交疊在一起，無法形成前後一致的整體。為了展示她的性格，小說只能破壞我們對她的了解。這本書充滿各種刺入、穿透的意象，敘事者彷彿對主角充滿各種情慾想像。然而，黛絲的人物形象始終未能確定下來。

小說會帶著明顯的偏見來處理書中的主題。舉例來說，狄更斯的《艱難時世》用一種黨同伐異的觀點來看待寇克鎮（Coketown）。寇克鎮是英格蘭北方的工業城鎮，也是小說劇情發展的地方。這座城鎮的描寫完全是印象派的，宛如英格蘭南方的觀察者坐在火車上看見的浮光掠影。小說主角是史帝芬・布萊克普爾（Stephen Blackpool），他是一名恭順、有道德良知的工人。我們忍不住讚揚他拒絕工會罷工的壓力，但事實是史帝芬幾乎不具有政治意識。他與其他工人同事疏遠是基於個人而非政治的理由。他在孤獨中死去，但一般人卻以為他是頑固的工會成員為工會而犧牲。實則他的死毫無政治意涵。《艱難時世》把勞工運動描繪成大聲喧嘩、結黨立派與帶有暴力色彩的活動。透過這種做法，小說輕易抹煞了維多利亞時代英國極少數能挑戰既有社會不公的力量，諷刺的是，社會的種種不公正是狄更斯所憤憤不平的。小說裡的罷工是以真實的罷工為根據，狄更斯在新聞報導時對罷工投入的同情，遠比小說裡來得多。事實上，他稱讚自己親眼看見的罷工是一群自我節制的罷工工人。《艱難時世》也粗魯諷刺了功利主義。功利主義的信條實際上在狄更斯時代的英國推動了幾場重要的社會改革。功利主義的創始人邊沁反對同性戀入罪化，這在當時是相當令人吃驚的開明立場。功利主義絕不是像小說粗魯呈現的那樣，只是一種盲目的運動。由於狄更斯有幾個最好的朋友是功利主義者，因此我們很難相信他沒有察覺到自己的小說有扭曲功利主義的問題。

不抱立場的敘述

小說也可能對主題不抱任何立場，儘管我們認為應該有。伊夫林・沃就是一例，他的諷刺小說《衰亡記》（*Decline and Fall*）利用主角保羅・潘尼費勒（Paul Pennyfeather）來嘲弄英國上流社會的虛偽矯飾。由於潘尼費勒只是進入上流世界的入口，因此他並不是個發展完整的人物。潘尼費勒只是小說中心的一段空白，他的分量極為輕微，就像他的名字潘尼費勒（便士跟羽毛，都是價值與重量極其微小的事物）一樣。而他似乎也無法評斷自身的經驗。在一齣絕妙的黑色喜劇中，他被判處七年苦役，罪名是嫖妓與販賣白人為奴，但事實上他是代罪羔羊。然而，他卻發不出任何抗議的聲音，他未能起而反對惡劣的司法不公。

保羅的內心空空如也，因為他屬於膚淺上流社會的一部分。而這種空無一物的性格也反映出世界的一場糊塗，同時也使保羅無法對這個世界提出批評。小說的主角在全書豐富的喜劇內容中不過是個無足輕重的角色，而這也使他無法質疑上層階級朋友的行為。小說對這些人物的態度是謹慎而中立的，這種不做任何表示的做法讓故事更加詼諧。這種文學手法，猶如在面對最震撼、最超現實的事件時，仍面無表情地加以報導一樣。不過這種中立的語調對於像沃這樣的作家來說極為方便，因為沃向來比較同情上層階級。

沃有部分的喜劇作品完全不探討人的內心世界。事實上，他的人物也沒有太多內在生活可供探討。這顯示出這些人物在道德上的淺薄，而這也成為指責他們的理由。然而，如果他們真的內心毫無東西，那麼我們就很難認定他們應該為他們的醜行負責，如此反而對他們有利。弔詭的是，這些游手好閒的人最該受批評的地方——他們的人格幾乎跟紙一樣薄，毫無厚度可言——正是讓他們免受批評的地方。

故事設定的傾斜

敘事有各種辦法寫出自己想要的結果。喬治・歐威爾的《動物農場》描述一群動物接管了農場，然後試圖自己經營運作，卻帶來災難性的結果。小說藉此諷喻蘇聯早期社會主義民主的崩解。然而，事實上，動物本來就沒有能力經營農場。當你身上長的是蹄子而不是手時，無論是簽支票還是打電話叫貨，恐怕都極為困難。當然，這不是動物實驗失敗的原因，但它在潛意識中影響了讀者的想法。因此，故事打從一開始就傾斜了。故事從一開始設定的詞語，都是用來證明它的論點是對的。這篇寓言也可能暗示著——無疑地，這不是它的左派作者原先的想法——工人太蠢，無法管理自己的事務。這本書的書名也在偶然間被解讀成一種諷刺。「動物」與「農場」自然而然地湊在一起。但兩者實際上卻無法一起運作。

威廉・戈爾丁（William Golding）的《蒼蠅王》（*Lord of the Flies*）也是如此，該書描述一群流落到荒島上的學童，逐漸淪為一群野蠻人。這部小說顯示了文明的膚淺。約瑟夫・康拉德的《黑暗之心》也曾提到我們是披著外衣的野蠻人，這種觀點徹底毀滅了社會進步的希望。劃開學童的表皮，你會看到一個野蠻人。然而，選擇孩子擔任小說人物，藉此來抒發論點，似乎太簡單了點。無論如何，孩子尚未經歷社會化的歷程。他們還沒有能力進行複雜的運作，例如維持整個社群。事實上，就這點來看，這些孩子的社會組織能力甚至還不如歐威爾的豬。因此，他們試圖在島上建立社會秩序，卻隨即崩壞，這並不令人驚訝。《蒼蠅王》選擇了過於簡單的題材。它的故事從一開始就知道最後的結果。人也許是墮落、腐敗的生物，這一點戈爾丁深信不疑；但你不能找幾個驚慌失措的學童，只因他們無法組成一個類似聯合國的組織，就認為這樣可以證明人是墮落的。

聽見與看到之間的衝突

敘事顯示的事物，與敘事說的事物，兩者間可能存在著差異。我們可以在約翰・彌爾頓的《失樂園》中找到相當明顯的例證，那就是亞當決定與夏娃一同吃下禁忌的果實，兩人一起承擔命運。從詩的描述，我們不難看出亞當是因為愛他的伴侶而做了這個決定：

不，不！我感覺
自然讓我們合為一體：妳是我的肉，
妳是我的骨，妳與
我永遠不分開，禍福與共。

亞當出於對夏娃的忠誠，決定以自己的生命為賭注。不過，當亞當準備要吃果子的時候，詩句的語調為之一變：

他遲疑著是否要吃，
他用更高超的智慧尋思著，雖不受欺瞞，
卻還是輕易被女性的魅力所征服。

「輕易被女性的魅力所征服」，這句詩公然扭曲了亞當的心境。（說是「輕易」，其實本意是「愚蠢」。）它把亞當自我犧牲的勇氣貶低成甘受美麗的臉孔誘惑。當亞當吃了果子，準備與他的愛人共度餘生時，詩句急轉直下，收回了對亞當的同情。取而代之的是嚴厲的評斷口吻。敘事堅稱亞當是基於自由意志做了這件事，不是自欺，而且也充分了解這麼做會帶來什麼樣的災難。彌爾頓從人文主義者搖身一變成了神學家，基督教的教義成了戲劇的主軸。

在迪福的小說中，我們也在看到的東西與聽到的東西之間發現類似的衝突。迪福的小說醉心於平常的物質世界。從他的作品中，可以發現一種純粹的敘事性，其中最重要的問題就是「接下來是什麼？」能引發下一起事件的事件，才具有重要性。這些無休止、不斷往前的敘事，並不按著一定的計畫走。在迪福的故事裡，沒有邏輯的結論，也沒有理所當然的結尾。這些故事只是一個勁兒地累積敘事，就像資本主義單純為了獲利而累積獲利一樣。這種敘事的欲望彷彿無可饜足似的。在一個停止便是代表停滯的世界裡，你停下來只是為了再度起飛，迪福的敘事與人物也是如此。魯賓遜從荒島返鄉後不久，又再度外出旅行，他總是準備進行下一趟冒險，並且承諾與我們分享他的冒險歷程。有些人物，如摩爾．弗蘭德斯，她的手腳極快，丈夫一個接一個換，小罪一個接一個犯，大家都不敢確定這究竟是不是同一個人幹的。然而，這些人的生活方式就是如此，他們凡事不多想，只靠著本能反應，富貴險中求（摩爾就是如此），一切都靠經驗判斷。

迪福顯然很喜歡寫實主義。喬伊斯曾說自己的想法像個雜貨店老闆，迪福也是一樣。事實上，英國小說開始受歡迎，與人們開始關注日常生活經驗息息相關。在此之前的文學形式顯然不是如此：悲劇、史詩、哀歌、田園詩、羅曼史等等。這些文類處理的主體多半是神祇、上流社會與重大事件。它們對娼妓與扒手沒什麼興趣。對這些文類來說，讓摩爾．弗蘭德斯這樣的蕩婦講故事，就跟讓長頸鹿講故事一樣不可想像。然而，對於像迪福這樣不信奉英國國教的基督教異議者（Dissenter）來說，描寫日常生活經驗，目的並不是為了日常生活本身，他認為這麼做在道德上是不可接受的，即使他的小說寫的全是這種東西。物質世界理應指向精神世界，物質世界本身不是目的。必須從真實的事件中找出道德或宗教意義。所以迪福向我們保證，他像小報記者一樣報導這些聳動的事件（竊盜、重婚、詐欺、通姦等等），目的只是為了讓大家能得到道德教訓。不過，這顯然不是事實。他寫的故事往往嚴重牴觸了道德。迪福看似要我們相信人類史是由神意所引導，但他鋪陳的內容卻讓我們難以相信神意存在。歷史只是一連串的意外。歷史是由貪婪自利驅動的，中間並不存在任何道德意旨。美德就留給那些有本事的人來做就行了。小說說的顯然與小說顯示的格格不入。

操弄敘事而達到小說的目的

D．H．勞倫斯在《湯瑪斯・哈代研究》中表示，他反對作家「瞎攪和」。他的意思是指，小說是眾多力量均衡的結果，小說擁有神祕而自主的生命，作家不應該為了自身目的而去破壞均衡。他認為，托爾斯泰將他的傑作安娜・卡列妮娜賜死，就是破壞了這個均衡，因此犯下了不可原諒的錯。這位作家圈子裡的「猶大」（勞倫斯如此稱呼托爾斯泰），對於女主角生活的精采絢爛感到驚恐，膽怯的他於是將女主角推下鐵軌，讓她死於火車輪下。在勞倫斯眼中，凡是讓主角毀滅的作者都是在「糟蹋人生」。他因此認為，悲劇往往與逃避有關。事實上，勞倫斯之所以在現代主義作家中特別凸出，就在於他對悲劇的厭惡。勞倫斯的人物即使無法成功實現，也不會被認為是悲劇人物。失敗者終究要掃除出去，讓其他有能力的人順利實現自我。

勞倫斯也許錯怪了托爾斯泰與悲劇，但他卻正確地發現作者經常操弄敘事來滿足小說的目的。正如喬治・艾略特《米德爾馬奇》的女主角桃樂西亞・布魯克（Dorothea Brooke）嫁給了萎靡的老學究，陷進無愛的婚姻之中，小說索性讓老頭心臟病發以結束這場僵局。換言之，這是現代版的神意展現，只是展現的地點是小說。《簡・愛》急著要將女主角許配給羅徹斯特，但羅徹斯特已是有婦之夫，於是小說乾脆讓屋頂著火，讓他瘋掉的老婆活活摔死，以成其好事。如果小說人物遲遲不願殺人，那麼敘事便會多管閒事，為他們代勞。敘事就像僱來的殺手，專門幫小說人物處理各種骯髒事。大衛・科波菲爾幼稚而腦袋空空的妻子朵拉（Dora）顯然不適合當他的伴侶，很明顯地，她不可能活到最後。她的命運就像那位盛氣凌人的商人，在偵探小說一開頭就騎馬無情地踩過其他人物，而他最終躲不過被刀子刺得肚破腸流的悲慘結局。

小說為了挽救危局，會適時地帶來好消息，例如黃金單身漢的出現，或是長久失去連繫的有錢親戚突然找上門來。寫實主義敘事通常會用這種方式來賞善罰惡，因為它們必須糾正現實的錯誤。有時候，例如亨利・菲爾丁的作品，這種糾正錯誤的過程會充滿巧妙的諷刺意味。小說總是巧妙地暗示，在現實生活中，主角或許會被絞死；但既然這是小說，我們就必須給他嬌妻與廣大的地產。如果主角本身汲汲營營地追求這些事，那麼我們將很容易忽略他在美德方面的表現。美德絕非利己，所以情節必須從旁幫他一點忙。菲爾丁讓湯姆・瓊斯獲得幸福，但在此同時也提醒我們，這種好事在現實生活是很少有的。菲爾丁在小說裡說，知名的道德律則提到，善有善報——他又說，這個律則只有一個缺點，那就是它不是真的。

同樣地，墮落而邪惡之人，在小說的末尾只會更慘。他們的奸計無法得逞，他們的財產從他們毛絨絨的腳掌中被奪走，他們最後不是鋃鐺入獄，就是嫁給怪獸般的傢伙。窮人會得到各種好處，富人則被奪走了一切。然而小說也會小心翼翼地暗示，在現實人生，惡棍最終或許會成為法官或內閣大臣。莎士比亞喜劇的末尾也有類似的諷刺性，使我們痛苦地察覺到，現實狀況並非如此理想。《仲夏夜之夢》末尾提到「佳偶」終成眷屬，但不久這齣戲又開始從性的吸引力說起，質疑「佳偶」是否真是佳偶。它提到，每個人都可能對某些人感興趣——欲望為什麼總是呈現如此無政府的狀態，對秩序井然的劇作造成嚴重的威脅。仙后甚至會愛上驢子，而這已不是王室成員第一次出這樣的差錯。在《暴風雨》中，普羅斯彼羅只能使出神奇的魔法才能讓敵人跟他妥協。夏綠蒂・勃朗特的小說《維萊特》（*Villette*）給了我們另類的結局，又是喜劇，又是悲劇。「如果你堅持的話，那麼這是你要的皆大歡喜的結局，」她彷彿對讀者低語著，「但不要夢想真實世界會是如此。」

亨利・詹姆斯不害怕悲劇的結果，他在隨筆〈小說的技巧〉（*The Are of Fiction*）中諷刺地說，我們在寫實主義小說的最後幾頁總會看到「戰利品的分配、退休金、丈夫、妻子、嬰兒、數百萬、附加的段落與歡欣的陳述」。這種結局主要是為了撫慰人心，反觀現代主義的結局則是為了讓人心神不寧。維多利亞時代的人相信，藝術的功能是為了提升讀者的心靈層次。沮喪會使人道德敗壞，甚至會在政治上造成危險。沮喪的人通常會憤憤不平。因此，幾乎所有維多利亞時代的小說都以肯定的語氣結尾。就連近乎悲劇的《咆哮山莊》末了也帶著積極進取的氣息。這些快樂的結局實際上是幻想，而佛洛伊德說過，幻想是「對令人不滿的現實進行糾正」。我們知道，在現實世界，利益的分配總是不均的。美好的女子嫁給粗魯的丈夫，狡詐的銀行家總能免於牢獄之災，可愛的小嬰兒總是誕生在白人至上主義者的家裡。因此，詩意正義的聚光燈絕不會照錯地方。或許小說是僅存的幾個還存在著正義的處所。然而，這並不特別令人感到安慰。

康拉德在《人生筆記與書信集》（*Notes on Life and Letters*）的隨筆裡討論了亨利・詹姆斯，他提到傳統小說的結局總是「賞善罰惡，推崇愛情，交給命運安排，斷腿或突然死亡」。他又說，「這些結局具有正當性，因為它們滿足了人們對終局的渴望，而且也滿足了物質所不能滿足的欲望。或許人類唯一真實的渴望——通常在有餘暇時才會浮現——是獲得寧靜。」對結束的渴求，持續地叫嚷「最後到底發生了什麼事？」這些都讓我們渴望閱讀。因此，我們總是沉迷於驚悚小說、推理小說、高潮迭起與怪誕恐怖的小說。就在康拉德說完這些話不久，佛洛伊德將這種終局渴望稱之為死亡驅力。

雖然我們想滿足自己的好奇心，但我們也要提防滿足的過程。如果結束的愉悅來得太快，將會毀掉懸疑的快感。我們想獲得確定的結局，但我們也希望結局不要太早出現。我們希望得到滿足，但未知的焦慮也能讓我們上癮。少了懸而未決，就沒有故事可說。正因為結局尚未出現，所以敘事才得以進行。但另一方面，我們也希望最終能看到結局，就像找到不見的幼犬或失落的伊甸園。當康拉德《黑暗之心》的敘事者在故事末尾遇到庫爾茨（Kurtz）的未婚妻時，為了安慰她，他決定向她說謊。這名女子似乎被當成尋求圓滿結局的傳統觀眾。至於康拉德自己則懷疑快樂的結局少之又少，他甚至認為根本沒有確定的結局。

我們知道故事之所以能順利鋪陳，主要是因為原初的秩序遭到破壞。一條大蛇偷偷潛入到樂園裡，一個外地人來到鎮上，唐吉訶德一路散步到開闊的路面，洛夫雷斯迷戀克拉里莎，湯姆・瓊斯被金主趕出宅邸，吉姆爺致命的一躍與約瑟夫・K因為說不出名稱的罪名而被捕。許多寫實小說的結局是為了恢復原有的秩序，有時形式還會比過去更充實一點。原罪導致衝突與混亂，但最後終將獲得救贖。就像被趕出伊甸園一樣，這是個幸運的過錯（felix culpa），因為沒有這個錯誤，就沒有故事可言。正因有了故事，讀者才獲得安慰與提升。而讀者也因此相信現實中隱含著道理，小說的任務就是耐煩地把這層道理說給讀者知曉。我們每個人都是巨大情節的一部分，好消息是這個情節是喜劇收場。

比較有用的做法，是把敘事想成是某種策略。就像任何策略一樣，敘事動員了某些資源與部署了某些技術來實現特定的目標。因此，許多寫實主義小說可以視為是解決問題的機制。它們先是為自己製造問題，然後再想辦法解決。做這種事的人會發現自己被人稱為精神病醫師，但我們認為寫實主義小說也是如此。然而，如果敘事中存在著懸疑，那麼這些困難絕不能太快解決。艾瑪·伍德豪斯最終必須倚在奈特利先生（Mr. Knightley）的懷裡，只是不能在第二段就出現。然而，文學作品往往為了先解決一個問題，而擱置另一個問題，它們要等前一個問題解決了，再來處理下一個問題。現代主義與後現代主義文學作品，一般來說對於解決問題較無興趣。它們的目標毋寧在於揭露問題。這些作品的結尾通常不會讓詐財的騙子繩之以法，也不會讓有情人終成眷屬。而就這點來說，我們也許可以認定，它們比寫實主義更為寫實。

對古典寫實主義來說，世界本身充滿了故事。與此相反，在許多現代主義小說裡，所有的秩序都是我們憑空創造的。而既然這些秩序都是獨斷產生的，那麼開頭與結尾當然也是虛構的。沒有神授的起源，也沒有自然的結尾。也就是說，從開始到結束，中間並無邏輯可言。對你來說是結尾，對我來說卻可能是開頭。你可以任意開頭，也可以隨意中止。這個世界並不存在著起點與終點。真正做決定的是你，不是這個世界。然而，無論你從何處定出起點，你可以確定的是，在此之前許多事早已發生。而無論你在何處定出終點，許多事仍會無動於衷地繼續進行。

現代主義對敘事的懷疑

因此，有些現代主義作品對於敘事的觀念充滿懷疑。敘事暗示著這個世界是有一定形式的，是由因果構成的一連串秩序。敘事有時（雖然不總是如此）會與一些觀念緊密結合在一起，如進步的信念、理性的力量與人性的向前邁進。說這種古典類型的敘事在第一次世界大戰的戰場上被打得粉碎，這樣的說法一點也不誇張，因為這起事件徹底瓦解了對人類理性的信心。就在這個時期，偉大的現代主義作品接二連三地出現，從《尤利西斯》與《荒原》，到葉慈的勞倫斯的《戀愛中的女人》。對現實主義的心靈來說，現實的發展並非井然有序。事件A也許會導致事件B，但也可能導致事件C、D、E

以及無數其他事件。事件A也是無數因素的產物。誰來決定哪一條故事主線居於主要地位?寫實主義認為世界是展開的，但現代主義認為世界是個文本。「文本」這個詞在這裡有點類似於「織物」，指由許多彼此交織的線織成的東西。從這個觀點來看，現實不像是有邏輯的發展，而像是一張纏結的網子，每個成分都錯綜複雜地糾纏在一塊兒。這張網子沒有中心，也沒有立基的基礎。你無法精確地標定它的起點或終點。沒有所謂的事件A或事件Z。整個過程可以無限地往前挖掘，也可以往後無窮地展開。《約翰福音》說，太初有道（word）；但道不可能以片言隻字呈現，一定是由諸多的話語連結構成。因此，最初的話語能成為話語，在於還有其他與其連結的話語存在。也就是說，世上並無最初的話語存在。如果真有語言誕生這種事，那麼如人類學家李維史陀（Claude Lévi-Strauss）所言，那也一定是「一口氣」完成。

敘事的觀念於是陷入危機。對現代主義來說，知道某事的起點（假如這是可能的），不一定能告訴你有關此事的真實。若以為知道事情的起始，就認定能知道事情的來龍去脈，這是犯了所謂的起源謬誤。世上不存在單一的大敘事，只有一群微小的敘事，每個敘事各自擁有片面的真實。即使是最微不足道的現實也能產生無數的陳述，而這些陳述彼此間往往互不相容。我們不可能知道故事中哪個瑣碎的事件可能在結尾發揮決定性的影響力，就像生物學家難以知道哪一種低等的生命形式會演化成非凡的生命形式。誰——想想數十億年前全身分泌黏液、只能專注於自身存活的小軟體動物——想像得到湯姆・克魯斯的出現呢？故事試圖將某種設計混入這個網子般的世界裡，但這麼做的結果，只是簡化與化約了這個世界。講述故事等於是竄改真實。事實上，甚至有人主張，書寫就等於竄改。畢竟，寫作是一個隨著時間不斷展開的過程，而就這點來看，與敘事相當類似。因此，唯一真實的文學作品是能意識到這種竄改，並且在講述故事時試圖避免竄改。

也就是說，所有的敘事都必須是反諷的。它們必須一邊描述，一邊謹記著局限。它們必須把自己不知道的部分融入已知的部分。故事的限制必須成為故事的一部分。因此，康拉德的敘事者，或福特・麥朵克斯・福特的《好士兵》中的說故事人，不得不痛苦地承認自身的盲點。彷彿最能貼近真實的做法，就是坦承自己不可避免的無知。敘事必須想辦法說明，除了它們自身的說法，相同的主題還存在著許多觀點。如果它們不想用矇騙的手法讓自己看起來絕對正確，那麼它們必須事先明言它們在描述上帶有一種獨斷性。貝克特有時會講述一段荒誕的故事，卻在故事開始之際讓它胎死腹中，然後又在原地開啟一段同樣無厘頭的故事。

換言之，現代的說故事已失去了往日的功能。在過去，詩人吟詠部族的神話起源或歌頌軍事勝利。現在，講述故事已毫無理由。它在現實中毫無基礎，因為現在已不像過去那樣需要部族起源或民族歷史。因此，故事必須有獨立存在的理由。故事必須擁有自己的權威，而非訴諸其他權威，如《創世記》的作品或但丁的《神曲》那樣。這給予說故事人更大的操作空間。但這是一種消極的自由。我們身處於一個不能敘述故事，同時也毋需敘述故事的世界。

對於敘事者的嚴格限制

有些敘事有著極其嚴格的限制，但敘事本身似乎未察覺這樣的事實。伊莉莎白・蓋斯凱爾（Elizabeth Gaskell）的小說《瑪麗・巴頓》（*Mary Barton*）就是個例子。它的男主角約翰・巴頓（John Barton）是維多利亞時代曼徹斯特的工人，衣衫襤褸的他，是個政治好戰分子。然而，當他參與活動時，似乎總是消失在故事的地平線外，或至少故事總是未能掌握到他。讀者可以隱約察覺他在邊緣，但卻從未直接見過他。小說甚至不確定他是哪一種活動分子，是憲章運動者、共產主義者還是其他人，完全搞不清楚。巴頓進入的陰暗世界，不是他身處的故事——政治觀點較為傳統——所能進入的。正因如此，蓋斯凱爾原本想讓小說追隨主角的腳步，最後不得不改變心意，轉而由他的女兒，名聲不好的瑪麗來引領敘事進行。

然後，隨著現代主義的來臨，就連直接講述最簡單的故事也變得愈來愈困難。以康拉德為例，他原本是個船員，非常擅長講故事。《黑暗之心》就是一部相當吸引人的偵探小說。然而隨著故事展開，情節變得模糊、瓦解而且往邊緣離散。故事的講述雖然生動而具體，但卻瀰漫著一股異樣的霧氣，怎麼樣都無法驅散。主角馬爾洛（Marlow）似乎哪兒都去不了。當他沿河而上進入非洲內陸的同時，也逐步深入自己的內心，進入到神話與潛意識的永恆領域。因此，他的旅程與其說是向前，不如說是向內。在此同時，當他從文明駛向所謂的野蠻時，他也進入了原始的過去。往非洲的中心前進，等於返歸人性的「原始」起源。而敘事也在同時間既往前又往後。進步只是一種幻覺。歷史不存在希望。我們可以改寫喬伊斯的迪達勒斯說的話，歷史是一場惡夢，而現代主義試圖將我們從惡夢中喚醒。如果康拉德的敘事出現麻煩，那麼有部分是因為十九世紀的進步信念——人類歷史總是持續地從野蠻到文明——已經遭到破滅。

因此，庫爾茨——馬爾洛尋找的這位極其墮落的人物——一開始是以「宣揚憐憫、科學、進步與一些鬼才知道的東西（devil knows what else）為名來到非洲，這點並不令人驚訝。（有人也許認為最後一段話應該寫成 *the* devil knows what else，不過英語不是康拉德的母語，他的文章有時會讓我們意識到這一點。）殖民官員庫爾茨來到非洲，做為進步與開化的代表，現在卻墮落成一個參與「見不得人的儀式」與祕密而令人憎惡之事的人。他來這裡原本是要教化比屬剛果的居民，現在他卻想根除他們。因此，不僅是故事的內容，連故事的形式都從進步反轉成為原始。

如迴圈般無法前進的敘事

無論是歷史還是敘事，似乎都無法讓你前往任何地方。喬伊斯的布盧姆起床，在都柏林漫無目的地閒晃，然後返家。線型史觀逐漸被循環史觀取代。故事總是試圖將難以捉摸的真實一網打盡。講述故事等於賦予空虛形體。其結果就跟在海上耕田一樣的徒勞。《黑暗之心》的馬爾洛實際上的確是在黑暗中講述他的故事，他在夜裡蹲踞在甲板上，也不知道面前有沒有聽眾。我們已經知道，他最後說的話是謊言。喬治・艾略特與哈代深信真實可以藉由故事敘述出來，但康拉德與伍爾芙卻沒有這等信心。對他們來說，真理是無法再現的。真理可以顯示，但無法陳述。或許庫爾茨曾經在極為驚恐之下瞥見真實，但他無法將自己看見的東西勉強套入故事之中。在每個故事的核心，都有一顆黑暗之心。

也許，馬爾洛之所以能敘述他的故事，只是因為他無法獲致真實，而且是永遠不可能。小說如果想在最後蓋棺論定人類的處境，那麼這部小說將無話可說。它只會逐漸放低音量，終至沉默。它會粉碎自己呈現的真實。「我們的人生豈非太短，」馬爾洛問道，「來不及讓我們充分吐露真實？當然，這是我們人生唯一而且不變的意圖，只是我們一直吞吞吐吐說不出口。」敘事之所以能不斷進行下去，就是因為表達真實是不可能的。（現代主義）小說追尋的真實早已超越語言的範圍之外，但現代主義仍拒絕放棄。

拒絕放棄的結果，說故事因此得以進行下去。只要不是靜止不動，就有可能越來越接近真實。在《黑暗之心》中，馬爾洛提到，「航行到最遙遠的點，我的經驗已到極致」。唯一的問題是，在抵達最邊緣的地帶以後，是否有勇氣像庫爾茨一樣，翻過邊緣，凝視無底深淵。庫爾茨超越語言與敘事的限制，進入可憎的現實之中；表現在小說裡，是令人恐懼的勝利。他毫無畏懼直視梅杜莎的頭顱，這樣的成就或許遠比郊區中產階級的美德更值得稱道。這是人們熟悉的現代主義小說，既危險，又大膽。

至少，這是馬爾洛相信庫爾茨的地方，後者幾乎未曾在書中露面。但馬爾洛可能過度理想化了庫爾茨。康拉德本人也許抱持著不太一樣的看法。他其他的作品，如《吉姆爺》（*Lord Jim*）與《諾斯特洛摩》（*Nostromo*），都同樣羞於直接講述故事。它們的陳述就像迴圈一樣不斷回返，從半道出發，同時進行好幾條故事主線，一下子由這個敘事者說明，下一刻又換另一個敘事者講述，或是從不同的角度描述同一件事。讀者被迫從不同的角度切穿故事，在時間中來回穿梭，仰賴某人報告某人描述某人的報告。

寫實主義的故事依舊經過修飾

這使人聯想起英國最偉大的喜劇作品，十八世紀勞倫斯・斯特恩的《項狄傳》。曲解故事講述並非現代主義的專利。斯特恩的小說的確是一篇描述敘事不可能（至少寫實主義的敘事是如此）的敘事。斯特恩認為，嚴格來說，寫實主義已經超越我們能力的範圍。沒有任何作品能如實地描繪事物。所謂的寫實主義是帶有角度的、經過編輯的現實版本。即使是指甲上的小污漬，我們都無法「完整」描述，更何況人類生活。寫實主義小說想如實反映事物，把所有難以駕馭的細節完全呈現出來；但寫實主義小說也想把這些無形式的事實陶鑄成具有某種形體的敘事。其實，這兩個目標互不相容。任何故事都少不了選擇、修訂與排除的過程，因此無法給予我們未經過修飾的真實。如果故事想傳達真實，那麼將永無終止之日。一件事會導致另一件事，然後又導致另一件事，就這樣不斷歧出分散出去。《項狄傳》所傳達的就是這個道理。

對斯特恩（或至少他佯裝如此）來說，選擇與排除是一種欺騙讀者的方法。設計實際上就是欺騙。所以《項狄傳》的敘事者特里斯特拉姆打算告訴我們他的身世，這個看似對讀者極為友善的姿態，最終的結果卻是敘事無疾而終，而讀者完全受騙。我們懷疑，看起來對讀者友善的舉動，骨子裡其實是在惡作劇。特里斯特拉姆企圖告訴我們他的身世，甚至一路回溯到他受胎之時，但他編造了一大串的內容，令人看了頭暈腦脹。整個敘事因此成了可笑的自我毀滅。我們很快就開始懷疑主角的腦袋有問題，並且覺得如果相信他的說法，我們也會變成瘋子。

寫實主義看似給了我們一個悲喜兼具與真實凌亂的世界，但實際上並非如此。在寫實主義小說或自然主義戲劇裡，如果電話鈴聲響，我們幾乎可以確定這是基於情節需要而產生的，而不是有人打錯電話。寫實主義作品選擇某些種類的人物、事件與處境，為的是建立它們的道德觀點。然而，為了隱匿它們的主觀性，維持現實的感受，它們通常會交代大量的細節，而這些細節確實是隨機的。寫實主義作品也許告訴我們某個腦部外科醫生——他在作品中的地位也就是短短的這幾行字——有一雙巨大多毛的手，如果我們換成細膩而精緻的雙手，對於故事主線也不會有任何影響。細節完全是獨斷的。它只是用來虛構真實的感覺。一部寫實主義小說很可能讓女主角叫了一輛栗色的計程車，但實驗小說卻可能在某一頁說計程車是栗色，在另一頁完全未提及顏色，然後在第三頁提到上面坐了個膚色像是杏仁膏的司機。這種做法是刻意洩漏了寫實主義者的祕密，並且暴露了寫實主義小說想偷偷傳達的觀點。《項狄傳》的目的就在於此。這種小說形式在英國一出現，就遭到迂迴地解構。

特里斯特拉姆的目的是寫下自傳。然而，如果他不是要欺騙讀者的話，那麼他必須一字不漏地寫下一切，結果，他的故事從未超越童年時期。在寫了兩大冊之後，他尚未寫到自己出生。九冊過去了，我們甚至不知道他長什麼模樣。為了重新敘述他的人生故事，他必須一直切斷某個時間流跳到另一個時間流，反覆地釐清同一個觀點，或者是在提到某段敘事時，又突然跳到另一段敘事。他說，他的歷史是「不斷離題的，但也不斷進展——而兩者發生於同時」。他也要隨時留意一般所說的讀者的時間流，督促我們隨著故事而放慢或加快腳步。嚴格來說，主角在寫作時必須處於生命停止的狀態，否則他永遠也無法跟上自己的腳步。他寫得愈多，他就必須接著寫得更多，因為他在寫作的同時，他的生命歷程又繼續擴展了。為了完整，他必須在自傳裡寫下自己撰寫自傳的過程。

特里斯特拉姆狂亂而匆忙地寫著，整部小說也逐漸從他手中解體。敘事的混雜，零碎的描述散落各處，人物被晾在門邊達數章之久，衍生的細節數量逐漸多到難以控制，序與致謝也被推離原來的地方，就連作者自己也快被無窮盡的文字所埋沒。說故事是件荒謬的事業。它企圖將現實塞進接續的時間形式中，但其實現實並非如此。語言也是一樣。說一件事情，必然意謂著排除另一件事情，即使是《芬尼根守靈夜》也不例外。特里斯特拉姆試圖捕捉真實的自我認同，而他所運用的媒介——話語——卻只能藉由模糊掉真實自我，才能成功捕捉到真實自我。

有時，人們會對敘事做出過分的要求。回顧歷史，這種事可以追溯到很久很久以前。打從有人類開始，就有故事出現。或許可以這麼說，我們是透過敘事說話、思考、愛、做夢與行動。某方面來說，這是事實，因為我們是時間的動物。然而，並不是每個人都以這種方式經驗自身的存在。有些人認為自己的人生是個前後呼應的故事，有些人卻不這麼想。同樣的狀況也適用於不同的文化。有人會想到一個老笑話，「我的人生出現過幾個美好的人，但我無法編寫出情節。」把人生比擬成旅行，這是個老生常談的說法，它暗示著人生存在著目的與連續性，但這點也不是每個人都認同。人們到底認為自己要往哪裡去？人生即使沒有目的，也能充滿意義，就像藝術作品一樣。生育孩子或穿著引人注目的粉紅褲襪，目的是什麼？《項狄傳》、《黑暗之心》、《尤利西斯》與《達洛維夫人》，這些小說作品可以幫助我們從不同的眼光來看待人生，人生並非只是目的驅動、邏輯展開與前後一貫的故事。唯有透過不同的角度，我們才能對人生有更多的體驗與感受。

究竟，敘事與情節有何不同？一個區別兩者的方法是思索阿嘉莎・克莉絲蒂（Agatha Christie）的小說。克莉絲蒂的犯罪驚悚小說幾乎充滿了情節。敘事的其他特徵——場景設定，對話，氣氛，象徵，描述，反思，深度刻劃等等——全被無情地剔除，只留下最簡略的行動描寫。她的作品在這方面不同於其他偵探小說，如桃樂絲・謝爾斯（Dorothy L. Sayers）、P·D·詹姆斯（P. D. James）、露絲・蘭道爾（Ruth Rendell）與伊恩・藍欽（Ian Rankin），這些作者都將情節植根在更豐富的敘事脈絡裡。

因此，情節是敘事的一部分，但情節無法道盡敘事的全貌。我們一般將情節稱之為故事的重要行動。情節決定了人物、事件與處境三者相互連結的方式。情節是敘事的邏輯或內在動力。亞里斯多德的《詩學》提到，情節是「事件或故事裡各種被完成事物的結合」。簡言之，當某人問我們這篇故事在說什麼時，他想知道的就是所謂的情節。《真善美》（The Sound of Music）的情節包括馮・崔普（Von Trapp）家族逃離納粹的掌握，卻不包括茱莉・安德魯斯（Julie Andrews）在山頂上歌唱或她稍微有點暴牙。班戈遭到殺害是《馬克白》情節的一部分，但「明天，明天，再一個明天」則不是。

有許多敘事是無情節的，如《等待果陀》、〈三十天的是九月〉或喬伊斯的《一個青年藝術家的畫像》。還有一些敘事可能有也可能沒有情節，因為我們無法確定當中是否進行著某種重要的行動。卡夫卡的小說有時會如此。亨利・詹姆斯的小說偶爾也會這樣。偏執狂或陰謀論者總是無中生有，以為自己看到了情節。他們「過度解讀」了迷路的細節與隨機的事件，從中發現了一些隱藏著惡兆的敘事象徵。奧塞羅過度解讀了黛絲德莫娜（Desdemona）的手帕，他以為那是她不貞的象徵。米蘭・昆德拉（Milan kundera）的《笑忘書》（*Langhter and Fotgetting*）也是個例子，昆德拉曾在東歐共黨政權生活過一段時間。這些共產政權持續刺探民眾，總是從最細微的眼神中尋找異議的聲音，他們可說是偏執狂的最佳代表。在偏執狂眼中，事情的發生絕非偶然。每一件事情都帶有不祥的意義。在昆德拉的小說中，某人住在共黨統治的布拉格，對一切感到厭惡，另一個人散步經過，低頭看著他。「我完全了解你的意思，」他同情地低語著。

Chapter 4
詮釋

所有的知識在某種程度上都需要經過一段粹取的過程。以文學批評來說，這表示我們要往後退個幾步，從各個角度來觀看作品。這麼做並不容易，部分是因為文學作品往往歷經一段時間與過程才得以完成，我們很難一眼就看穿作品的各個面向。我們要後退幾步，但我們也不能離得太遠，不能與作品的有形外在脫節。

當我們把某件作品稱為「文學」時，我們指的是這件作品不會受限於某個特定脈絡。誠然，所有的文學作品都是從特定環境下產生。珍・奧斯汀的小說來自於十八世紀與十九世紀初的英格蘭土地鄉紳世界，而《失樂園》的背景則是英格蘭內戰與之後。然而，雖然這些作品源自於這類脈絡，但它們的意義卻不受脈絡局限。我們可以比較一首詩與一本組裝桌燈的手冊的差異。手冊只有在特定的操作狀況下才能發揮用處。除非我們實在是苦無靈感，否則我們絕不可能為了思索誕生的奧祕或人性的弱點而去翻覽手冊。相反地，詩就算離開原來的脈絡，依然能產生意義，它甚至可以隨時移世異而變換意義。文學作品從誕生那一日起就是孤兒。就像父母無法在子女成年後繼續決定子女如何生活一樣，詩人也無法決定自己的作品該在什麼環境下閱讀，或我們應該如何詮釋它。

就這方面來看，文學作品也與路標及公車票不同。文學作品是「可攜帶的」，可以從一個地方帶到另一個地方，公車票要做到這點，除非你有意要矇騙客運公司。此外，文學作品本質上是開放的，這是為什麼文學作品總是有五花八門的詮釋。還有一個理由可以說明為什麼我們總是特別留意文學作品的語言，而不會特別注意公車票上的文字。

我們不會將文學作品的語言視為實用性的，我們反而認為文學作品的語言本身具有某種價值。

日常語言由狀況來決定

日常語言與文學語言不同。有人驚慌地大叫「有人落水了！」（Man overboard!），這句話顯然相當清楚，毫無曖昧之處。在正常狀況下，我們不會把這句話當成好玩的文字遊戲。如果我們在船上聽到有人這麼叫喊，我們不可能還有那個心思思考「board」這個字的母音發音因為前面有個「over」的母音發音而產生細微的變化，也不可能去留意叫喊的重音放在第一個音節還是第二個音節。我們當然更不可能停下來解讀這當中有無象徵性的意義。我們不可能把「Man」這個字解釋成整個人類，或者把整個詞解釋成人類失去了恩寵。比較可能的是，如果落水的人剛好是我們的死敵，那麼我們還勉強有理由思索這個人會不會成為魚蝦的晚餐。若非如此，我們絕不可能聽到這句話時還能一邊搔頭，一邊想著話裡是什麼意思。這句話的意義因為環境而格外明確，即使叫聲是騙人的也是一樣。如果我們不是在海上，那麼這個叫聲就毫無意義，但在叫聲傳來的同時，我們也聽到輪船的引擎聲，這樣事情幾乎就可以確定了。

在最實際的狀況下，我們對於意義沒有太多選擇。意義往往由整個狀況來決定。或者，至少整個處境已經限縮了意義的範圍，使我們很容易判斷。當我看到百貨公司的門上有個出口標示，我從整個脈絡可以推知，它的意思是指「你想離開時可以從這裡離開」，而非要我們現在就離開。否則的話，這間百貨公司永遠都會空無一人。這個標示是敘述，而非命令。我的阿斯匹靈藥瓶底下有個指示，上面要我「一天吃三顆」，但這個指示可不是下給我住的這棟大樓的所有住戶。駕駛閃燈有可能是說「注意！」，也可能是說「放馬過來！」，但是這種潛在上相當致命的含混不明，卻很少在實際道路上造成車禍，因為事發時的狀況往往可以決定意義的詮釋。

文學應不受限於實際脈絡

然而，詩或小說的問題在於，它們不受限於實際脈絡。確實，我們從「詩」、「小說」、「史詩」、「喜劇」這些詞彙可以推知作品大概的內容，正如文學作品被包裝、宣傳、行銷與評論的方式，在很大部分上決定了讀者將如何回應。然而，除卻這些重要信號，文學作品就與外在脈絡沒有太大關係。反倒是隨著作品不斷地鋪陳，作品本身營造了屬於自己的一套脈絡。我們必須以文學作品本身所說的背景，來評斷其本身的描述合不合理。事實上，我們在閱讀的同時，腦袋裡也不斷地建立這類詮釋架構，只是絕大多數存在於我們的潛意識裡。當我們讀到莎士比亞的詩句「別了！妳太寶貴，我高攀不起」時，我們心裡想著「啊，他可能是對他的愛人說話，而且看起來他們正要分手。他高攀不起是吧？也許她是過度揮霍了他的金錢。」然而，除了文字，詩句並未提供任何線索讓我們得知這些，這與有人大叫「失火！」不太一樣，每個人聽到「失火」都知道是什麼意思。（舉例來說，一個頭髮著火的人大叫失火。）而這使得決定文學作品意義的工作變得更加困難。

如果文學作品只是歷史紀錄，我們或許可以藉由重構作品當時的歷史情境來決定文學作品的意義。但文學作品顯然不是歷史紀錄。文學作品與最初狀況的關係，要比歷史紀錄與最初狀況的關係來得鬆散。《白鯨記》不是研究美國捕鯨產業的社會學論文。

《白鯨記》援引了某個真實脈絡來形構想像世界，但想像世界的意義並未被真實脈絡所限。這不一定表示文學作品超脫了歷史脈絡，因此具有普世的意義。還是會有一些文明無法理解《白鯨記》的內容。在遙遠的未來有些人可能會覺得《白鯨記》不可理解，或極為乏味。他們也許覺得讓你的腿被巨大的白鯨咬斷實在是窮極無聊，因此不認為這適合做為小說題材。未來的文明是否有可能會覺得賀拉斯（Horace）的頌歌或蒙田（Montaigne）的隨筆枯燥乏味、不可理解？或許這個未來已經到來，至少就某個程度來說是如此。

我們不知道梅爾維爾的作品是否具有普世性，因為我們尚未來到歷史的終結，儘管有些政治領袖正努力促使這點實現。而且我們也沒問過丁卡人（Dinka）或圖瓦雷格人（Tuareg）這個問題。[1]然而我們確實知道，把《白鯨記》稱為小說，意謂著這本書存有某種意旨，我們也許可以廣義地把這種意旨稱為「道德」議題。我這裡所說的「道德」議題，指的不是倫理規章或宗教禁令，而是有關人類情感、行動與觀念的問題。《白鯨記》想告訴我們有關罪惡、邪惡、欲望與精神病的事，不只是談論鯨脂與魚叉，也不只是介紹十九世紀的美國。

事實上，「小說」一詞就包括這樣的東西。小說主要的意思並不是指虛構的作品。楚門・卡波提（Truman Capote）的《冷血》（*In Cold Blood*）、諾曼・梅勒（Norman Mailer）的《劊子手之歌》（*The Executioner's Song*）與法蘭克・麥考特（Frank McCourt）的《安琪拉的灰燼》（*Angela's Ashes*），這些作品提供的都是真實的東西，然而作者在傳達這些真實時卻轉譯成某種想像虛構之物。小說的內容可以是完全真實的資訊。你甚至可以按照維吉爾的《農耕詩》（*Georgics*）論及農業的部分來經營農場，只是我懷疑這麼做你的農場可能撐不了多久。不過，我們稱為文學的東西，通常在寫作時主要不是為了告訴我們事實。文學作品希望讀者「想像」出這些事實，從這些事實中建構出想像的世界。因此，一部作品可以同時是真實的與想像的，同時擁有事實與虛構。文學作品屬於狄更斯《雙城記》（*A Tale of Two cities*）的虛構世界，你必須穿過一片海洋，才能從倫敦抵達巴黎，而這段陳述確實是事實。只是這個事實彷彿被小說「虛構化」了。小說被置入某個脈絡之中，它的真實或虛假因此不再是重點。真正要緊的是，小說如何在作品的想像邏輯裡行動。反映事實與反映人生是兩回事。說《哈姆雷特》很多地方符合事實，並不表示真有一個丹麥王子，他要不是瘋了，就是佯裝瘋了，或者兩者兼有，而且他還苛待自己的女友。

小說可以告訴我們達拉斯所在的國家與聖彼得堡不同，也能告訴我們眼窗（oculus）位於渦形圓頂的正中央。小說可以指出一些幾乎每個人都耳熟能詳的事實，告訴我們洩液線（seton）是一束能吸收水份的物質，它從皮下經過，留下突出的端點促使液體排出或抑制刺激。這段事實描述之所以是虛構的，主要是因為這些事實並不是為了事實本身而存在。小說不像醫學教科書，是為了讓人了解洩液線或其它實際目的而介紹洩液線。小說提到洩液線是為了協助建立某種觀看方式。小說因此可以運用事實來符合某種目的。小說不像是天氣預報，反倒像是政治人物的演說。當小說證明某些現實為偽時，我們認為小說這麼做是為了藝術的理由。如果一名作家持續地把「白金漢宮」的白寫成「黑」，我們或許會認為這位作家這麼做是基於某種政治理念，而不是他不認識字。我們不會因為某個作家筆下的十二世紀人物居然大談史密斯樂團（The Smiths），而指責該名作家犯了不可饒恕的無知之錯。可能這名作家對歷史只有極粗淺的認識，他真的相信史密斯樂團存在於十二世紀，或者他以為莫里西（Morrissey）是不世出的天才，因此他的存在是超越時間的。然而，一旦這些可笑的錯誤發生在文學作品中，我們往往傾向於以寬容的態度來解釋，認為作家是故意做了扭曲。這對詩人與小說家而言可說是再便利不過了。文學就像絕對君主一樣，在搖尾乞憐的大臣面前，君主是絕對不會錯的。

虛構性造成文學的模稜兩可

寫實主義小說呈現的人物與事件看似獨立存在。然而，我們知道這只是幻覺，小說實際上是在形塑一個早已存在的世界。這是為什麼有些理論家認為文學作品其實只是在描述自身。世上並不存在亞哈船長（Ahab）或喬・克里斯瑪斯（Joe Christmas）。即使我們發現現實上真有哈利・波特（Hatty Potter）這個人，而且他現在是個列管的海洛因成癮者，住在阿姆斯特丹一間破爛的房子裡，這對我們閱讀哈利・波特小說並沒有任何影響。也許實際上真有一個名叫夏洛克・福爾摩斯的偵探，只是柯南・道爾（Conan Dcyle）並不知情。即使福爾摩斯探案的所有事件，乃至於最細節的部分全實際發生在他身上，福爾摩斯的偵探故事談論的內容也依然不是福爾摩斯本人。這些故事依然是虛構的。

虛構性是造成文學作品比非文學作品來得模稜兩可的理由之一。由於文學作品缺乏實際的外在脈絡，因此我們缺乏足夠的線索說明作品的意義，連帶地也使詞句、事件或人物有更多的空間供人進行解讀。或許，作家是在無意間造成這種模稜兩可，但也可能是刻意為之，為的是增加他們作品的豐富性。在眾多模稜兩可之中，有一種是性的雙關語。莎士比亞有一首十四行詩開頭寫道，「當我的愛發誓她句句屬實，／我確實相信她，但我知道她說謊。」除了字面上的意義，這句話還可以這麼說，「當我的愛發誓她真的是處子之身（真話），我真的相信她，雖然我知道她有性經驗（謊話）。」在理查森的《克拉里莎》中，好色的洛夫雷斯（Lovelace）——他同時也是個三流作家——「當他就寢時手指總是抓著筆」。理查森當然知道其中的雙關性。同樣地，狄更斯在小說《馬丁・查卓偉》（Martin Chuzzlewit）[2]向我們顯示，在鄉村的教堂裡，裝正經的瑪麗・格拉罕（Mary Graham）坐在她的愛人湯姆・品奇（Tome Pinch）的器官旁：「她撫摸他的器官，帶領他進入過去從未有過的至福之地，讓他感受到嶄新而神聖的存在。」只有慈善或天真的人才會想像這種模稜兩可是無心的。當簡・愛靜靜感受著羅徹斯特的手有多麼厚實而柔軟時，她的話恐怕不是一般想像的那麼單純。至少亨利・詹姆斯書中的角色芳妮・阿辛厄姆（Fanny Assingham）知道其中事有蹊蹺。

有些文學作品要比其他文學作品更難以詮釋。當文明變得愈來愈複雜而零碎，人類經驗也面臨同樣的過程，文學媒介也不例外，這裡的媒介指的是語言。亨利・詹姆斯晚期的小說在風格上不斷纏繞，因此被人形容成力有未逮。甚至有人針對他的小說《奉使記》（*The Ambassador*）的第一段寫了一整篇評論文章，大膽探索什麼樣的解釋才能讓這段話說得通。以下這段文字擷取自《鴿翼》，而這還不是亨利・詹姆斯晚年風格最迂迴曲折的例子：

此外，她並不是指責朋友缺乏花錢的想像，而是指責他缺乏恐怖與節儉的想像，說是想像，或許應該說是一種意識，一種仰賴其他人的習慣。這樣的時刻，舉例來說，當整條威格摩爾街車水馬龍，臉色蒼白的女孩面對摩肩擦踵的人群，每個人看起來沒什麼不同，就像一般的英國人，有人忙著處理自己的事，有人正趕赴社交場合，或許每個人心裡各存著特別的念頭——這樣的時刻，更讓凱特感受到，同伴的自由帶來的濃厚幸福。

這種文字與丹・布朗（Dan Brown）大不相同。與許多現代主義作品一樣，詹姆斯的散文不輕易在字裡行間洩漏意義。這種風格挑戰了當前的快速消費文化，而讀者必須費盡心力加以解讀。讀者為了解開作者的意義，必須與作者布置的扭曲句法奮戰，而在這樣的過程中，讀者與作者彷彿成了作品的共同創造者。詹姆斯覺得有需要將他的句法編織成蜘蛛網，這樣才能捕捉到經驗的每個細微變化，與意識的每個閃現變動。

現代主義與寫實主義難以詮釋的原因

重視細微是現代主義作品含糊而難以詮釋的原因之一。普魯斯特（Marcel Prouse）

的散文艱澀難懂，他的句子可以長達半頁，充滿迷宮般的巷弄與曲裡拐彎的句法，並且推動著意義繞過無數嚴謹的文法街角與髮夾彎。《尤利西斯》以一句未做任何標點的句子做結，它的長度不是半頁，而是六十幾頁，當中散布著淫穢的內容。現代存在（modern existence）的晦澀與複雜似乎不只是影響了文學作品的內容，現在也開始滲入到文學作品的形式之中。

現代主義小說與寫實主義小說的對比相當清楚。許多寫實主義小說盡可能把語言當成透明之物，毫不避諱地透過語言來產生意義。這種做法產生了不加雕飾呈現現實的效果。而在這方面，我們也許可以引用迪福《摩爾・弗蘭德斯》（*Moll Flanders*）中的一個段落與詹姆斯做比較：

我已經在床上躺了五個星期，不過這三個星期以來，發燒的狀況略有改善，只是有時又會稍微嚴重一些；醫生說了兩三次，他們已經無法做更進一步的治療了，他們只能順其自然與高燒肆虐；唯一能做的就是加強我對抗病魔的體力：經過五個星期，我病情好很多，但還是很虛弱，我看起來憔悴而憂鬱，恢復得很慢。醫生說，我應該是得了肺癆……

這種語言缺乏深度與層次感。語言純粹被當成了工具。使用者完全沒有把語言當成媒介。迪福的散文就像消耗品一樣，讀者看完即丟，不會對文字本身投以任何關注。相反地，詹姆斯的散文則是反覆提醒我們，文學作品中所發生的事，全是透過語言發生。在暴風雨中崩塌瓦解，悲劇性的失敗，這些只是書頁上的幾個黑字。有時候，這些語言也會輕易地被塗銷，就像迪福的作品一樣。使用淺顯易懂的文字，似乎能讓我們直探作品的核心本旨，看起來似乎能擺脫人為矯飾與徒具形式的成規。但這是幻覺。迪福的描述並沒有比詹姆斯的描述「更接近現實」。沒有誰比誰的語言更接近現實這種事。語言與現實的關係不是空間性的。事實上，迪福的散文與彌爾頓的《利西達斯》一樣，都是依照一定的成規寫成的。唯一的差別在於，迪福使用的文學成規我們比較熟悉，因為熟悉，所以我們誤以為迪福是單純的直述，而未依據任何成規。

當我們談到寫實主義時，我們也許該討論一個重點。我們說一部作品是寫實的，意思不是說這部作品在某個絕對的角度來說，要比其他非寫實主義作品更貼近現實。我們的意思是說，這部作品符合某個時代與地點對現實的看法。想像在偶然間，我們看到了一本上古時期所留下的作品，並驚訝地發現這部作品特別喜歡談論人物的脛骨長短。我們可能會認為這是一種前衛而帶著異國色彩的想像手法。然而，當我們讀到歷史作品裡，提到剛才那個上古文化的特點，發現在這個文化裡，脛骨的長短決定了人們在社會上的地位。脛骨長的人會被流放到沙漠，甚至必須吃糞。相反地，脛骨短的人則有機會被選為國王。在這種狀況下，我們不得不承認，先前所說的那本作品其實是一本寫實主義小說。

一位來自半人馬座的訪客，如果拿到一部人類史，上面載滿了戰爭、饑荒、種族滅絕與屠殺，他可能會以為這只是一本凶殘的超現實主義文學作品。人類的歷史的確充滿許多難以理解的事。把諾貝爾和平獎頒給違法轟炸柬埔寨的政治人物就是一例。從精神分析的角度來說，夢與幻想要比我們醒著的時候更能帶領我們貼近真實。然而，如果這些夢與幻想以虛構的形式加以呈現，那麼我們或許就不會認為這樣的文學作品是寫實的。無論如何，純粹的寫實主義作品少之又少。許多應該被歸類為寫實主義的小說，其實含有一些在現實裡不太可能發生的描述。在康拉德的《黑暗之心》裡，我們看到某個女性「帶著難過而憤怒的面容，那是一種狂亂的悲傷，與無可言喻的痛苦，但其中又混雜著掙扎而猶疑的決心，而恐懼也如影隨形地穿梭其間。」這種臉部表情只可能存在於語言層次。即使是最有天分的演員恐怕也無法同時做出悲傷、憤怒、狂亂、痛苦、恐懼與猶疑的表情。若真是如此，恐怕奧斯卡小金人也不足以表彰他的傑出。

如果喬伊斯的《芬尼根守靈夜》難以詮釋，有部分是因為它同時使用數種語言寫成。喬伊斯的同胞辛格（J. M. Synge）據說是唯一能同時寫作英文與愛爾蘭文的人。與喬伊斯其他的作品一樣，《芬尼根守靈夜》表現出對話語力量的極度信任，但這可不是現代主義的通例。現代主義放任而且耽溺於話語的使用，但這不是因為現代主義相信話語。典型的現代主義文學家其實是不信任語言的，例如T．S．艾略特與貝克特。語言真的能捕捉到人類經驗的直接性，或允許我們看見絕對的真實？若真是如此，那麼這樣的語言勢必受到極為稠密地運用或是錯置，使其變得更為錯綜複雜與模稜兩可；而這正是現代主義作品難以解讀的理由。日常使用的語言是陳舊而制式的，唯有粗暴地扭曲它們才能讓語言產生彈性，也才能反映出我們的真實經驗。而就在這種語言處理方式發展的時期，我們也聽到一些好像很了不起的陳腔爛調，這些說法反映了二十世紀絕大多數人對語言的態度：「溝通是不可能的」，「話語無法表情達意」，「沉默比說話更有說服力」，「如果我能告訴你，我會讓你知道」。在現代電影裡，法國尤其是如此，以上的說法通常出現在兩個人躺在床上熱切地看著對方的眼睛時，但句子與句子之間，經常存在著長的令人難以忍受的沉默。

我們現在可以回來談談本書一開頭所提到的詮釋問題。讓我們看看下面這篇著名的文學作品：

咩，咩，黑綿羊，
你有羊毛嗎？
是，先生，是，先生，
剛好三袋整。

一袋給主人
一袋給夫人，
一袋給男孩，
他就住在小路旁。

Baa baa black sheep,
Have you any wool?
Yes, sir, yes, sir,
Three bags full.

One for the master
And one for the dame,
And one for the little boy

Who lives down the lane.

當然，這絕不是人類曾經寫過最巧妙的文學作品。能深入探索人類處境的作品所在多有。儘管如此，這篇韻文卻衍生出幾個有趣的問題。首先，第一句話是誰說的？他是全知的敘事者，還是與綿羊對話的人物？他為什麼說，「咩，咩，黑綿羊，你有羊毛嗎？」，而不是說，「請問一下，黑綿羊先生（或女士），你有羊毛嗎？」說話者的疑問是純粹為探究知識而起的嗎？他是純粹基於好奇想知道綿羊有多少羊毛，還是或多或少帶有利益的動機在裡面？

我們可以合理猜測，說話者問這個問題是因為他自己需要羊毛。然而，從這點來看，他對動物說話的方式（「咩，咩，黑綿羊」）似乎相當古怪。可能咩咩是這隻羊的名字，若是這樣的話，那麼韻文裡的這個說話者倒顯得客氣。或許他說話客氣是因為他想從羊身上得到東西。「咩，咩，黑綿羊」這個句子其實就跟「亨利，黑綿羊」，或「艾蜜莉，黑綿羊」沒什麼兩樣（我們不知道黑綿羊的性別）。然而，這種猜測沒什麼道理。即使是一隻羊，取咩咩當名字也著實奇怪。與其說那是羊的名字，不如說是羊的叫聲。（不過這裡存在著翻譯的問題。日本或韓國的羊，叫聲恐怕不是「咩，咩」。也許女王養的羊，叫聲帶有上層階級的腔調。）

有沒有可能說話者其實是當著羊的面學羊說話，發出諷刺的羊叫聲，就像「哞，哞，牛」或「汪，汪，狗」一樣？若是如此，那麼這種做法顯然笨的可以。想從別人身上得到東西，卻嘲笑別人的說話方式，怎麼想都覺得荒謬。因此，這名說話者不僅沒有禮貌，而且還相當愚蠢。他不知道當面侮辱綿羊對自己不利。他顯然以牧羊者自居，以一種令人討厭的高高在上的態度來面對我們綿羊般的同事。或許他的心中存有粗俗的刻板印象，以為綿羊笨到聽不懂別人在取笑他。

若是如此，他顯然誤判了。因為綿羊並不是聽不懂他的侮辱。「是，」綿羊回道，「我的確有羊毛——事實上，整整三袋。一袋給主人，一袋給夫人，還有一袋給住在小路旁的男孩。但我一袋都不給你，你這個無禮的混帳東西。」當然，最後一句話只是心裡話，並未明說出來。一旦說出口，將會破壞綿羊苦心維持的合作關係。綿羊很快就回覆對方，而且費了一番唇舌，但沒有任何一句話是提出問題的人樂意聽到的。事實上，綿羊刻意把問題誤解成對方只是想知道某件事。他假裝沒聽懂對方隱含的意義（「我能買你的羊毛嗎？」）。這就好像有人在街上問另一個人，「你有空嗎？」而那人回答說，「當然有空」，卻未停下腳步，繼續走他的路。他回答了你的問題，卻未真正回答你問的東西。

就這個意義來說，這首詩說明了人類意義的重要面向，那就是推論與暗示扮演的角色。你問客人，「你想來杯茶還是咖啡？」意思是說你會給他一杯茶或咖啡。想像一下，如果有人這麼問你，而你發現對方沒給你茶也沒給你咖啡，那麼顯然他只是單純在問一件事，就像問「十六世紀威爾斯有幾位女裁縫師？」或「你好嗎？」「你好嗎？」可不是要你詳細說明最近的病史。

這首詩還有另一個版本，「但住在小路旁的男孩一袋也沒有」。（對文化差異有興趣的人也許會提起這首詩有不同的唱法。英國版與美國版有細微的差異。）或許住在小路旁的男孩就是說話者本人，而這實在是相當諷刺，綿羊繞了一大圈，最後才讓他知道，他休想拿到羊毛。更令他難受的是，綿羊之前已經明說了，他有三袋羊毛，原本有一袋是要給說話者的。或許綿羊知道說話者姓什麼叫什麼，但他冷冰冰地不稱對方的姓名，可能是為了報復對方叫他「咩，咩」。或者，男孩跟提問題的人不是同一個人，若是如此，則我們不懂為什麼綿羊為什麼要提他。我們獲得的資訊似乎僅止於必要部分，無法做進一步的確認。綿羊或許只是想顯示他握有給不給羊毛的大權，藉此給提問題的人一個下馬威。在一開始遭人嘲諷之後，綿羊終於反敗為勝，居於上風。這顯然是一場進行中的權力鬥爭。

形式與格律的分析

以上的分析有什麼問題（我們姑且不論發生這種事的可能性）？顯然，問題似乎出在內容，而非形式。此外，我們也注意到這首韻文極為簡潔，它的動詞能省則省，完全沒有任何多餘的部分。詩使用的單字全是單音節，只有三處例外。它的語言不帶有意象，試圖表現寫實主義風格，讓字詞能透明地表達事物。詩的格律相當嚴謹——相較之下，韻腳的要求就沒那麼嚴格，詩中除了押半韻外，也押鄰韻（dame 與 lane）。你閱讀每一行詩時，必須留意當中有兩個重音節（雖然這不是唯一的檢驗方式），這對朗讀的嗓音構成了限制。相對地，抑揚五音格——如 Shall I compare thee to a summer's day?

——比較有彈性，可以用各種不同的嗓音朗讀。演員可以合理地選擇把重音擺在哪個音節上，正如演員可以決定速度、音高、音量與語調等等。至於固定格律的五個重音（Shall *I* com*pare* thee *to* a *summer's day*?）則提供了穩定的背景，但即席的朗讀者也因此無法輕易發揮自己的嗓音。演員如果必須照著我標定的那幾個重音來朗讀，即使他聲音再怎麼美好，也不可能讓觀眾起立鼓掌。

相對地，〈咩，咩，黑綿羊〉的格律更嚴格地限制了詩句的朗讀方式。它不讓朗讀者有「個人揮灑」的空間。這有點像跳團體舞以及你自己在夜店盡情跳舞的對比。因為這首韻文的重音相當固定而顯著，因此聽起來不像是對話，倒像是吟唱或儀式。儘管如此，你還是可以運用語調來傳達我剛剛提到的詮釋。你可以用嘲笑的口吻開頭（「咩，咩」），然後再唐突而輕慢地說，「你有羊毛嗎？」，接著你可以讓綿羊用嘲弄卻又不失謙恭的語氣念出那幾句詩，最好將音調放低，營造出一種無聲的威脅感。

這首詩的效果有部分來自於形式與內容的對比。這首詩的形式簡單而毫無技巧可言——它像是一首兒歌，使用的語言意涵相當粗淺。詩句清晰易懂，毫無曖昧模糊之處，完全攤開在眾人面前。然而，我們已經提到，詩句淺顯不代表詩的內容膚淺而無深意。在詩句透明表面的背後，隱藏著一系列的衝突、緊張、操縱與誤解。這些特徵也許不像已故亨利・詹姆斯的作品那麼顯著，但兩者的內容都同樣充滿含糊與迂迴。在本文背後，存在著複雜的潛文本（Subtexe），包括權力、惡意、支配與虛偽的尊敬。很少有作品能具有強烈的政治性。〈咩，咩，黑綿羊〉讓馬克思的《資本論》看起來如同《歡樂滿人間》（*Mary Poppins*）。

特定文類的特質

有人認為這是真的嗎？很難想像有人會相信。閱讀我剛剛提的詩，這似乎荒謬得令人不敢置信。除了內容上的古怪，這首詩也有文類上的問題。兒歌（nursery rhyme）是一種特定的文類或文學類型，與其他文類一樣，兒歌有其獨特的規則與對話風格。其中一項特點是，這些韻文通常沒什麼意義。你不能像閱讀歌德的《浮士德》（*Faust*）或里爾克（Rilke）的《致奧爾菲斯的十四行詩》（*Sonnets to Orpheus*）那樣來解讀兒歌。兒歌是儀式性的歌曲，而非對人類處境進行診斷。兒歌是集體的吟唱，充滿了幻想與語言遊戲的形式。兒歌有時是由各種隨機的意象組合而成，很少具有敘事的連貫性。兒歌的故事主線經常說到一半就戛然而止（想想〈小瑪菲姑娘〉〔Little Miss Muffet〕、〈六便士之歌〉〔Sing a Song of Sixpence〕或〈鵝上哪兒去?〉〔Goosey Goosey Gander〕這些兒歌），彷彿它們是漫長敘事中一段僥倖被人記住的段落，其餘部分早已消失在時間的迷霧中。〈嘿，叮咚，叮咚，貓與小提琴菲多〉（Hey Diddle Diddle, the Cat and the Fiddle）充滿了各種艾略特式的隱密意象，你無法將內容串成前後一貫的敘事。把這些兒歌當成《荒涼山莊》（*Bleak House*）或《瑪爾菲公爵夫人》（*The Duchess of Malfi*）來解讀，就像拿保羅・麥卡尼（Paul McCartney）與莫札特（Mozart）相比一樣是大錯特錯。這些兒歌自成一格。兒歌的韻文充滿小謎題與隱微的暗示。舉例來說，〈矮胖子〉（Humpty Dumpty）覺得國王的馬兒無法讓摔破的矮胖子恢復原狀是件值得大書特書的事，[3]但回顧歷史，我們真沒看過有那匹馬可以讓破掉的蛋恢復原狀。

然而，以上說明還是無法解答韻文是否可以用我提議的方式加以解讀。讓我們這麼說吧，這個問題與韻文是否有專屬的解讀方式，兩者是不同的問題。我們幾乎可以確定這兩者是有差異的。儘管如此，你還是可以選擇與作品格格不入的方式來詮釋作品。例如，有些怪人覺得桌燈的組裝手冊描述插頭與皮線的方式相當具有詩意，他們可以津津有味地閱讀這些文字直到深夜。而這類手冊甚至可能構成了離婚的理由。然後我們知道，無論寫這些手冊的人是誰，他們絕對沒有料到有人會用這種方式閱讀手冊。因此，問題在於為什麼〈咩，咩，黑綿羊〉不能用我建議的方式來解讀。為什麼我的解讀方式是不可接受的，如果事實上它確實不可接受的話？

作者與作品意義的關係

當然，在這裡我們不可能訴諸作者自己的意義，因為我們連作者是誰都不知道。即使我們知道，也不一定能幫我們解決問題。作者可以提供對自己作品的解釋，只不過這些解釋有時聽起來比我提供的解釋（例如我對〈咩，咩，黑綿羊〉做的解讀）還要荒謬。舉例來說，T. S. 艾略特曾說他的《荒原》只不過是押韻的牢騷之詞。他的評論唯一的問題在於他說的顯然不是真的。哈代經常否認他對自己小說裡的各種爭議存有特定觀點。當羅伯特・布朗寧（Robert Browning）被問起那些晦澀難懂的詩的意義時，據說他是這麼回答的，「當我寫這首詩時，上帝與羅伯特・布朗寧知道它的意義。現在，只有上帝知道。」如果希薇亞・普拉斯（Sylvia Plath）坦承，她的詩確實與收集古董鐘有關，我們或許不得不認為她搞錯了。有些作者認為自己的作品反映了崇高的意識，但事實上他們的文字卻滑稽可笑到了極點。我們將在本書末尾討論這麼一位作者。另一個例子是《約拿書》，《約拿書》也許寫作時原意不是為了插科打諢，但內容卻是精采絕倫的喜劇。

很多作者已經忘記自己是為了什麼寫詩或小說。無論如何，文學作品的意義絕對不只一個。文學作品可以產生各種意義庫，有些意義會隨時代演進而改變，而並非所有的改變都在作者的意料之內。我在第一章對於一些文學作品所發表的看法，看在這些作品的原作者眼裡，可能會覺得聞所未聞。弗蘭・歐布萊恩或許完全沒想到，《第三名警察》的開場白可以解釋成約翰・迪夫尼笨到把自己的時間花在把鐵棒轉變成打氣筒上，為的是用打氣筒殺死老馬赫斯。佛斯特也許會驚訝於他的《印度之旅》的前四個片語，每個片語約略可以找到三個重音。洛爾不可能在〈南塔基特的貴格會墓園〉的一開頭就詳細說明格律與句法如何彼此穿插。當葉慈在他的詩〈一九一六年復活節〉中寫下「恐怖的美麗」時，這個詞指的可能是他的愛人莫德‧岡昂（Maud Gonne），也可能是指都柏林的軍事暴動，但他或許連事實都已忘卻。

作者是作品意義的鑰匙，這個信念的背後是某個特殊的文學概念，認為文學是自我的表現，有些創意寫作課程很喜歡這個觀點。依據這個理論，文學作品誠摯表達了作者的經驗，而作者也願意分享這些經驗。這種觀點是相當晚近才形成的，主要源自浪漫主義時期。然而，這種想法恐怕會讓荷馬、但丁與喬叟感到極為驚訝，令波普感到困惑，至於龐德（Ezra Pound）與艾略特則會以輕蔑的語氣否定它。舉例來說，我們永遠不知道《伊利亞德》（*Iliad*）的作者想跟我們分享什麼個人經驗。

文學是一種自我表現，這種觀念顯然有瑕疵，尤其在文學解讀流於浮面的時候。以莎士比亞為例，就我們所知，他從未流放到荒島，即使如此，《暴風雨》卻予人置身荒島的感受。即使莎士比亞曾吃過椰子與綁過木筏，這些真實的經驗也未必能使他寫出更好的作品。小說家勞倫斯‧達瑞爾（Lawrence Durrell）曾在亞歷山卓待了一段時間，但他的《亞歷山卓四重奏》（*Alexandria Quartet*）的讀者卻寧可他沒去過。當莎士比亞在他的十四行詩裡寫到他的愛人時，他很可能根本沒有愛人。無疑地，他有沒有愛人，對他來說是有差異，但對我們沒什麼影響。

我們不應該過度沉溺於個人經驗。有抱負的作家會聽到一些建言，要他們從自身的經驗出發，然而誰不是如此？人只能撰寫自己知覺到的事物，知覺是經驗的一部分，跟頭骨被輕敲一下沒什麼兩樣。索福克勒斯根據自己的經驗寫下《伊底帕斯王》（*Oedipus the King*），然而索福克勒斯本人絕不可能是眼盲、遭到流放與亂倫的弒親者。你就算不是暴食者，也會有一兩次暴食經驗。你可以掌握暴食的概念，與其他人討論暴食，並且閱讀跟暴食者有關的故事，例如有人因為吃了太多豬肉派，而身體整個爆開來，噴得四面牆上都是。與結過三次婚的放蕩者（thrice-married roué）相比，獨身主義者描繪的性慾不一定搔不著癢處。

作家也許從未經歷過寫作以外的事。或許他記下的痛苦感受完全是出於虛構。他也許從未擁有過一隻名叫約翰・亨利・紐曼（John Henry Newman）的烏龜，也從未茫然地四處遊蕩，一邊流血一邊沿著坦吉爾（Tangiers）的巷弄走著。或者，也許他真的曾經每三天就在坦吉爾街頭一邊流血一邊跌跌撞撞地走著，但他撰寫這個經驗時卻全無說服力，讀過他的文章的人都對於他的話表示懷疑。想從詩的字裡行間窺探詩人是否擁有真實的經驗，其實沒有太大意義。但如果你是詩人的妻子，想搞清楚詩人是否真如詩裡所言，對女祕書充滿熱情，那就另當別論了。詩的經驗不是指隱藏在詩「後頭」的某件事物，因為詩人已經努力將事物傳達到語言之中。如果經驗指隱藏在詩「後頭」的某件事物，那麼我們要問，隱藏在「汝委身寧靜，依然是處子新婦」這句詩後面的，究竟是什麼經驗？我們是否能夠不重複相同的話語，來描述這個經驗。詩的語言，本身就是現實，它不只是個載體，語言承載的內容并非與語言截然二分。真正重要的經驗來自於對詩本身的體驗。真正重要的情感和觀念，與文字密不可分，而非與文字分離。拙劣的演員會糟蹋優美的詩句，他們會挾帶自己的情感，做出誇張的情感表現，他們不了解就某個意義來說，情感就在語言本身呈現。

作者必須誠懇嗎

不過，作者一定要誠懇嗎？在批評討論時，誠懇不是個很有意義的概念。在現實生活中，誠懇有時也不是那麼值得討論。我們不會因為匈人（The Hun）阿提拉很誠懇地做他想做的事，就認為他的行為正當無誤。當我們說珍・奧斯汀很誠懇地描寫可憎的柯林斯先生（Mr.Collins），或波普很誠懇地寫下「只有蠢蛋才會興沖沖地踏進天使害怕踏上的地方」時，我們想傳達什麼意義？我們可以說某段文字是空虛的或深刻的，誇大的或感動人心的，矯揉做作的或可憎的。但談到作者時使用這些詞彙，意義似乎不太一樣。作家可能努力做到誠懇，但最終完成的卻是虛假而浮誇的作品。一個人不可能極為誠懇地說出荒謬而完全空虛的話。我不能說，「我愛你，就像我愛在等腰三角形胳肢窩裡頂著旋轉的玉米片一樣」，而且我還真心地相信這件事。無論誠懇與否，這句話完全沒有任何意義。你該做的是帶我去看醫生，而不是一起去辦理結婚登記。

貝克特以陰沉的筆觸描寫人性時，他是否誠懇？這是不是他的自我表現？有沒有可能現實生活裡的貝克特是個樂觀而天真爛漫的人，整日期盼樂園早日降臨世上？事實上，我們知道他的個性不是如此。現實生活的貝克特雖然喜歡喝酒，愛開玩笑，身旁總有許多朋友相伴，但某方面來說他的性格相當陰鬱。然而儘管如此，貝克特也不是沒本事讓朋友捧腹大笑，樂得在地上打滾，直嚷著要他別再說了。貝克特也許仍相信人類終將擁有光明的未來。他的作品或許只是實驗之作，目的是為了想像核戰後世界的樣子。

也許暫時採取這種態度可以讓他振筆疾書進行寫作。莎士比亞有能力創造出令人折服的虛無主義角色（例如伊亞戈或《量罪記》（*Measue for Measure*）的瘋子巴那丁（Barnadine）），但他自己卻不是虛無主義者。或至少就我們所知是如此。

懷疑作者是否能掌握自己作品的意義，不表示文學作品可以任由你進行詮釋。如果我們把〈咩，咩，黑綿羊〉解讀成早期蘇聯電氣化的故事，我們將很難看出這種說法跟文本本身有什麼關係，因此要做這樣的解讀很可能出現邏輯上的問題。要以電氣化來解讀任何文學作品顯然是不可行的，這點不需要多做解釋，因為若是可以這樣任意解讀的話，恐怕史達林也會把《失樂園》解讀成早期蘇聯的電氣化。同樣的道理，「巨大到可以拍動的紫褐色耳朵」用來回答「你幾歲了？」不僅是個古怪的答案。應該說，這根本是答非所問。問與答之間毫無連結可言。我們說葉慈「恐怖的美麗」可能指的是莫德・岡昂（Mand Gone），這個猜測並非全然無據，就像認為伍爾芙的燈塔是印軍叛變的象徵一樣。我們可以把莫德・岡昂與「恐怖的美麗」連繫在一起，因為我們知道她在葉慈心目中的地位，她能讓他產生各種模稜兩可與象徵的共鳴，以及葉慈在其他詩裡是怎麼描繪她的。批評家必須找到支持自己主張的理由。

解讀總帶者想像與牽強的傾向

我們回到原先的問題，為什麼這麼解釋〈咩，咩，黑綿羊〉不可行。如果有人高聲說道，「但這首詩明顯不是這個意思！」你該怎麼回應。一種反駁方式是指出，我方才已經顯示這麼解釋是可行的。我已經逐字逐句做了說明，不僅提出證據，而且我的解讀也前後連貫。為什麼「咩，咩」**明顯**不是敘事者為了諷刺而故意模仿羊叫的聲音？否定的根據何在？誰說他不垂涎於綿羊的羊毛？

然而，反過來說，他垂涎的證據在哪？事實上，這首詩並未明確指出敘事者粗野專橫，或綿羊有技巧地在言語上扳回一城。但文學作品經常不是以明言的方式來傳遞意涵。在這個世界上，每一句話語都仰賴一整套這類的意涵——實在太多了，我們沒有辦法一一舉例。「把垃圾拿出去」，這句話通常是指某人的垃圾。但這句話並沒有說，某人必須費盡千辛萬苦到好萊塢幫傑克・尼克遜（Jack Nicholson）倒垃圾，儘管我們不能否定有這樣的可能。《碧廬冤孽》（*The Turn of the Screw*）沒有說敘事者是瘋子，但從情節內容不難得出這樣的結論。格雷安姆・葛林的《布萊頓糖》（*Brighton Rock*）並未明示品基（Pinkie）——惡毒的主角——正走向通往地獄的路上，但如果不如此解讀，小說就不合理。問題是，什麼才算從特定處境中得出的合理推論。這是個案判斷的問題，無法化約為規則。而這是我們必須討論的重點。

我已經坦承，我對〈咩，咩，黑綿羊〉的描述，幾乎可以確定不是姓名不詳的作者的原意。或者也跟孩子唱這首兒歌時心裡想像的意義有很大的差異。然而，我的解讀方式並未迂迴地繞過本文，在邏輯上也無矛盾之處，我也未曾想像不存在的詩句而從中獲取意義。舉例來說，如果我們想盡量貼近作品的原始意義，那麼「咩，咩」絕不可能解釋成摩托車的聲音，因為這首詩出現的年代還沒有摩托車。如果對作品的解讀是以住在小路旁的男孩就是敘事者自己為前提，那麼一旦兒歌的傳統，說「住在小路旁的男孩」這句話的人就是男孩自己，就像《新約》裡的「人子」（Son of Man）一樣，在亞拉姆語（Aramaic）的用法裡，說人子這個詞的就是人子本人，則原本的解讀就完全無效了。也就是說，綿羊會給自己羊毛，或（在另一個版本裡）不給自己羊毛。但幸好兒歌沒有這種傳統。

因此，與其說沒有充足的文字證據證明解讀不合理，倒不如說，沒有充足的文字證據證明解讀合理。這是為什麼解讀總是帶有想像與牽強的傾向。解讀有其可能性，但欠缺說服力。解讀在相當程度上取決於語氣，但文字無法讓人聽見語氣，因此解讀通常只淪為模稜兩可。語氣的轉換表示意義的轉換。解讀總是要在文字中尋找遠多於文字所能支持的部分，但無論如何，都必須獲得**邏輯上**的支持。

認為我對詩的解讀不可信，等於是說我對詩的解讀違反了習慣上對事物的理解，而這種習慣是不能輕易打破的。我們在日常生活中存在著許多默契與習慣，無視這些默契與習慣，其實是一種思想上的傲慢。默契與習慣含有某種智慧。儘管如此，並非所有的常識都值得信賴。例如，種族平等就違反了一九六〇年代阿拉巴馬州的常識。而談到天馬行空的詮釋，曾經有人很嚴肅地指出〈鵝上哪兒去？〉（Goosey Goosey Gander）這首兒歌其實是在講述十七世紀英格蘭內戰期間，克倫威爾（Cromwell）的軍隊攻擊不服從的羅馬天主教貴族住家的故事。「Goosey」指的是踢正步的士兵闖進天主教貴族婦女的臥房，另一方面，因為不誦念祈禱文而被扔下樓的老人，是個天主教教士，他拒絕服從新教的崇拜儀式。這個說法也許是真的。然而從表面上看來，這種解讀跟我對〈咩，咩，黑綿羊〉的解讀如出一轍，都同樣缺乏說服力。

作品的原始意義未必能壓制住新生的詮釋

此外還有一點值得說明。〈鵝上哪兒去?〉也許最早源於十七世紀英格蘭的宗教爭端，但對於今日在學校操場唱這首歌的孩子來說，卻可以有完全不同的意涵。在孩子眼裡，這首歌唱的不過是一個男人跌跌撞撞地上樓，進了妻子的臥房。這樣的解釋版本，難道也不能被接受?完全不用如此。這單純只是孩子的詮釋與幾百年前的詮釋不同而已。但這種狀況放在許多文學作品上都適用。作品的原始意義——假使我們有辦法得知的話——不一定能壓制得住作品日後所產生的新意義。或許，就某方面來說，我們對過去作品的了解，很可能要比當時的人來得透徹。舉例來說，現代精神分析對威廉・布萊克〈經驗之歌〉(Songs of Experience)的理解，可能更勝於當時的知識學門。二十世紀的專制統治經驗，很可能讓我們對莎士比亞的《凱撒大帝》有更深入的理解。猶太人大屠殺的發生，絕對影響了我們對《威尼斯商人》中的人物夏洛克的解讀。十九世紀，理查森的《克拉里莎》不見容於當世，如果這部作品在我們這個時代變得嶄新「可讀」，那麼有部分原因可能來自於現代的女權運動。我們對過去的了解，有時會比生活在當時的人更深入，那是因為我們有後見之明。無論如何，親身經歷一場歷史事件，不見得能了解這場歷史事件。同樣地，有些歷史知識的形式早已失傳。或許我們永遠無法清楚知道當初蜂擁去觀賞《哈姆雷特》首演的人，心中對於復仇這種道德形式有何看法，如果他們知道自己在想什麼的話。

想像一下，兒歌的慣例總是希望唱的人能從歌詞中尋找奧祕。卡巴拉（Kabbala）的聖經詮釋傳統也是如此。他們認為聖經中有無窮的奧祕等待人們去挖掘。另一方面，也有一種說法認為可以帶進自身的解讀。兒歌的意義其實很像墨跡測驗（Rorschach blot），唱遊者可以帶入自己的主觀感受。或者，你可以設法自圓其說，只要你的說法符合邏輯而且獲得文本證據支持。

若是如此，那麼我對〈咩，咩，黑綿羊〉的解讀無疑是可行的。它不是個明顯有效的解讀，而且也無法四處宣揚它的正確性。但就上述的詮釋理論來看，這個解讀是無法被排除的。此外，這首兒歌不是只存在於今日，它會繼續流傳下去。我對這首兒歌的解讀，很可能成為自我應驗的預言。如果我的解釋獲得接受——對於這點，我抱持著自信，但我也不對外宣揚——那麼往後幾個世代的孩子在學校操場唱這首兒歌時，他們會很自然地想到沒有禮貌的敘事者與口是心非的綿羊。我將因此在歷史上留名。

古猶太人進行**米德拉什**（midrash，指聖經詮釋）時，有時可以賦予聖經嶄新而看似不太合理的意義。**米德拉什**的意思是尋求或調查，猶太人認為聖經具有永不竭盡的意涵。每個詮釋者每次閱讀聖經，都能得到不同的啟示與領悟。《摩西五經》是不完整的，必須經由每一代的詮釋者加以增補，才能臻至完美。然而，沒有任何詮釋者敢說自己增添的將是最後一句話。此外，除非聖經能夠反映時代的需求與精神，否則它就只是死的文字。透過每個時代的詮釋，聖經因此獲得了新的生命。你想真正了解聖經，就必須想辦法實踐它。

我對〈咩，咩，黑綿羊〉的解讀，與聖經解釋不同。聖經解釋往往必須迂迴曲折，才能得出一套合理的說法，但我的解讀卻不是如此。我在詮釋時並未特別受到時代的需求與精神所影響，我只是進行單純的解讀而已。我的詮釋也忠於文本，並未強作解人，任意加入自己的看法。換言之，我不像**米拉德什**那麼大膽或激進。我並未主張黑綿羊指的是伯諾（Bono），也不認為三袋羊毛是新凱因斯理論不適用於現代匈牙利經濟的理由。

作品是能產生各種意義的母體

我們願意包容各種奇怪的文本解釋，主要是因為在文學的世界裡，不大可能發生什麼生死攸關的事。討論〈咩，咩，黑綿羊〉的敘事者是否脾氣暴躁或行事跋扈，並不會讓人喪失性命或丟了工作，除非我文學批評課堂上的學生向院長告狀，說我專業能力不足或言語輕薄。人們有可能因為法律文字的解釋太寬鬆與太任意而喪失工作、自由乃至於生命。我們有時希望文字的解讀寬鬆，有時則不希望如此，這完全要視情況而定。如果是交通標誌或醫療處方，我們希望文字的解釋嚴格而明確；如果是笑話與現代主義詩作，那麼嬉鬧與模稜兩可反而成了重點。有時，意義無論如何都必須固定而明確，有時，意義反而應該任意浮動才能發揮效果。有些文學理論家認為，如果你偶然間發現〈咩，咩，黑綿羊〉的詮釋是有用的，而且激發你產生靈感，那麼光憑這個理由就足以支持你採用這種詮釋。不過，也有些人堅持詮釋必須帶有認知性，也就是說詮釋必須提供我們關於作品本身的精確知識才行。

文學作品不是意義固定不變的文本，而是能產生各種可能意義的母體。與其說文學作品保存意義，不如說它產生意義。但我還是提醒一句，這麼說不表示所有文學作品都是如此。在可理解的狀況下，「我能把妳比做夏天嗎？」（Shall I compare thee to a summer's day?）可以指「能不能幫我抓抓肩胛骨下面一點的地方？」或許在亞馬遜盆地有個部落，莎士比亞這句詩的發音非常巧合地與他們語言裡要求對方抓抓肩胛骨下面一點的地方的念法相同。或許未來出現了某種巨大的變化，激烈地改變了英語，當人們低聲對我們說，「我能把妳比做夏天嗎？」我們會立刻幫他們抓背。然而，對現在的我們來說，這顯然不是莎士比亞這句詩的意思。

文學作品的意義不會固定不變的原因之一，在於意義屬於公共事務。意義不是只有我才能擁有，意義不是土地，可以被獨占。意義不是私有財。我不能私下決定「詮釋現象學」（hermeneutial phenomenology）的意思是「梅麗・史翠普」（Meryl Streep）。意義屬於語言，而語言可以精鍊地呈現人類全體對世界的理解。意義不是自由浮動之物。意義受限於我們與現實的關係——社會的價值、傳統、假定、制度與物質條件。最終，我們的話語必須與我們的行動一致，因為我們的行動造成的現實限制了我們的話語。要決定性地改變語言，你至少必須改變一些現實。意義不是固定的，至少我們不能說特定的一套文字含有固有的意義。如果意義是固定的，那麼就沒有翻譯的可能。如果意義是相對明確的，那是因為意義不只是口語。意義也代表人類在特定時空中的約定，它具體表現出人類共同的行為、感受與知覺。即使人類在意義上起了衝突，雙方也必須對彼此爭論的事物有一定的共識，否則的話，我們無法說他們做的事是衝突。你跟我在索菲亞（sofia）是否比卡羅萊納（Carolina）更熱（hotter，也有更辣之意）這個問題上無法產生爭論，因為一個人說的是地理位置，另一個人說的卻是電影明星。

因此，文學作品不可能只對我產生意義。也許我能從作品中看到別人看不到的事物，但這些事物原則上必定能與他人共享，因此而能稱之為意義。事實上，我必須使用與別人共享的語言，才能有系統地將意義傳達給自己。或許「黑綿羊」一詞禁不住讓我想起休・葛蘭（Hugh Grant）。每次有人念出「黑綿羊」這三個字，休・葛蘭的樣子就會自然而然在我心中浮現。然而，這不是黑綿羊這個詞本身的意義。它只是一種隨機的個人聯想。意義不是市立停車場這種客觀存在，但它也不完全是主觀的。文學作品也是如此，這點我之前已經提過。它們是一種交流溝通，而非物質對象。文學如果沒有讀者，就不能稱為文學。

理解會受到自身歷史背景的影響

此外，讀者對詩或小說的理解，往往受到自身歷史背景的影響。文本的意義源自於讀者從文本獲取意義的能力。與《克拉里莎》同時代的讀者，無法從這本書看出女性主義理論，但今日的讀者卻能輕易看出這點。讀者會將各種（通常是在不知不覺中）信念與假定帶入文學作品之中。在這些信念與假定中，讀者首先對文學作品有個粗略的看法，然後對於該如何解讀文學作品有個大致的掌握。他們從作品發現的意義，取決於他們的信念與期望，不過有時也會反過來，作品會對他們的信念與期望產生摧陷廓清的作用。事實上，一些評論者認為非比尋常的文學作品往往有這種力量。有人可能抱著不可知論的心態閱讀一首詩，結果卻被感化成耶和華見證人（Jehovah's Witness）。

〈咩，咩，黑綿羊〉沒有唯一與正確的詮釋，其他文學作品亦然。儘管如此，這裡面還是存在著或多或少合理的解釋方式。具說服力的解讀必須考慮文字證據，不過建立這些證據還是要仰賴詮釋。有人也許會抗議說，「我不認為那是證據！」，或「你憑什麼認為《馬克白》的女巫是邪惡的？」文字證據的傳達方式千千萬萬，而衝突往往因此而生。我們沒有明確的答案決定該如何在這些方式中做選擇。我們也不認為有此必要。是否存在一種具說服力的解讀方式，是我們至今還沒想到的？還是說，沒有人希望有這樣的解讀方式出現。為什麼不呢？或許是因為許多文學作品希望能得到全新的解讀，或許它們正等待著尚未出生的讀者為它們帶來豐富的潛力。或許只有未來才能讓我們更充分地掌握過去。

除非讀者不斷地做出假設，否則文學作品不可能產生作用。舉例來說，伊夫林・沃的短篇小說《勒夫代先生的短暫外出》（Mr. Loveday's Little Outing）冷淡但意味深長的第一句話：「『你會發現你的父親沒有多大變化，』當車子轉進郡立療養院大門時，莫平夫人（Lady Moping）說道。」與任何語言作品一樣，這句話呈現了太多空白，我們必須加以填補（無論是有心還是無意），才能理解這句話。從這層意義來看，一個虛構的句子有點像科學假說。與假說一樣，我們必須持續用各種不同的方法加以測試，直到我們找到說得通的說法為止。我們假設莫平夫人指的父親就是她的丈夫（不過我們目前沒有證據）；莫平夫人探望他的地方是精神病院；她與子女同去。或許我們也可以假設丈夫是療養院的病人，這使得「你會發現你的父親沒有多大變化」這句話聽起來有些詼諧。彷彿是在安慰說，「別擔心，他還是以前的他，他跟住院之前一樣正常。」或者是比較不那麼令人安慰的說法，「他跟被送進療養院之前一樣瘋。」模稜兩可為這段陳述帶來趣味，而平淡的語氣更增添了喜劇的期待。莫平夫人預期她的兒子會有什麼反應（「你會發現……」），等於為這段陳述下了一道絕對的指令。我們因此懷疑她的兒子可能就是本書的主角勒夫代先生。

然而，也有可能莫平夫人的丈夫不是病人。他可能是護士，是精神科醫生，或者是園丁。然而，「夫人」的稱謂否定了這些可能。莫平夫人是貴族，他的丈夫可能是莫平勳爵，貴族通常不會成為精神科醫生，更甭說是護士或園丁了。此外，英國貴族予人的印象就是精神有點不正常，因此加強了我們的懷疑，莫平勳爵似乎比較有可能是病人，而非醫生。再者，他的子女似乎有一段時間沒來看他，而且時間長到足以讓他產生改變，而改變一詞放在園丁或精神科醫生身上似乎不太妥當。「當車子轉進郡立療養院大門時」這句話，可能暗示著莫平夫人並未親自駕車，因為她的身分應該不會從事這種僕人工作。或許她坐在駕駛座旁。

如果讀者帶進各種假設到文學作品中，文學作品也會以親密的態度示人。一名批評者曾說，綏夫特對讀者「親密卻不友善」。《項狄傳》以一種幽默的虐待心態邀請讀者一起成為該書的共同作者，但讀者這麼做將必須付出極大的心血才能理解本文。小說可能像老朋友一樣一直挽留你，也可能打官腔或冷漠地對待你。如果讀者是個閒暇的博學者，與小說擁有共同的文明價值，那麼小說很可能與讀者達成某種默契。但小說也有可能讓偶然間閱讀的讀者感到不安或讓他們產生錯誤的理解，小說會令他們感到不適，讓他們的信仰動搖，或甚至在禮儀上冒犯了他們。還有一些小說會拒讀者於門外，它們只允許讀者私底下閱讀，不希望有人無意間聽見讀者的沉思與冥想。

所有的知識在某種程度上都需經過一段從具體到粹取（abstraction）的過程。以文學批評來說，這表示我們要往後退個幾步，從各個角度來觀看作品。這麼做並不容易，部分是因為文學作品往往歷經一段時間與過程才得以完成，我們很難一眼就看穿作品的各個面向。我們要後退幾步，但也不能離得太遠，不能與作品的有形外在脫節。要掌握詩或小說的整體，必須探究作品的主題，也就是說，我們必須尋找作品專注描寫的模式。接下來，我要分析狄更斯的小說《遠大前程》，藉此說明如何探究作品的主題。

《遠大前程》的主題探究

最沒有啟發性的批評只是用不同的話把作品重述一遍。有些學生以為自己寫的是文學批評，但實際上他們只是把作品換句話說，偶爾提出一點個人的古怪評論。然而，重述故事或小說的情節有時不可避免，因此接下來我要對狄更斯的小說做簡單的摘要介紹。主角皮普（Pip）小時候與他已經成年的姊姊喬太太（Mrs. Joe）以及她幼稚而善良的丈夫喬・加傑里（Joe Gargery）同住。加傑里是一名鐵匠，住在英格蘭東南方渺無人煙的濕地。喬太太嚴厲地管教皮普，她對自己的丈夫長久以來也採取同樣嚴酷的手段。

皮普父母雙亡，某日，當他到教堂墓園去看父母的墳時，被一名囚犯阿貝爾・馬格維奇（Abel Magwitch）抓住，馬格維奇是從附近的監獄船逃出來的犯人。他要皮普幫他拿一把銼刀來，好讓他打開腳鐐，同時，他也要皮普幫他帶點吃的跟喝的。皮普因此從家裡偷了這些東西過來。然而馬格維奇再度被捕，他被判終身待在英國的刑罰地澳洲。

在此同時，皮普被當地一名富有而性格乖僻的貴婦哈維夏姆小姐（Miss Havisham）叫到她已經破舊不堪的住處薩提斯宅，陪高傲而美麗的艾絲泰拉（Estella）玩耍。哈維夏姆小姐是艾絲泰拉的監護人。哈維夏姆小姐這輩子被她的愛人給耽誤了，他在新婚那天拋棄了她，而薩提斯宅的時鐘從此停留在那個致命的時刻。婚宴的擺設從未收拾，任由菜餚腐敗生蟲，哈維夏姆小姐坐在當中，宛如枯骨，又好似蠟像，她身上還穿著結婚當日的新娘禮服，然而衣裳早已破爛，裹在身上如同壽衣一般。皮普愛上了艾絲泰拉，然而哈維夏姆撫養她長大是有目的的，為的就是要傷害男人的心做為報復。年幼的皮普渾然不知自己被帶來薩提斯宅，只是權充艾絲泰拉練習的玩物。

皮普在薩提斯宅的經驗，使他對於自己在煉冶場的下層生活感到不甘。他是加傑里的學徒，在煉冶場工作。艾絲泰拉對於皮普的平民生活感到輕蔑，皮普因此懷抱成為紳士的野心，想贏得艾絲泰拉的青睞。在此同時，喬太太在煉冶場遭加傑里僱用的惡棍歐里克（Orlick）野蠻攻擊，她躺在病榻上說不出話來，最後傷重不治。加傑里後來娶畢蒂（Biddy）為妻，畢蒂是個討人喜歡的學校老師，她至少不像喬太太那樣會一直擰加傑里的耳朵。

倫敦律師賈格斯（Jaggers）前來通知皮普，有個匿名的捐贈者給他一筆財富，於是他前往倫敦，開始過著紳士生活。皮普以為捐贈者是哈維夏姆小姐，她想好好打理他，好讓他成為足以與艾絲泰拉匹配的人。皮普搬到倫敦，在陰沉的賈格斯監護下，他開始過著有點令人不滿足的休閒生活。他成了道貌岸然的偽君子與勢利小人，他輕視過去的生活，而且討厭自己還要放低身段跟受到傷害但毫無怨言的加傑里說話。即使身為工人階級的小孩，皮普希望自己未來能成為一名紳士，能說一口標準英語，毫無任何地方口音。（奧利佛．崔斯特也是如此，他在工人的住家長大，說起話來卻像有牌的會計師。在維多利亞時代，人們有一種共通的想法，那就是小說的主角與女主角說話不能草草帶過h，或母音發得模糊不清。小扒手道奇〔Artful Dodger〕說話帶有倫敦東區的口音，這件事與他偷竊手帕並非毫無關連。）

馬格維奇突然出現在場景裡，他從澳洲逃出來，並且告訴皮普，他才是幕後的捐贈者。他在國外發了財，為了感謝男孩當初在溼地幫他的忙，於是他出錢讓男孩成為了紳士。皮普知道此事之後，內心震驚不已，眼前這位金主只讓他覺得噁心。馬格維奇非法逃出澳洲，因此受到當局的緝捕，皮普於是祕密安排船隻讓馬格維奇離開英國。然而，這名犯人又被捕了。他被判處死刑，但在接受絞刑前就已經死去。馬格維奇死後，皮普對這名重刑犯的態度軟化，而他也得知馬格維奇就是艾絲泰拉的生父（但馬格維奇自己不知道）。他在馬格維奇臨終前告訴他這件事，並且說自己深愛著艾絲泰拉。於是，這名老人得以安詳死去。

皮普對於自己過去的勢利與社交野心深感懊悔。他不再擁有財富，並且在一家小企業擔任員工與合夥人。他染上重病，但他很高興能與加傑里以及畢蒂團圓。加傑里把他當嬰兒一樣悉心照料，皮普終於恢復健康，而且再度見到艾絲泰拉。艾絲泰拉此時也幾乎是一文不名。哈維夏姆小姐死於家中的火災，她在臨死前懺悔自己傷了皮普的心。與皮普一樣，艾絲泰拉也在磨難中變得更堅強，她現在變得謙卑，並且懺悔過去所做的一切。她與皮普似乎有可能結婚，不過狄更斯原本的結局其實更為陰沉。

作品中的重要模式：假父母

這些就是敘事的梗概，我好心地刪去一些可憎的巧合與完全不可能發生的超現實情節。我們能從中發現什麼重要模式？一開始，我們會發現故事裡充滿了虛妄的父母。喬太太是皮普的姊姊，但表現得像是他的母親，至於她的丈夫喬．加傑里，地位上算是皮普的父親，實際上卻是他最好的朋友與未明言的兄長。更複雜的是，到了最後，皮普將認定加傑里是他真正精神上的父親。就這點來看，加傑里家可說是一齣傳統的模仿諷刺戲碼，而且尤有過之：喬太太不僅扮演皮普的姊姊與母親，她同時也是加傑里的妻子與母親。加傑里自己則扮演皮普的兄長與父親。這不禁讓人想到湯姆．雷勒（Tom Lehrer）諷刺伊底帕斯的歌曲：「沒有人像他那樣愛母親，／他的女兒是他的姊妹，他的兒子是他的兄弟。」到了小說末尾，皮普將會照料他精神上的父親馬格維奇，而且把他當成孩子一樣。一名評論者說，他成了他父親的父親。不僅如此，皮普與馬格維奇之間還存在著某種兄弟手足的情誼，因為兩人在幼年時都曾遭受虐待，而皮普與加傑里之間也是如此。如果主角能獲得救贖，那麼罪犯或疏忽的父母也必然能獲得寬恕，如寇蒂莉亞原諒李爾王。而任性的孩子也必然會接受寬恕，以皮普來說就是接受加傑里與畢蒂對他的原諒。

在狄更斯早期的小說中，家庭可以提供溫暖與情感，因此經常成為嚴酷公眾世界的避難所。在《遠大前程》中，這個避難所就是賈格斯的好心職員威米克（Wemmick）的家。然而，當把家庭變成安全的避風港成了極其艱鉅的任務時，威米克居然在房子周圍挖起壕溝，人員只能經由吊橋進出。這名英國人的房子儼然成了城堡。公眾與家庭領域一分為二。唯有藉由這種方式，才能讓家庭生活免於受到麻不不仁的公眾生活破壞。在威米克家的圍牆保護下，威米克與他大嗓門的詼諧老父，讓皮普體會到最豐富與最良善的情感。相反地，皮普的家庭不僅失去功能，還有點病態，甚至隱約透露出亂倫的傾向。在煉冶場，存在著某種深刻的性與家庭的不安，在薩提斯宅也是如此。「forge」（煉冶場）這個字指鐵匠的工坊，但它也有欺詐與欺騙的意思，也令人聯想到薩提斯宅與皮普的假紳士身分。在哈維夏姆小姐心智不全的世界裡，愛與性連結著暴力、殘酷、權力、幻想與心口不一。愛情在這部小說裡，並非逃離仇恨與支配的單純選項。相反地，它與仇恨、支配緊密交織在一起。

皮普幼年時期的家，就位在煉冶場的隔壁。與威米克的小城堡不同，皮普生活的世界是工作領域與家庭領域交疊的世界。這種世界帶來的負面影響，在於公眾世界的暴力與壓迫，不可避免地滲透到私人世界之中。加傑里身為鐵匠，必須成天錘鍊鐵塊，同樣地，喬太太也成天痛打著皮普。事實上，喬太太告訴皮普，他的父親——一個厭惡工作的鐵匠——是如何「用力地打我，那股狠勁恐怕還要超越他敲鐵砧的力道」。皮普用「不公平」這三個字來形容喬太太對他的毒打，這連結了家庭世界的暴力與公共領域的法律、犯罪與懲罰。煉冶場與鐵有關，而歐里克就是用鐵塊把喬太太打倒在地。

然而，工作與家庭、公共與私人領域的緊密關連，其實也值得珍視。無論好或不好，總之在加傑里家，這兩個領域幾乎已完全重疊在一起。加傑里的鐵匠特質，與他身為朋友與代理父親的德性合而為一。狄更斯晚年讚美擁有實作技術的人，輕視那些靠股票與股份生活的人。體力勞動是真實的，紙上富貴是寄生在別人的勞動之上。馬格維奇的財富是靠他揮汗賺來的，反觀哈維夏姆小姐則不是如此。因此，煉冶場是真實的，反觀財富與特權世界則是短暫而不真實的。從鄉村房舍移居時髦的倫敦，皮普從現實進入了幻影。如果他想獲得救贖，他最終勢必得反轉這段旅程。

哈維夏姆小姐是養女艾絲泰拉的替代母親，而馬格維奇是皮普的替代父親。「我是你第二個父親，」他對皮普說。「你是我的兒子——我疼你更甚於其他兒子。」由於馬格維奇也是艾絲泰拉的生父，因此我們隱約感受到一股亂倫的意味。這似乎暗示皮普與艾絲泰拉是兄妹。事實上，馬格維奇以為自己的女兒死了，所以「收養」皮普做為補償。就連皮普的遠親潘波趣先生（Mr. Pumblechook）——一個諂媚的老騙子——也假意地想充當他的父親，而皮普的監護人雅各斯則是他的保護人。好心的威米克給予他父親般的呵護，而他的朋友赫伯特・帕奇特（Herbert Pocket）教導他舉止如何像個紳士。

這些假父母中，有的很糟，有的很好。前者如喬太太與哈維夏姆小姐，後者如加傑里、雅各斯與威米克。馬格維奇也算好的假父母，不過不像加傑里等人那麼明確。整本作品中，我們很少看見好的真父母。哈維夏姆小姐是個邪惡的仙女教母（她甚至以手杖充當棍子），而馬格維奇是個有求必應的好仙女。然而，在仙女故事裡經常會出現你的願望並未以你所希望的方式實現的情況，皮普的例子就是如此。神奇的仙女食物一放進嘴裡立刻就化成灰。美夢瞬間變成惡夢。

起源問題

我們要如何理解這些假父母、幼稚的成人、邪惡的繼母與近似亂倫的手足？《遠大前程》充滿我們也許可以稱之為起源問題的東西。我們究竟是從哪裡來的？我們存在的真實根源是什麼？佛洛伊德認為這個問題是從孩提時期開始產生，孩子可能會幻想自己不是父母所生，而是自己產生的。或許，我們都是從自己的腰部蹦出來的，因此我們可以擺脫我們的生命源自於他人的窘境。或許我們跟上帝一樣，從未有不存在的時候。孩子想到起源往往內心感到難以承受，理由之一是出生往往伴隨著死亡。隨著我們日漸成長，我們一定會逐漸了解這樣的事實，那就是無論我們如何幻想自己是自由的與自足的，我們事實上都不是自己產生的。我們之所以能誕生到這個世界上，中間的過程我們無法控制，也無從知曉。我們的血肉、骨骼與器官，以及我們的社會條件，全在出生時就決定了。我們的存在，乃至於我們的自由與自主，全仰賴其他一連串的人事物，這些人事物緊密地糾結在一起，難以解開。在我們眼前已然有一個進行中的情節，但我們無法輕易得知我們是否符合這個情節。自我的源頭，竟然不是自我本身。這是我們必須學著調適的難題。

孩子也可能想像自己的家人不是真正的家人。或許，他實際上來自於更有魅力的家族，但最後卻與眼前這些矮小醜陋的親戚一起生活。佛洛伊德說這是家族羅曼史症候群（family romance syndrome），而皮普顯然患有這種疾病。薩提斯宅代表他想參與的家庭。這實在極為諷刺，因為薩提斯宅是個腐爛、有毒、充滿幻想的空殼子。住在裡面的是兩名孤獨的女子，一個可能已經瘋了，另一個在情感上有障礙，而兩人之間沒有任何血緣關係。這是皮普偽意識的一項病徵，顯示他喜歡病人的夢境更勝於煉冶場的生活。

皮普誤讀了小說情節。他以為自己是哈維夏姆小姐情節裡的角色，但實際上他屬於馬格維奇情節裡的人物。要判斷自己屬於哪個敘事並不容易。皮普在判斷自己身分的來源時——亦即，是誰「創造」了他——犯了大錯。他以為自己是哈維夏姆小姐創造的，但想不到他其實是一名犯人的成品。馬格維奇對皮普來說是個「可怕的神祕」，但遠遠比不上起源的奧祕。然而這個奧祕牽涉的不只是個人。人類文明的起源是什麼？我們共同生命的來源是什麼？

對於《遠大前程》來說，這個答案相當清楚。文明的根源是陰暗的，它來自犯罪、暴力、勞動、痛苦、不義、悲慘與壓迫。馬格維奇是皮普的恩人，這一點恰好反映了這個深刻的真理。正因為根源陰暗不可告人，因此禮儀世界才開始萌芽發展。「我活得粗鄙，」犯人告訴皮普，「所以你應該活得優雅。」苦工與非法活動讓皮普賺了大錢。他在倫敦的安逸生活因此「沾染了監獄與犯罪的汙點」，他再怎麼努力都無法塗銷它。哈維夏姆小姐的財富，就像皮普加入的世故倫敦世界一樣，也來自於悲慘與剝削。但時尚的世界似乎對此一無所知，或者是冷漠以對，就像皮普完全未察覺馬格維奇這個地下人物居然一手造就了他的紳士身分。甚至艾絲泰拉也有罪犯的源頭，她是馬格維奇多年失散的女兒，也是殺人嫌疑犯。如果小說描繪的文明意識到自己真實的基礎竟是如此，那麼文明還有可能存續下去嗎？

對《遠大前程》來說，這個解讀激進得令人咋舌。事實上，這比狄更斯的想法激進多了，而且與他現實生活的政治觀點相距甚遠。他是改革者，不是革命者。就這個意義來看，《遠大前程》就像狄更斯晚期的小說一樣，描繪出我們先前提過的觀點：作家對現實生活的意見不一定與他作品的態度一致。「絕不要相信說故事的人，要相信故事，」D·H·勞倫斯曾如此說道。小說同情的顯然是罪犯的地下世界，而非狄更斯自己極為欽羨的時尚世界。薩提斯宅顯露出上流社會的陰暗面，哈維夏姆小姐貪婪、虛偽的親戚就像禿鷹一樣圍繞在一旁，準備等她死的時候俯衝而下奪取她的財產。

殘酷的傳統社會

加傑里是這部小說的道德試金石，他希望馬格維奇能在濕地成功擺脫士兵的追捕。皮普抵達倫敦時，第一眼看到的是新門監獄（Newgate prison），悲慘的犯人在這裡遭受鞭刑與絞刑。後來，馬格維奇被帶到法庭上聆聽處決的宣判，小說描繪被告席上的犯人，「有些人桀驁不馴，有些人嚇壞了，有些人啜泣，有些人掩面」，此外，還有「帶著鎖鏈與花束的治安人員，精心打扮心態醜惡的市民，賣東西的小販，法警……」。小說中到處可見這樣的暗示，傳統社會是殘酷而腐敗的，它只是外表看起來遵從禮儀打扮合宜，實際上跟盜賊與殺人犯的世界沒什麼兩樣。

《遠大前程》暗示孩子與罪犯之間的類似性。兩者同樣未充分受到正統社會的規訓，毫無特權，遭受嚴重的壓迫。兩者都未受過完整的教育，而且不斷受人指使管束。

維多利亞時代的兒童能享有的自由幾乎與死囚一樣。小皮普一直遭受新教成人的拷打、痛罵與暴力對待，對這些成人來說，孩子與撒旦的子孫相去不遠。某些時候，孩子甚至被公然描述成應該絞死的罪犯，而這正顯示出皮普與馬格維奇的祕密連帶關係。在小說裡，孩子與犯罪有著明顯的連結。雅各斯不是個充滿同情心的自由派人士，但他曾憤憤不平地對皮普說，他曾看過孩子「被囚禁、鞭打、運走、忽視、趕走、符合所有被處以絞刑的條件，而且長大後也的確被絞死」。

身為令人畏懼與尊敬的律師，雅各斯似乎與倫敦每個出獄的慣犯有點頭之交，他在小說中扮演著地下與地上世界的橋樑。他的辦公室牆上展示了絞死犯人戴的可怕死亡面具。由於這些遭處死的人是他的生計來源，因此他也是書中幾名活死人之一。馬格維奇一輩子都是犯人，他是另一個活死人。哈維夏姆小姐是活死人，她凍結在她的愛人背叛她的那一刻；喬太太是活死人，當歐里克重擊她的頭骨之後，她在生與死之間不斷地徘徊。喬太太的死暗示皮普不僅與犯人同謀，他也間接要為這起謀殺負責。他偷走了銼刀，讓馬格維奇用來拆卸腳鐐，而歐里克則是用他們丟棄的腳鐐打死了喬太太。弒母的陰影籠罩著主角。

《遠大前程》的開場是一片廣闊的荒蕪景象。皮普獨自來到低平、陰鬱、孳生熱病的沼澤地帶，漫步於教堂墓園的石碑之間。岸外停泊著監獄船，絞刑台就在不遠處。死亡、犯罪與人類的苦難，在作者嫻熟的安排下，象徵性地結合起來。就在男孩對自己的身世感到傷感之際，馬格維奇突然跳向男孩。孩子在驚嚇中發現自己眼前出現一個似乎不屬於這個世界的人物，一個像極了神話人物的瘸子：

一個令人望之生畏的男子，全身穿著灰色的粗布衣裳，腿上繫著一個大鐵塊。他沒有戴帽子，腳上踩著破鞋，腦袋纏著年代久遠的破布。在此之前，他浸泡在水裡，全身覆滿泥巴，腿被石頭打瘸了，燧石、蕁麻與荊棘弄得他遍體鱗傷；他一跛一跛地走著，不住地打著哆嗦，儘管如此，他仍怒目而視，大聲咆哮；他的牙齒滔滔不絕地在頭顱裡嘮叨著，此時他抓住我的下巴。

這個可怕的幽靈帶有一種獸性與非人的氣味。然而這也是純粹人性中的非人部分——一個人在褪去文明的束縛之後，赤裸裸地向皮普的人性提出懇求。男孩回應男人的呼喚，彷彿他已經與所有遭到放逐與流離失所者訂下象徵性的約定。他也祕密與罪建立了休戚與共的關係。事實上，我們不難把這段令人難以忘懷的氣氛場景解讀成描寫墮落的敘事。不過，從字面上來看，與其說皮普墮落，不如說那位步入絕境的夥伴徹底改變了他。隨著故事不斷展開，馬格維奇持續讓皮普的世界陷入混亂。這個孩子將首次遭遇犯罪與艱苦，以及看見某種原罪登場。這些場景將包括對犯罪的感受，看到有人因做出可怕的違法行為而當場被捕；而皮普很快將親身感受到這一點，他因為偷竊自家的東西而害怕遭受懲罰。為了幫助馬格維奇，皮普犯了罪，即使他這麼做是為了救人。他使自己踏出了法律的界限，從此以後，無論他如何努力，都無法走進法律界限之內。

雖然小說對於受迫害者寄予同情，但卻不對馬格維奇存有幻想。事實上，小說使馬格維奇暴露在公眾的嚴厲批評之下。畢竟，他在不知不覺中為皮普帶來諸多麻煩，他贈送皮普大筆財富，因此使皮普疏遠了煉冶場。他的慷慨倒不如說是一種詭異的錯置。畢竟，皮普並未要求成為一名紳士，無論他當時內心多麼歡迎這種可能。馬格維奇也未就這件事徵詢皮普的意見。他這麼做是為了皮普，但也是為了表達謝意。他甚至驕傲地說，他「擁有」他的被保護人。這似乎隱約暗示著弗蘭肯斯坦（Frankenstein）與他的怪物。馬格維奇是一名犯人，他無法主宰自己的存在，而他最後也把自己疼愛的皮普推入類似的處境。同樣地，艾絲泰拉是哈維夏姆小姐的傀儡。最後，她在憤怒之下攻擊她的創造者，而皮普首次回倫敦時，也對馬格維奇做了相同的事。這名重罪犯不負責任地將自己一部分的財產送給一名幾乎完全不認識的人，然後他退後幾步，擺出欣賞自己傑作的樣子。這麼做不僅忽略了財富可能帶來的不幸，也代表他對自己精神上的被收養者施加了某種權力形式。這些在哈維夏姆小姐與艾絲泰拉身上也昭然若揭。在這部作品中，權力潛浮在許多關係底下。

多種文學模式的共存

《遠大前程》同時存在著幾種文學模式。除了寫實主義，當中也存在著幻想成分。哈維夏姆小姐不是那種你能在各地購物中心巧遇的人物，不過馬格維奇倒是有可能趁警衛不注意，偷偷溜進這類場合。小說中許多刻意的巧合，現實生活幾乎不可能發生。這部小說也吸取了**教養小說**（Bildungsroman）的文學形式，描述主人翁在教養之下精神不斷成長的過程。而且帶有強烈的寓言、羅曼史、神話與童話元素。然而在這裡，這部小說又不同於狄更斯早期的其他作品。舉例來說，《簡・愛》讓簡可以聽見大老遠由風傳來的叫喚聲，因此簡得以與受傷的莊園主人團圓。狄更斯早期非常擅長使用這種手法。但《遠大前程》卻一一戳破童話的糖衣。它發現慷慨的仙女哈維夏姆小姐其實是個邪惡的女巫，夢想遭到污損，財富帶來腐敗，而野心不過是捕風捉影。馬格維奇（Magwitch）是個神奇的巫師（magic witch），他把貧窮男孩變成了富貴鉅子，但代價卻極為可觀。這部羅曼史終究變了調。正如哈維夏姆（Havisham）的名字說明了「擁有是虛假」（to have is a sham）。渴望擁有最後只會是一場空。

即使如此，敘事並不排斥古怪的操作方式。皮普最後沒有回到煉冶場。他還是能過著紳士的生活，只是現在變得勤勉多了。簡言之，現在的他比較像是他原先渴望的中產階級，而且現在的他懷抱的是對的，而非錯的價值。從操作的角度來看，哈維夏姆小姐的慘死，其實是小說為了她無情構陷主角所做的報復。皮普與馬格維奇和解；但馬格維奇不久就死了，這便於確保皮普在往後的日子裡不會受到他的糾纏。在心裡懷念這名粗鄙的老傢伙，與在往後二十年準備一間臥房來收容他，兩者可說是天差地別。

回到自己的起始點

教養小說是不斷進步的故事，但皮普的人生卻是不斷倒退。他必須循序回到他開始的地方，用T．S．艾略特《四首四重奏》（*Four Quartets*）的話說，他看到這個地方，這還是第一次。有人指出，皮普（Pip）的名字是一種迴文，也就是說，從前面念或從後面念都是一樣的；而皮普要有真正的進展，也只能回到他的起始點。為了獲得真正的獨立，你必須面對自己存在的源頭有多麼令人討厭。唯有接受自己無法完全主宰自己的人生，你才能獲得自由。唯有回頭正視自己的過去，你才能繼續向前探索。如果你壓抑自己的過去，那麼過去將會對你反撲，使你不斷犯錯，一如馬格維奇一聲不響地闖入皮普在倫敦的寓所一樣。

小說以類似結尾的手法開頭（教堂墓園裡，皮普雙親之墓），卻在結尾引出新的開始，滌淨身心的皮普與艾絲泰拉邁步向前，準備開啟新的人生。相反地，薩提斯宅成了敘事中止的地方。在那裡，時間似乎靜止不動，就像哈維夏姆小姐不斷在殘破的房間裡繞圈圈，哪兒也不去一樣。而從敘事本身來看，我們也注意到，雖然這篇小說是以第一人稱的角度敘述，但它也顯示敘事者本身出現了道德崩壞。這是為了說明皮普有著堅強的性格，他能夠看見——敘事者也允許讀者看見——自己成了一個討人厭的小暴發戶。無疑地，皮普最終能夠通過考驗，憑藉的也是他堅強的性格。

透過意象強化主題

小說出現了幾個重要的意象模式來強化主題。其中之一是鐵的意象，它以不同的形式出現：馬格維奇的腳鐐，後來被歐里克拿來攻擊喬太太；皮普偷了加傑里的銼刀，這把銼刀在小說末尾又再度出現；監獄船巨大的停泊鐵鍊，看起來彷彿「它也像犯人一樣被鍊起來了」；喬太太的婚戒，在懲罰皮普時在他臉上留下了傷痕；等等諸如此類。馬格維奇意有所指地打了鏈子給皮普，儘管這些鏈子是金銀打造的。皮普在法律上是學徒的身分，他被捆綁在鐵匠這個他所蔑視的職業上。鐵因此在小說中象徵著暴力與監禁，但鐵也有同舟共濟與簡潔的意涵，鐵凸顯出薩提斯宅與倫敦上流社會的空洞無物。鐵暗示了煉治場與犯罪地下世界的真實，以及這兩個地方的艱困與不舒適。

食物的意象也穿透整部小說，而且帶有模稜兩可的意味。食物就像鐵一樣，連結著權力與暴力。馬格維奇威脅要把皮普吞吃下肚；男孩為犯人偷取的派餅，成了罪惡感與恐怖的來源；潘波趣先生講述了一個古怪的故事，故事中皮普變成了一頭豬，被人割了脖子；哈維夏姆小姐提到一群掠奪成性的親戚設宴款待她。然而食物也代表友誼與連結，如皮普慷慨地讓饑餓的馬格維奇大吃一頓。沒有任何事物比煎得嘶嘶作響的培根更令狄更斯動心的。

從我對這本書的描述，相信沒有人想得到《遠大前程》也是一部滑稽可笑的作品。加傑里是狄更斯創作的幾個最有趣的喜劇人物之一。小說經常開加傑里的玩笑，但在此同時，又把加傑里視為整部作品的道德標竿。加傑里的煉治場開在偏遠的鄉間，這也許暗示著美德只能遠離腐敗的社交圈才能獲得培育。威米克如同城堡一樣的家也是如此。小說裡還有許多幽默之處。狄更斯即使描繪令人不忍卒睹的現實，也不忘開開玩笑，或許他認為這是一種排遣悲傷的方式。在他後期的小說裡，善的描寫顯然極其缺乏；然而即使在小說描繪的冷漠世界裡難以找到善行義舉，描繪的方式本身就已透露出豐富的道德內涵。富含愛心的同情、想像的能力、慈悲的幽默與和善的精神，這些都成了小說的一部分，也顯示狄更斯的道德價值與寫作本身密不可分。

不同世界的過渡

《遠大前程》對於其所描繪的虛構世界——加傑里的世界或哈維夏姆小姐的世界——何者較為真實，顯然已有定見。與此相對，《孤雛淚》對於費根與他的兒童偷竊集團構成的罪犯次文化，以及奧利佛最終獲得解救並且被帶往生活的中產階級世界，何者較具實質，卻沒有明確的看法。費根的地下世界是否只是惡夢般的插曲，當你從富有的親戚懷中醒來，會慶幸這只是一場夢境？抑或他骯髒的巢穴，要比布朗洛（Brownlow）家的客廳更令人覺得踏實安心？費根的生活方式帶有一種無拘無束的樂趣，這是布朗洛先生的都市生活風格所缺乏的。費根也許可以算是另一種類型的假父母，他烹煮的臘腸極為平庸，但在狄更斯的眼裡卻甚合他的胃口。費根與他那些專事偷竊的徒弟們，有時會捲入強盜與暴力事件中，而無疑地，他們也免不了犯下其他的罪行；然而費根一幫人代表了另一種反常而諷刺的家庭形式（裡頭的女成員都是娼妓），與加傑里的家庭相比，他們更耽溺於飲酒取樂，而且更為粗野暴力。

事實上，《孤雛淚》表面上對這個竊盜集團抱持著否定態度，但這樣的態度似乎與作品呈現的手法格格不入。費根也許是個惡棍，但與狄更斯一樣，他也是擁有大批觀眾支持的娛樂人員。當小扒手道奇被帶到法庭時，他嘲弄說，「這裡不是主持正義的地方」，我們並不懷疑小說確實支持他的看法。但無論如何，道奇終究被判刑入獄。同樣地，布朗洛與他的家庭的關懷與同情確實出於真心誠意，反觀費根與比爾・賽克斯（Bill Sykes）則絕非如此。奧利佛與布朗洛一家生活是有未來的，在賊窩裡生活則不可能。中產階級社會不全然是膚淺的，中產階級也不總是淺薄。布朗洛家的文明價值包括了保護弱小，他們並非只在乎不能將鼻涕擤在桌布上這種小事。

我們看到皮普退燒後醒來，發現自己受到加傑里無微不至的照顧。同樣地，奧利佛大病初癒，發現自己置身於布朗洛高雅的家中，費根的魔爪完全無法碰觸到他。兩個主角都從一個世界過渡到另一個世界，他們的差別只在於方向不同。奧利佛從底層往上提升到文明社會，而皮普則是從文明社會返歸底層。這兩個人前進的方向相反，這恰恰反映了他們的選擇，也就是哪邊的生活較為真實？不過，就某個意義來說，《遠大前程》的兩個世界存在著最佳選擇。皮普不會待在煉冶場。他會繼續在上流社會生活，只是不那麼鋪張浪費。他離開煉冶場，然後回去煉冶場，最後又離開煉冶場。他不是白手起家的人物，也不是反樸歸真的角色。我們應該說，皮普是從窮人變成中產階級。

分析所及的部分

顯然，我只檢視了敘事的一小部分，還有許多地方漏未分析。所有的詮釋都是片面的與暫時的，不存在最後的定論。儘管如此，我還是必須說明我到底簡短分析了哪些部分。我讓自己抽離出敘事之流，開始觀察當中周而復始的觀念與主題。我提到了類似性、對比與連結。我試圖不以孤立的角度看待人物，而是將人物看成文學模式的一個要素，同樣地，主題、情節、意象與象徵也是文學模式的要素之一。我簡單探討語言如何營造出心情與情感氛圍。我也稍微留意敘事的形式與結構，而不只注意小說說了什麼。我思考小說對人物抱持的態度。我發現小說同時存在著不同的文學模式（寫實主義、寓言、幻想等等）。我調查小說裡不一致與模稜兩可之處。

我也對作品的道德觀點產生疑問，但讀者也許想知道的是這些道德觀點的有效性。文明的根源真是犯罪與不幸嗎？還是說，這只是個充滿偏見的觀點。這些問題都具有正當性。我們不需要為文學作品的觀點背書。我們當然可以抱怨《遠大前程》一面倒地批評中產階級社會，輕易認定法律只是虐待與壓迫，而且病態地癡迷於死亡與暴力，對加傑里放入過多同情。此外，《遠大前程》幾乎不存在任何正面的女性角色，只有畢蒂稍微獲得一點關注。

皮普與奧利佛都對自己的父母毫無印象。因此，他們都來自於一個卓越的譜系，凡是孤兒、準孤兒、被監護人、棄嬰、私生子、低能兒與沮喪的繼子女都屬於這個譜系，他們充斥在英國文學之中，從湯姆・瓊斯到哈利・波特，到處可見他們的蹤影。作家為什麼這麼喜歡以孤兒做為小說人物，有幾個原因。其中一個原因是孤兒身為被拋棄與被輕賤的人物，必須靠自己的力量在世上謀生，而這足以引發讀者的同情與肯定。我們對孤兒的孤獨與焦慮深有同感，同時也讚美他們的力爭上游。孤兒總是容易受到傷害與苛待，而這適足以象徵性地轉化成對整個社會的批評。在狄更斯晚期的小說中，我們每個人似乎都成為被社會遺棄的孤兒，社會拋棄了照顧市民的責任。社會就像假父母，社會上所有的男男女女都應該揹負起無能父親的重擔。

英國文學的孤兒傳統

此外，小說（尤其是維多利亞時代的小說）總是喜歡以白手起家的人物做為主角。這可說是美國夢的先聲。事實上，這些人物往往因為無父無母而更容易獲得成功。他們沒有阻礙他們的歷史包袱。他們沒有限制他們的複雜親屬關係，他們可以自行其是。在D・H・勞倫斯《兒子與情人》（*Sons and Lovers*）裡，保羅・莫瑞爾（Paul Morel）或多或少可說是殺死自己母親的凶手。在小說末尾，我們看到他踽踽獨行，朝著獨立自主的生活邁進。我們之前提過，寫實主義小說傾向於以某種和解收場，但典型的寫實主義小說則不同。寫實主義小說的結尾總是有人形單影隻地離去，他對一切感到幻滅，他的問題未曾獲得解決，儘管如此，他卻免除了社會或家庭的羈絆。

孤兒是出格的人物，即使有家庭願意接納他們，他們也無法完全融入家庭。他們與周遭格格不入。孤兒在家中是多餘而突兀的，他們就像鬼牌一樣只能充當惱人與冒犯的角色。然而，正因孤兒帶有混亂與崩潰的意涵，才得以推動敘事前進。孤兒因此是講述故事不可或缺的利器。如果我們是維多利亞時代的讀者，我們知道孤兒的情感最終一定能獲得修補，但我們好奇的是故事將如何展開，而孤兒又會遭遇什麼樣的艱難險阻。我們因此既不安又篤定，而正是這種曖昧令我們對這類故事愛不釋手。恐怖電影令我們毛骨悚然，但我們不會因此感到不安，因為我們知道那全是假的。

近年來，英國文學最受喜愛的孤兒是哈利‧波特。哈利小時候寄居在討人厭的德思禮（Dursley）家中，他的遭遇跟皮普的經驗，以及簡‧愛小時候在里德（Reed）家的遭遇沒什麼不同。然而，在哈利的例子裡，卻出現了佛洛伊德的家庭羅曼史症候群。哈利出身的家庭遠比德思禮家來得顯赫。事實上，在《哈利波特——神祕的魔法石》（*Harry Potter and the philosopher's stone*）中，哈利・波特首次進到霍格華茲學院（Hogwarts School）時，他發現自己已是一個名人。哈利・波特出身巫師家族，他們的地位不僅高於德思禮家族（這並不困難），也高於麻瓜（Muggles，沒有魔法能力的一般人）。他的父母不只是傑出的巫師，也受眾人尊敬。與《遠大前程》相反，這裡的幻想都是真實的。與皮普不同，哈利不需要成為特別的人，因為他**本來**就特別。事實上，有許多關於哈利是彌賽亞的傳言，這個地位恐怕不是想往高處爬的皮普所能企及的。雅各斯告訴皮普不利他日後發展的消息，反觀頭髮蓬亂、身形巨大的海格（Hagrid）則是向哈利透露他的真實身世，顯然他將有個不同於凡人的未來。哈利是個謙遜的男孩，絲毫沒有野心，與盛氣凌人的皮普相比，哈利更惹人同情。他的好運早已擺在他的面前，毋需費心就能取得。

哈利有個差勁的代理父親，那就是粗野的德思禮先生，但他也因此獲得補償，他有了一堆好代理父親，如睿智的長者鄧不利多（Dumbledore）、海格與天狼星布萊克（Sirius Black）。他與德思禮一家人同住，但那不是他真正的家。他還有個幻想的家

（霍格華茲），那是他真正的歸屬之地。哈利・波特小說因此對現實與幻想做出區別，但也讓這些區別遭受質疑。鄧不利多告訴哈利，事情在腦子裡發生，不表示在現實上不存在。幻想與日常現實匯聚在寫作之中，而寫作往往盤旋在現實主義與非現實主義之間。哈利・波特小說描繪的現實主義世界往往會發生極不可能發生的事件。讀者必須認清小說中的現實，然而才能享受現實被魔法力量改變的樂趣。由於絕大多數讀者是兒童，而兒童通常沒有地位或權威，因此當他們看到其他孩子擁有強大的力量時，無疑能產生極大的滿足。現實主義與非現實主義的交融成了哈利・波特小說的核心，即使每一頁都出現熟悉與奇異的東西突兀地結合在一起也沒關係。例如，你看見穿著藍色牛仔褲的人物施法念咒。掃帚柄降落之後，會吐出塵土與小卵石。食死人與牡丹姑婆同時並存。不真實的生物進出真實的門。哈利曾經使用魔杖把他的手帕變乾淨，他因為擦爐子而把手帕弄髒了。為什麼不乾脆用魔杖把爐子清乾淨呢？

衝突與融合

如果魔法可以解決人類所有的問題，那麼就不需要敘事了。我們知道故事要吸引人，裡面的人物必須遭遇不幸、啟示或命運的變化。在哈利・波特小說中，這種崩解不可能來自魔法世界與現實世界的衝突，因為魔法一定能輕鬆戰勝現實，如此一來就不可能出現冒險犯難的情節。所以崩解一定要來自魔法世界內部的分裂，也就是好巫師與壞巫師的鬥爭。魔法的力量如同雙面刃，可以為善，亦可以為惡。唯有從這個地方出發，情節才可能展開。然而這也意謂著善與惡並非截然二分，因為善與惡似乎來自於同一個源頭。《哈利波特——死神的聖物》（*Harry Potter and the Deathly Hallows*）中的「聖物」，其字源的意思是祝聖（consecrate），因此當它與形容詞「死神的」牢牢結合在一起的時候，令人感到些許不安。它提醒我們，「神聖的」這個詞原初的意思包括祝福與詛咒。我們看到小說把幻想與現實對立起來，但也看到小說讓這兩個領域彼此融合。同樣地，小說堅持光明與黑暗的力量（無私的哈利與邪惡的佛地魔）存在著絕對衝突，但同時也讓這個對立一直遭受質疑。

我們可以從幾個地方看出這點。首先，具有好父親形象的人物，如鄧不利多，也有可能是壞父親。與《遠大前程》的馬格維奇一樣，鄧不利多為了拯救哈利而暗自謀畫；但是，想到馬格維奇為皮普擬定的計畫，不禁讓人懷疑，鄧不利多的計畫是否完全出於善意。鄧不利多是善的一方，但卻帶有瑕疵，而這使得原本單純的善惡對立變得趨於複雜。石內卜（Snape）曖昧不明的行徑也是如此。此外，佛地魔（Voldemort）不完全是哈利的敵人。他也是哈利象徵性的父親與醜惡的他我（alter ego）。哈利與佛地魔的爭鬥讓人聯想到《星際大戰》中路克・天行者（Luke Skywalk ）與達斯・維達（Darth Vader）的衝突，而這兩個惡棍的名字開頭都是V。

的確，佛地魔並非哈利的親生父親，他們不像達斯・維達與路克一樣是真正的父子；但佛地魔最重要的部分在哈利的體內，正如我們的父母把基因留在我們體內一樣。因此，為了消滅黑魔王，哈利也必須與自己戰鬥。真正的敵人總是來自於內心。哈利一方面憎恨這名野心家，另一方面又不得不與他維持緊密關係，他的內心因此遭到撕裂。「我痛恨他可以進入我的內心，」哈利不滿地說。「但我會利用這一點。」哈利與佛地魔就某方面來說是同一個人。與許多精采絕倫的對決一樣，這兩個人是彼此的鏡中影像。但哈利利用自己也能進入這名惡棍內心的機會，削弱了對方的力量。

佛地魔呈現的父親形象是殘酷而壓迫的，相較之下，哈利的親生父母不僅給予哈利生命，也充滿感情。佛地魔的父親形象是禁制的法律或超我，對佛洛伊德來說，這股力量來自於內心，而非外在權威。佛洛伊德認為，父權形象的黑暗面連結著傷害與閹割的威脅。如果哈利額頭上的疤痕使他與佛地魔之間產生心靈感應，那麼我們的心中應該也帶著某種精神上的疤痕，使我們與類似的人產生類似的感應。佛地魔希望哈利成為自己的一部分，哈利因此必須在自己的內心進行一場光明與黑暗的鬥爭。事實上，整篇故事差一點就演變成一場悲劇。與許多救贖的人物一樣，哈利如果想挽救其他人的生命，他必須犧牲自己。哈利不死，就無法消滅佛地魔。然而孩子的故事傳統上都是喜劇，以免打發孩子上床時，孩子充滿創傷全身發抖，因此敘事用上了所有的魔法，終於讓哈利免於一死。小說的最後一句話正是所有喜劇最後說的：「一切都好。」

哈利・波特故事中的政治面向

文學批評家還能從這些故事裡找到什麼？政治面向。一名法西斯主義菁英巫師仇視其他有麻瓜血統的巫師，因此與其他較為開明的巫師展開一場戰爭。這引發了幾個重要問題。一個人如何「與眾不同」而又不感到優越？少數人與菁英要如何區分？與大多數人區別開來（如巫師與麻瓜區別開來）的同時，如何還能與大多數人維持連帶感？在這裡，關於孩子與成人的關係存在著一個難以言喻的問題，巫師與麻瓜的關係正可用來諷喻這點。孩子代表一種難題，他們類似成人，卻不是成人。就像霍格華茲的居民一樣，他們生活在自己的世界裡，但仍與成人的領域有所交集。孩子要想受到重視，不被當成「異類」，他們與成人的差異就必須獲得承認。維多利亞時代的福音派（Evangelical）就犯了這樣的錯誤，他們把自己的子女視為任性而無可救藥。這種傾向也出現在現代的恐怖片裡。孩子有一些異於常人的性格總會讓人聯想到外星人或惡靈，如「E·T·外星人」（*ET*）與「大法師」（*The Exorcist*）。我們現在說孩子讓人毛骨悚然，猶如過去說孩子有罪（sinful）一樣。佛洛伊德會為一些既陌生又熟悉的事物取個古怪名字。然而，如果看到孩子的嘔吐物五顏六色便大驚小怪是錯誤的，那麼把孩子當成小一號的成人也同樣錯得離譜，偏偏以前的人就是這麼想的。童年（childhood）這個詞是相當晚近的產物。（英國文學中真正出現兒童的概念，始於布萊克〔Blake〕與華茲華斯。）同樣地，種族之間的差異固然應該注意，但不是用來刻意強調，而忽略了種族之間的共通性其實遠超過彼此的差異性。

姓名音節數的意義

哈利・波特小說另一個值得注意的地方是主要人物姓名的音節數。在英格蘭，上層階級要比工人階級更傾向於取長音節的名字。大量的音節意謂著另一種形式的富裕。如果有人名叫 Fiona Fortescue-Arbuthnot-Smythe，那麼我們實在難以想像在利物浦的後街會有人大聲呼喊這樣的姓名，John Doyle 倒很常見。妙麗・格蘭傑（Hermione Granger）的名字在英國中上階級相當常見，她的姓原意是指大農莊（grange）。妙麗・格蘭傑這個名字在小說的三位重要人物裡是最雅緻的，總計不少於六個音節。（有些美國人把 Hermione 這個字念成三個音節。）哈利・波特（Harry Potter）是典型的中產階級主角，他的名字有四個整齊均衡的音節，既不過度也不侷促。至於工人階級出身的榮恩・衛斯理（Ron Weasley）則只有少得可憐的三個音節。他的姓讓人想起黃鼠狼（weasel）這個字，意指狡猾與欺詐。黃鼠狼並非體格龐大的野獸，因此相當適合榮恩這種來自底層的角色。

V的意涵

我們還可以舉出許多跟佛地魔（Voldemort）一樣是V開頭，而且都具有負面含意的字彙：惡棍（villain）、邪惡（vice）、禿鷹（vulture）、破壞者（vandal）、惡毒的（venomous）、邪惡的（vicious）、腐敗的（venal）、虛榮的（vain）、無味的（vapid）、謾罵的（vituperative）、空虛的（vacuous）、貪婪的（voracious）、吸血鬼（vampire）、劇毒的（virulent）、壞心眼的女人（vixen）、偷窺狂（voyeur）、嘔吐（vomit）、風險資本機家（venture capitalist）、暈眩（vertigo）、憤怒（vex）、粗俗的（vulgar）、卑鄙的（vile）、毒蛇（viper）、潑婦（virago）、暴力的（violent）、南非頑固的種族主義者（verkrampte）、報復的（vindictive）、害蟲（vermin）、復仇的（vengeful）、保安團員（vigilante）與（對熱心於傳統愛爾蘭音樂的人來說）凡・莫里森（Van Morrison）。V這個符號帶有侮辱的意味與閹割的象徵。佛地魔，法文的意思是「逃離死亡」，但也有「小田鼠」（vole）的意思，同樣是體積嬌小的生物。或許也暗示著「墓穴」與「黴菌」。

有些文學批評者認為哈利・波特小說不值一哂。在他們眼裡，哈利・波特小說還不夠格稱為文學。然而談到好的文學與壞的文學，我們倒是可以把這部作品拿出來討論一番。

---

❶譯注：兩個都是非洲的民族。

❷譯注：作者原文寫 Nicholas Nickleby，但根據以下敘述，這些人物應來自《馬丁・查卓偉》

❸譯注：'Humpty Dumpty' 是一首猜謎的童詩，原文如下：
Humpty Dumpty sat on a wall, / Humpty Dumpty had a great fall.
All the king's horses and all the king's men / Couldn't put Humpty together again.
中文為：
矮矮胖胖的傢伙坐牆上，／矮矮胖胖的傢伙摔下來。
國王的馬兒與國王的兵，／要讓矮胖子回復原狀，難上難。
謎底是雞蛋。

Chapter 5
價值

文學經典是經得起時間考驗的。隨著時間演進，它會獲得各種不同的詮釋。就像一名年邁的搖滾巨星，他會隨著觀眾的不同而做出調整。即使如此，我們也不該認為文學經典一直處於受歡迎的狀態。就像企業一樣，它們有可能關門大吉一陣子，然後又重新開張。文學作品往往隨著歷史環境的變遷，而有人氣榮枯的變化。

是什麼決定了文學作品是好，是壞，還是平庸？多少世紀以來，有許多人試圖回答這個問題。洞察的深度，與真實人生的貼近程度，形式的連貫，普世性的訴求，道德的複雜性，語言的創造性，想像的視野：這些都曾被提出來作為評估作品偉大程度的指標，更甭說還有人提出一些令人質疑的判準，例如表露出不屈不撓的民族精神，或藉由把製鋼工人描繪成史詩英雄來提升製鋼率。

對原創性的質疑

對某些批評家來說，原創性是最重要的。作品愈能打破窠臼，開展出全新的東西，就愈可能獲得較高的評價。浪漫主義詩人與哲學家抱持這種觀點。然而，只要稍微反思一下，就會對這種觀點有所質疑。東西並不是新就有價值。化學武器是晚近才有的東西，但大家並不會因為它是新東西就樂意接受它。此外，傳統也不完全是沉悶而一成不變。傳統不只是銀行經理穿上鎖子甲（chainmail），重演一次黑斯廷斯戰役（battle of Hastings）而已。傳統有令人驕傲的部分，例如英國的婦女參政權或美國的民權運動。

先人的遺產也許是回顧性的，但也有可能是革命性的。慣例也不一定是僵硬而造作的。成規本身有「集合」的意思，少了這樣的聚集，就沒有社會存在，遑論藝術作品。人們依照傳統做愛。如果人們生活的文化把灑香水與燭光晚餐當成綁票前的儀式，那麼約會時做這種事還有什麼意義。

十八世紀的作者，如波普、菲爾丁與薩謬爾・約翰生，都對原創性投以懷疑的眼光。他們認為原創性是流行的產物，甚至覺得怪異。對他們來說，新奇是古怪之物。創造性的想像，弄不好會淪為慵懶的幻想。無論如何，嚴格來說，創新是不可能的事。不可能有新的道德真理。上帝不可能如此粗心，從一開始就未曾透露獲得救贖必須的幾條簡要戒律。上帝不可能犯下如此不可原諒的疏漏，在尚未告訴古亞述人通姦有罪之前，就將他們全部送進地獄。在新古典主義者波普與約翰生的眼裡，經過多少世紀數百萬人認定為真的事物，絕對比那些新產生的觀念來得有價值。狂熱的天才也許在凌晨兩點鐘靈機一動想到些什麼，但這些點子絕對不可能勝過人類的常識。人性在哪個地方都是一樣的，這表示人性不可能像荷馬與索福克勒斯所描繪的那樣會出現真實的進展。

科學也許會發展，但藝術不會。類似要比差異更值得看重，而共同性要比個別性來得有價值。藝術的任務在於讓我們對已知的事物有更生動的認識。現在絕大多數是重新發生的過去。正因忠於過去，才使現在獲得了正當性。現在絕大多是由過去構成的，而未來只會對之前發生的一切做微小的調整。改變會引發疑慮。改變更有可能帶來墮落而非進步。當然，改變不可避免，但人類事務的多變正是人類墮落的象徵。伊甸園是不會出現任何改變的。

浪漫主義的創新精神

如果這種新古典的世界觀讓我們感到極為陌生，有部分是因為我們與那個時代中間隔著浪漫主義的緣故。對浪漫主義者來說，男人與女人都是具有創造力的靈魂，有著無窮的精力來轉變他們的世界。現實是動態的而非靜態的，改變絕大多數是值得讚頌而非令人恐懼的。人類是自身歷史的締造者，握有開創無窮進步的潛力。為了開創勇敢的新世界，人類必須擺脫限制他們的枷鎖。創造性的想像是一種願景的力量，它能依照我們最深層的渴望來重塑世界。它不僅能激勵人們寫詩，也能引發政治革命。這是一種前所未有對於個人天分的強調。人類不再被視為虛弱而有瑕疵的生物，總是容易陷入錯誤，需要強大的政府來統治。相反地，人類的根柢可以往下無限延伸。自由是人類的本質。渴望與奮鬥是人類的本性，人類的故鄉位於永恆之處。我們應該對人類的能力充滿信心。熱情與情感多半是善意的，與冷酷的理性不同，它們總是讓人類接近自然與親近彼此。應該讓人類自由地發展，除去矯揉造作的拘束。真正公正的社會，以及最好的藝術作品，應該是在人類能自由發展的狀況下產生的。最珍貴的藝術作品是那些超越傳統與慣例之作。不是盲從地模仿過去，而是創造出豐富且不平常的事物。

每個藝術作品都是充滿奇蹟的新創造，不僅呼應，而且重現了上帝創世的過程。與造物主一樣，藝術家無中生有地創造作品。而賦予藝術家靈感的，正是想像力，想像是一種可能，而非現實存在之物。它能將從未存在之物召喚到塵世之中，就像古代的船員擁有催眠般的力量，或是一塊陶片就能讓人作出哲學的陳述。然而，藝術家絕不可能與上帝並駕齊驅，因為上帝是所有創造的源頭，祂創造的事物亦非凡人所能及。詩人或許能模仿神聖的創造行為，但詩人卻有著時空的限制。無論如何，這種說法顯然與作家的實際成果有所齟齬。沒有任何藝術作品是無中生有的。柯立芝（Coleridge）並未創造出古代船員，而濟慈並未夢到希臘的陶甕。與其他藝術家一樣，浪漫主義作家也是從別人製造的素材中創造出藝術。從這一點來看，他們比較像是泥水匠而非小小的神祇。

浪漫主義的創新精神被現代主義繼承下來。現代主義藝術品面對的是一個一切標準化、刻板化與預先製造的世界，而它想迎接的是一個超越眼前這個二手而現成的文明的領域。現代主義的目標是讓我們看見一個全新的世界——打破日常的知覺，而非加強它們。透過奇異與特出的手法，現代主義試圖不讓自己淪為另一種商品。然而，如果一件藝術作品是絕對嶄新之物，那麼我們可能無法看出它是藝術品，就好像真正的外星人搞不好並不是我們所想像的那樣矮小，並擁有許多肢體，或許他們此刻就站在我們的膝上，只是他們是隱形的，所以我們看不見罷了。要讓人看出是藝術品，此作品必須與我們認定的藝術有所連結，即使這件藝術品最終的目標是要改變我們對藝術性質的看法。即使是一件革命性的藝術作品，也必須連結它所欲革命之物，才能為人們所判斷。

無論如何，即使是最創新的文學作品，也是由先前無數流傳下來的殘存文本所構成的。文學的媒介是語言，而我們使用的每個字都已經過數十億人的使用，覆蓋了一層又一層的髒汙，外表被磨損得已經看不出任何特出之處。大聲說出「我獨特而珍貴，可愛得無法形容的親愛的」，這句話恐怕早就有許多人說過。即使這句話過去從未有人說過（這種可能性不大），這句話使用的恐怕也是大家都耳熟能詳的詞語。從這個意義來看，保守的新古典主義者，如波普或約翰生，其實遠比大家想得精明多了。並沒有絕對的創新這回事，二十世紀一些前衛藝術家說的不過是一些可憐的夢話。我們很難想像有比喬伊斯的《芬尼根守靈夜》更為原創的作品。事實上，初次閱讀這部作品，我們很難看出他使用的是哪種語言，更甭說看懂他的意思。但《芬尼根守靈夜》使用的，其實是相當常用的詞語，它真正創新的地方是它結合詞語的方式。從這個意義來說，《芬尼根守靈夜》要比那些千篇一律的作品精采多了。

我的意思不是說不可能會有嶄新的作品出現。人類事務如果不存在著絕對的斷裂，那麼也不存在著絕對的連續。的確，我們總是周而復始地使用詞語與象徵。但諾姆・喬姆斯基（Noam Chomsky）也提醒我們，我們持續地創造出我們過去從未聽過或說過的句子。因此就這方面來說，浪漫主義者與現代主義者也是對的。語言是一種具有驚人創造力的作品，它是到目前為止人類所創造出來最華麗的事物，甚至超越梅爾・吉勃遜的電影。我們總是不斷地發現新的真理。這種探究真理的活動，其中一個名稱叫做科學，而科學在新古典主義時期還處於萌芽階段。但藝術既可以承襲，也可以創新。作家可以創造新的文學形式，菲爾丁認為他做的就是這方面的事，同樣地，布雷希特在劇場的表現也是如此。這些形式都有先驅者，就像其他事物在人類史上都能找到前例一樣。但這些形式確實做出新的突破。例如T．S．艾略特的《荒原》，就是文學史上少有的異數。

所擁有的皆是幻影

後現代主義的興起，使追求新奇的風潮開始退燒。後現代主義理論對原創性的評價並不高，而且把創新拋諸腦後。後現代主義擁抱的世界裡，所有的事物都是既有事物的循環、轉譯、模仿或衍生。這不是說所有的事物都是複製品。此種說法等於暗示有一件原初的物品存在於某處，而這並不是後現代主義的原意。相反地，後現代主義認為，我們擁有的是幻影，而非原初之物。一開始，就是模仿。如果我們看見與原初之物類似的東西，我們可以確定這件東西一定是複製品，是仿製之物。然而，我們毋需因此感到沮喪，因為如果沒有任何事物是真實的，那麼也就沒有任何事物是虛假的。虛假的事物因此在邏輯上不可能存在。簽名是個人獨特性的表徵，但簽名之所以為真，在於簽名看起來與同一人的其他簽名類似。為了真實起見，簽名必須複製。這種晚近出現，貼近市井而且相當憤世嫉俗的觀點，其實在過去的歷史也曾出現過；這種想法每隔一段時間就會出現，而每次出現就代表著一次創新。逐字抄寫《唐吉訶德》便代表著真正的創新。所有現象，包括所有的藝術品，都交織著其他現象，因此沒有任何事物是完全新穎的，也沒有任何事物是與過去完全相同的。我們姑且引用喬依斯的一句話，後現代主義是個「從不改變持續改變」（never changing ever changing）的文化，如同晚期的資本主義從未停止運行，但也從未改變外表到無法辨認的程度。

寫實有時比現實更真實

如果好的文學指的是打破成規的文學，那麼許多文學作品的價值將因此遭到否定，從上古時代的田園詩與中世紀的神祕劇作，到十四行詩與民謠。同樣地，如果最好的詩、劇作與小說指的是以真實與直接性的描述來取悅我們的作品，那麼恐怕只有寫實主義的文學才能算是好的文學作品。根據這個標準，從《奧德賽》與哥德式（Gothic）小說，到表現主義戲劇與科幻小說，這些作品都將被歸類為劣等作品。然而，以是否栩栩如生做為標準來衡量文學作品的價值，這實在是荒謬至極。莎士比亞的寇蒂莉亞（Cordelia）、彌爾頓的撒旦與狄更斯的費根，這些人物之所以吸引人，就是因為我們在沃爾瑪大賣場中絕對遇不到這種人。文學作品描寫得栩栩如生，其實就跟畫一根很像螺絲起子的螺絲起子一樣，並沒有太大的意義。我們看到類似的東西之所以會感到愉快，或許是因為受到神話或巫術的思維影響，因此才會對類似與符合有特別的喜好。對於浪漫主義者與現代主義者來說，藝術的意義不在於模仿，而在於轉變。

無論如何，何者能算是寫實主義，這一點仍有爭議。我們一般認為寫實主義的人物是複雜、完整而充實的，他們會隨著時間而演進，例如莎士比亞的李爾王或喬治・艾略特的瑪姬・杜莉佛（Maggie Tulliver）。不過，狄更斯的一些人物之所以寫實卻是因為他們既不複雜又不完整而充實。相反地，這些人不僅怪誕，而且活像是平面的諷刺漫畫人物。他們不具有完整的形象，只在人們心目中留下某種詭異的特徵或某個引人注目的身體樣貌。正如一名批評家所指出的，這正是我們在大道通衢或某個擁擠的街角看到的人物實相。這是典型的城市印象，我們在大街上看到的人大致如此，與鄉野綠意中看到的人全然不同。這些人物彷彿從人群中凸顯出來，使我們能快速取得鮮明的印象，而後他們又迅速地隱沒在人群之內。

在狄更斯的世界裡，這種描述有助於強化他們的神祕性。他的人物看起來相當神祕而且難以看清。他們帶有一種隱祕的氣質，彷彿他們的內在生命無法被他人看穿。或許，這些人根本沒有內在生命可言，他們有的只是一張外皮。有時候，這些人與其說是人，不如說是家具擺設。或許，他們的真實自我已經深鎖於內在，沒有任何人可以窺破。再一次的，這種刻畫人物的模式反映了城市的生活。在大城市裡，每個人都是無名之輩，獨自過著孤立的生活，每個人對其他人都不甚了解，更甭說介入他人的生活。人與人的接觸是短暫而偶然的。眼前看到的每個人似乎都各擁心事。因此，狄更斯這種描繪城市男女的方法方式，要比鉅細靡遺地呈現人物的樣貌，更能體現出寫實的精神。

也有描寫現實卻不夠寫實的文學作品。它所呈現的世界也許令人感到熟悉，卻也讓人覺得膚淺而不可信。一些黏膩的羅曼史與三流的偵探小說就是如此。還有一些描寫的非現實卻非常寫實的文學作品，這些作品投射的世界與我們身處的世界大不相同，但裡頭透顯出來的事物卻極為真實，而且反映出我們日常的生活經驗。《格列佛遊記》就是個例子。《哈姆雷特》也是一部非現實的小說，因為不可能有年輕人在責怪母親，拿劍對著未來的繼父揮舞的同時，嘴裡還能吟誦出詩文。但《哈姆雷特》依然是寫實的，因為它的文字反映出相當微妙的真實。忠實反映生活，不表示要如實地刻畫日常生活的一切，其實脫離日常生活經驗也是可以的。

重要作品的主題都是永恆而普世的嗎

重要的文學作品訴求的主題，是否都是永恆而普世的？這個問題已然爭論了數世紀之久。偉大的詩與小說往往超越它們的時代，而且對任何讀者都能產生意義。它們面對的是永恆不滅的人類存在的特徵——歡愉、苦難、悲傷、死亡與性的激情，而非局限於一地一事。這是為什麼我們還願意閱讀索福克勒斯的《安蒂岡妮》與喬叟的《坎特伯里故事集》，即使出產這些作品的文化跟我們的文化有很大的差異。從這個觀點來，我們會看到以性的歡愉為主題的偉大小說（例如普魯斯特的《追憶似水年華》〔*Remem-*

brance of Things Past〕），但或許永遠看不到以俄亥俄州下水道系統失靈為主題的偉大小說。

這種說法確實合理，但並非毫無問題。《安蒂岡妮》與《伊底帕斯王》已經存在了數千年。但我們今日讚揚《安蒂岡妮》的部分，與古希臘人讚揚的部分，是否完全相同？我們認為最重要的部分，也是他們認為最重要的部分嗎？如果不是，或者我們無法確定，那麼我們就必須有所保留，不能貿然認定這部作品歷經多少世紀依然獲得讀者的喜愛。或許，當我們發現某些作品在當時的人心目中的意義時，我們會停止給予這部作品高度的評價或不再喜歡這部作品。伊莉莎白時代與詹姆斯一世時代的讀者，從莎士比亞作品中得到的，跟我們一樣嗎？無疑地，絕大多數應該是相同的。但我們必須說，伊莉莎白時代與詹姆斯一世時代的讀者他們在閱讀莎士比亞作品時所抱持的信仰與信念，與我們有很大的差異。而文學作品的詮釋，往往在無意間會受到解讀者所屬的文化價值與文化設定的影響。我們的曾孫看待索爾・貝洛（Saul Bellow）或華萊士・史帝文斯（Wallace stevens）的方式，會跟我們一樣嗎？

作品意義隨時間而有不同的詮釋

有些批評家認為，文學經典與其說它的價值不會隨時間改變，不如說它能隨時間不同而產生新的意義。我們可以這麼說，文學經典是經得起時間考驗的。隨著時間演進，它會獲得各種不同的詮釋。就像一名年邁的搖滾巨星，他會隨著觀眾的不同而做出調整。即使如此，我們也不該認為文學經典會一直處於受歡迎的狀態。就像企業一樣，它們有可能關門大吉一陣子，然後又重新開張。文學作品往往隨著歷史環境的變遷，而有人氣榮枯的變化。十八世紀的批評家對於莎士比亞或多恩（Donne），不像我們現在這麼著迷。其中極少數人甚至不認為戲劇是文學，因此連壞文學都談不上。他們或許對於庸俗、突然得勢、文體混合難辨的小說抱持同樣保留的看法。薩謬爾．約翰生評論彌爾頓的《利西達斯》，他說，我們看到第一章的開頭，「措辭艱澀，格律不合，句數也令人不悅……這首詩找不到本質，因為它不真實；它不是藝術，因為裡面沒有新穎之物。它的形式是田園式的，隨性、庸俗而且令人作嘔。」但約翰生卻是眾所公認的傑出批評家。

歷史環境的改變會使一些文學作品乏人問津。對納粹來說，猶太人的作品就跟垃圾一樣。感性的巨幅變化，意謂著我們不再重視教化式的寫作，儘管傳道的文章曾經是一種重要文類。事實上，我們沒有理由認為——如現代讀者經常說的——那些想告訴讀者大道理的文學作品往往是冗長而厭煩的。現代人多半不喜歡「教義性質」（doctrinal）的文學，但偏偏《神曲》就屬此類。教義性質的作品不一定是教條式的作品。我們衷心相信的信仰，對某些人來說可能非常枯燥無聊。有些小說與詩在寫作時反映了當時的急迫與關切，但現在已經無法打動我們。丁尼生的《悼念詩》（*In Memoriam*）對於演化論深感憂心，但今日絕大多數人卻不會如此。有些問題已不再是問題，儘管這些問題並未獲得適當的解決。另一方面，有些作品幾乎已經遭人遺忘，卻因為歷史發展而重獲新生。第一次世界大戰使西方文明陷入危機，此時過去活躍於社會動盪時期的形上學詩人與詹姆斯一世時代的劇作家，他們的作品開始獲得大眾青睞。隨著現代女性主義的興起，以女性迫害為主題的哥德式小說也不再被當成是不正經的文學，而逐漸在文學中占有一席之地。

普世面向在不同文化會有不同的形式

以永恆的人類處境問題（如死亡、苦難或性）為主題的文學作品，不一定能獲得重要地位。有些作品在處理這些主題時，使用的手法太瑣碎。無論如何，人性的這些普世面向，會在不同文化中以不同形式呈現。在不可知論（agnostic）盛行的時代（例如我們這個時代），人們對死亡的看法與聖奧古斯丁（St Augstine）或諾里奇的茱莉安（Julian of Norwich）有很大的差別。悲傷與哀悼是所有民族共有的特徵。但文學作品也許會以特定的文化形式來表現悲傷與哀悼，而這些形式不一定能獲得所有人的共鳴。無論如何，為什麼不會有偉大的劇作或小說以俄亥俄州下水道系統的失靈為主題，儘管它幾乎不算是永恆的人類處境問題？畢竟，下水道故障引發的情緒——對人類污染的憤怒、警醒、罪惡感、悔恨與焦慮，對廢棄物的恐懼等等——這些也是許多文明所共有的。

所有偉大的文學作品都是處理普世的主題，而非地方性的主題，其中原因在於人類的情感不受特定文化的限制。當然，有些例子可以說明地方性情感的存在。現代的西方男性不像中世紀的騎士那麼看重榮譽，這是一例。現代西方男性也比較不受騎士精神的驅使。現代西方女性不覺得嫁給死去丈夫的堂兄弟有什麼不對，但在部族社會則認為這有損於道德。大多數來說，熱情與情感是跨越文化界線的。其中一個原因是，熱情與情感和人的身體有關，而身體是人類根本上共通的東西。

不過，我們關切的不只是共通性，我們也關心差異點。而差異有時在重視普世性的狀況下會遭到忽略。我們不需要閱讀旅行文學，也知道東加與美拉尼西亞的島民不會像我們一樣關注內線交易。沉迷於冰島英雄傳說的人不大可能關注歐盟的農業政策。如果我們只對反映我們自身利益的文學感興趣，那麼所有的閱讀都只是一種自我陶醉。閱讀拉伯雷（Rabelais）或亞里斯多芬（Aristophanes）的作品，某個方面來說是轉換了視角，但另一方面又像是在既有的方向上更為深入。在每個地方都只看到自己的人，是個無趣的人。

作品是特定歷史條件的產物

文學作品可以在多大程度上超越自身的歷史限制，這完全要視情況而定。舉例來說，如果文學作品是在重大的時代下寫成，當時的人正生活在動盪不安的轉折點上，那麼這樣的文學作品很可能吸引不同時空的讀者閱讀。文藝復興與浪漫主義時代就是明顯的例子。某些文學作品之所以能超越自身的歷史背景，原因就在於文學作品身處的時代性質相當特殊，再加上文學作品與那個時代的互動方式。莎士比亞、彌爾頓、布萊克與葉慈的作品深刻反映了他們身處的時空，他們的作品因此能迴盪數個世紀，甚至傳遍全球。

沒有任何文學作品是永恆的。每一部文學作品都是特定歷史條件的產物。我們說某些書是永恆的，那只是一種表達方式，用來說明這些書流傳的時間會比身分證或購物清單來得長久。然而，即使如此，也不表示這些作品會永遠流傳下去。唯有到了審判日，我們才會知道維吉爾或歌德（Goethe）是否能平安過關，或J．K．羅琳是否能險勝賽凡提斯（Cervantes）。此外，還有空間傳布的問題。如果偉大的文學作品是普世的，那麼斯湯達爾或波特萊爾（Baudelaire）的作品原則上必須引起丁卡人或達科他人的關注才行，就像他們的作品獲得西方人（或至少部分西方人）的關注一樣。當然，丁卡人有可能跟曼徹斯特人一樣欣賞珍・奧斯汀的作品。然而，如果要這麼做，那麼丁卡人必須學習英語，對西方小說形式有初步的認識，並且掌握珍・奧斯汀小說的歷史背景等等。了解一種語言，就等於了解一種生活形式。

同樣地，一名英國讀者想探索因紐特人詩歌的豐富內容，也必須下足功夫才行。在這兩個例子裡，讀者需要超越自身的文化範圍，才能領會另一個文明的藝術。要做到這點並非不可能。大家平日已經在做這件事。然而，要了解另一個文化的藝術，需要的努力遠多於了解數學家的定理。要掌握一種語言，就只能乖乖地多學一種語言。奧斯汀的小說不可能因為每個人——英國人、丁卡人與因紐特人——都同樣擁有人性，就能對其他社會產生意義。就算真的如此，其他社會的人也不會因此而喜歡上《傲慢與偏見》。

是否存在客觀的文學判斷

將某部文學作品評定為偉大之作，這麼做的意義是什麼？幾乎所有的人都認為但丁的《神曲》是一部偉大的作品，但這種判斷只是名義上的，而非實質上的。它就像認為某人具有性的吸引力，但不表示你在性的方面受他吸引。對大多數現代人來說，但丁的世界觀太過奇特，無法與他的詩相容，因而難以提供讀者足夠的娛悅與洞見。讀者也許仍會承認但丁是傑出的詩人；但他們不可能「感受」到這一點，至少不可能像他們對霍普金斯（Hopkins）或哈特・克萊恩（Hart Crane）的感受一樣。

你也可以從你認為相當平庸的作品中獲得樂趣。機場書店裡有許多情節有趣的書籍，大家閱讀這些書並不會想像自己閱讀的是偉大的藝術之作。或許，有文學教授會在半夜躲在棉被裡用手電筒照著，看寶貝熊魯珀（Rupert Bear）歷險記。喜愛某件藝術作品，不等於是讚美。你可以喜歡你不讚美的書，以及讚美你不喜歡的書。約翰生博士對《失樂園》有很高的評價，但我們可以感受到這本書他不想再讀第二遍。

樂在其中比評價來得主觀。你喜歡桃子勝過梨子，這純粹是口味問題，這比你認為杜斯妥也夫斯基的小說遠比約翰・格里遜（John Grisham）來得傑出完全是兩回事。杜斯妥也夫斯基比格里遜來得優秀，如同老虎伍茲的高爾夫球打得比女神卡卡好一樣。任何人只要了解小說或高爾夫球，幾乎都會做出相同的判斷。這裡存在著一個判準，當你喝不出某個世界級品牌的麥芽威士忌時，意謂著你不懂麥芽威士忌。也就是說，真正懂麥芽威士忌的人，當然要有能力做出這類區別。

那麼，這是否意謂著文學判斷是客觀的？這裡的意義不等同於「奧林帕斯山比伍迪・艾倫來得高」這類客觀的判斷。如果文學判斷是客觀的，那麼就不會有爭論了，你可以一直討論到深夜，確定是否伊莉莎白・畢夏普（Elizabeth Bishop）的詩比約翰・貝里曼（John Berryman）來得優秀。然而，現實並不是在客觀與主觀之間清楚劃分。意義不是主觀的，因為我不能擅自認定菸盒上的警語「吸菸有害健康」真正的意思是指「抽尼古丁有助孩子成長，所以讓你還在學步的孩子抽菸吧！」「吸菸有害健康」的意義是由社會慣例所決定。在宇宙中或許有一種語言，它可以讓一首歌使用不同的聲音，在沒有伴奏的狀況下，以精心安排的對位法來演唱。

重點是，我們在高爾夫球或小說上有決定何者優秀的標準，但在桃子與鳳梨哪個好吃方面，卻沒有這樣的標準。而且這些標準是公開的，而不只是有人私底下剛好喜歡。你必須透過人們共有的社會實踐來學習進行判斷。以文學來說，社會實踐指的就是文學批評。不過這當中仍有許多異議與批評的空間。判準可以指導人們進行價值判斷。但判準無法幫你下判斷，這就像遵守下棋規則不能幫你贏得棋局一樣。下棋不只是遵守規則，還要對這些規則做創造性的運用；而規則本身無法告訴你怎麼樣對它們做創造性的運用。這是實際操作、智能與經驗的問題。知道什麼才是卓越的小說，可以讓你決定契訶夫（Chekhov）與賈姬・考琳絲（Jackie Collins）的優劣，但無法讓你分出契訶夫與屠格涅夫（Turgenev）的高下。

不同的文化有不同的判準來決定藝術的優劣。身為一名外國旁觀者，你也許在喜馬拉雅的村子裡看見某種儀式，並且表示你覺得這個儀式是無聊還是令人振奮，是充滿精神還是僵化。你不能評論的是這個儀式執行得好不好。要判斷這一點，你必須了解與這個儀式相關的標準才行。文學作品也是一樣。卓越的標準也因為文學藝術的種類不同而有差異。好的田園詩具備的要素與好的科幻小說具備的要素是不同的。

好作品的必要條件

深刻而複雜的作品顯然有可能成為優秀的文學作品。但複雜本身並不是一種價值。事實上，複雜不一定理所當然能讓作品獲得永恆的地位。人的腿部肌肉是複雜的，但小腿肌肉受傷的話，我們卻希望受傷的狀況不要太複雜。《魔戒》（*Lord of the Rings*）的情節是複雜的，但卻無法讓那些討厭逃避現實或中世紀幻想的人喜愛托爾金（Tolkien）的作品。有些抒情詩與民謠之所以受歡迎，不是因為它們的複雜，而是因為它們簡潔而切中要害。李爾王叫著「絕不，絕不，絕不，絕不，絕不」，這並不複雜，但這種表現卻更好。

好的文學也不一定深刻。有些優秀的作品內容相當粗淺，如班・強森的喜劇，王爾德的上流社會戲劇，或伊夫林・沃的諷刺劇。（然而，我們必須提防這樣的偏見，以為喜劇總是比悲劇來得表面。有些喜劇極具洞察力，而有些悲劇則相當陳腐。喬伊斯的《尤利西斯》是個深刻的喜劇，但這不是說它極其荒謬可笑，即使它確實是如此。）表面不一定膚淺。在一些文學形式裡，複雜沒有容身之處。《失樂園》透露的心理深度或複雜度少之又少，羅伯特・伯恩斯（Robert Burns）的抒情詩亦然。布萊克的〈老虎〉（*Tyger*）深刻而複雜，但心理的刻畫並不多。

我們看到許多批評家堅稱好的藝術是前後一貫的藝術。最傑出的文學作品是最能呈現出和諧整體的作品。透過令人印象深刻的簡潔技巧，每個細節都能在整體設計中發揮一定的功能。然而，這個主張不見得完全合理，因為兒歌〈小波比〉（Little Bo Peep）

也是前後一貫，但內容卻陳腐無比。此外，許多令人印象深刻的後現代或前衛作品，缺乏中心主旨，無所不包，通常由幾個無法相容的部分拼湊而成。雜亂無章不一定比前後一貫不好。我之前說過，和諧或凝聚並非決定好作品的唯一條件。未來主義者、達達主義者與超現實主義者的偉大藝術作品，都刻意表現出刺耳的不協調。零碎片斷也能比前後統一來得具吸引力。

或許，一部文學作品之所以特出，在於它的情節與敘事。亞里斯多德確實認為一個無懈可擊而完整的情節，至少對某種文學類別（悲劇）來說是不可或缺的。然而，對於二十世紀最偉大的一齣劇作（《等待果陀》）、最好的一部小說（《尤利西斯》）與最精湛的一首詩（《荒原》）來說，這種想法不見得適用。如果堅實的情節與強有力的敘事決定了文學作品的優劣，那麼伍爾芙恐怕會在文學成就的榜單上敬陪末座。對於嚴謹厚實的情節，我們不像亞里斯多德那樣給予高度的評價。事實上，我們不再堅持情節或敘事。除非我們是小孩，否則我們對故事的迷戀絕不可能跟我們的祖先一樣。我們也發現，令人信服的藝術其實是可以透過巧妙地編織貧乏的材料而產生。

文學中的語言使用

那麼，語言的特質是什麼？是否所有偉大的文學作品都以一種豐富而創新的方式來運用語言？語言當然是文學的核心本質，它儲存了人類話語的真實與豐富性，也能恢復遭到壓抑的人性。許多文學語言充滿生生不息的特質。語言可以批判我們的日常言談。優美的詞藻可以責難文明何以將語言化約成粗鄙的工具。炫人耳目的影音片段、以口頭略語代替完整文字、商管術語、狗仔報的文章、政治黑話與官腔官調，這些都是冷血的話語形式。哈姆雷特最後說的幾句話是「請你暫且犧牲上天堂的幸福，／堅忍地在這艱苦的世間苟活，／替我傳揚我的故事……此外僅需沉默。」賈伯斯（Steve Jobs）臨終時只說了「喔，哇，喔，哇，喔，哇」。有些人可能覺得這裡減損了太多東西。文學是語言的感受經驗，不只是實際運用而已。文學可以讓我們發現平日習以為常的媒介其實擁有非常豐富的內容。詩表達的不只是體驗的意義，還有意義的體驗。

即使如此，不是每一項我們稱為文學的事物都會使用光彩絢爛的文字。有些文學作品使用的是平凡無奇的語言。許多寫實主義與自然主義小說運用樸實無華的話語。我們不會形容菲利普・拉金或威廉・卡洛斯・威廉斯（William Carlos Williams）的詩充滿了豐富的隱喻。喬治・歐威爾的小說不是特別華麗。海明威的作品也罕有光鮮亮麗的詞藻。十八世紀推崇的是清晰明確、易於使用的散文。文學作品當然要文字清楚，或者應該這麼說，所有的書寫都該是如此，包括備忘錄與菜單。你的文字不一定非得像《彩虹》（*The Rainbow*）或《羅密歐與茱莉葉》（*Romeo and Juliet*），才有資格成為知名的文學作品。

那麼，是什麼決定了作品的優劣？我們已經提到一些普遍流行的假定，但這些假定卻禁不起檢證。或許，我們應該分析一些文學作品，實際看看它們好在哪裡，這樣才能讓我們更深入地探討這個問題。

我們可以從約翰・厄普代克（John Updike）的小說《兔子安息》（*Rabbit at Rest*）的一句話開始：「豔光四射的模特兒，骨瘦如柴，她的笑靨與方下巴就像《第凡內早餐》（*Breakfast at Tiffany*）的奧黛麗•赫本一樣，只是大了一號，她步出車外，露出狡黠的笑容與戴著賽車手專用的安全帽，連同身上訂製的禮服，看起來就像閃閃發亮的綑索。」除了有個地方相當大意地出現近乎重複的狀況（豔光四射〔shimmery〕，閃閃發亮〔shimmering〕），這段文字可說極為傑出。然而，或許是過於傑出了，有人會這麼認為。它用了太多的機巧。每個字似乎都經過審慎選擇與斟酌，字與字之間切得平整密合，最後再予以磨光，留下一個平滑而充滿光澤的結尾。這裡頭沒有分毫的誤差。句子**太刻意**（voulu），太費盡心思安排與展現。弄巧成拙，完全失去了本真。文章予人過於雕琢的感受，每個字都極其講究，以排除鬆散的結尾與不規則。結果，這個作品在技藝上的表現無懈可擊，但毫無生命，讓人想到「華而不實」（slick）這個成語。這段文字想進行一點詳細的描述，但在語言的層次上卻過於飽和，過於繁雜的形容詞，與成堆的子句，使我們搞不清楚描寫的重點到底是什麼。這裡使用的語言只讓讀者注意到文字運用的靈巧。或許我們特別禁不住想讚賞的是，作者透過這麼多次要子句來推動整個陳述，這些子句就像掛簾似的垂吊在主要動詞「步出」的周圍，卻沒有一刻影響到它的平衡。

在厄普代克的小說中不乏這樣的例子。再以《兔子安息》對一名女性角色的描寫為例：

普茹的身形變得寬大，卻不帶著濃厚油膩的賓州風貌。彷彿有個看不見的鐵撬輕輕撐開她的骨頭，塞入新的鈣質，而肉則緩緩拉長與延伸的骨骼配合，現在的她，胸部更加的豐滿。她的臉原本跟茱蒂一樣窄小，此時看起來像拉平的面具。身材高䠷的她，這幾年成了堅強的妻子與主婦，她剪掉筆直的長髮，將濃密的短髮往兩邊梳理，看起來有點像斯芬克斯的髮型。

「像斯芬克斯的髮型」，這句話帶有令人愉快的想像風格。然而，還是一樣，這段話還是讓人不得不注意到，它在描繪普茹時運用的智巧。這是帶有報復意味的「傑出寫作」。「油膩的賓州風貌」這句話太讓人心領神會，而鐵撬的意象雖然鮮明，卻過於做作。事實上，「做作」（Contrived）很適合用來形容這種寫作風格，細密的描述似乎已經掩蓋了普茹原本的面目。這段文字與其說是在描述人，不如說是在描述物品。它的風格把活生生的女人凍結成靜止的生命。

與厄普代克的散文形成強烈對比的是伊夫林‧沃的短篇小說〈戰術演習〉（Tactical Exercise）：

在一如以往令人不適的火車旅程之後，他們在一個起風的四月下午抵達。一輛計程車從車站載著他們走了八英里路，穿過幽深的康瓦爾小路，經過花崗石堆砌的小屋與廢棄不用的遠古錫礦場。他們抵達村落，打聽到房子的郵遞地址，他們出了村落，小徑突然帶領他們出了高堤，來到一片開闊的放牧地，一旁是懸崖，天上的雲朵快速翻騰，海鳥在頭上盤旋，腳下的草地飄動著野花，空氣帶著鹹味，下方不斷傳來大西洋拍打岩石的巨響，更遠處靛青與雪白的浪濤輾轉向前，極目所及，是微彎而靜謐的地平線。屋子就在這裡。

這段話並非躍然紙上的描述。它不像厄爾代克那樣有意識的雕琢，但卻表現得更好。沃的散文清爽、純粹而簡潔。它謹慎而不花稍，彷彿未意識到任何技巧，就讓一個句子從「他們抵達村落」開始，一路穿過這麼多次要子句，最後來到「微彎而靜謐的地平線」，沒有造成任何負擔，也沒有任何伎倆。這種開闊的感覺——不僅句法如此，景物也是如此——襯托出簡潔的一句「屋子就在這裡」，後者說明故事在此打住，而這段旅程也到了終點。「一如以往令人不適的火車旅程」是個令人莞爾的諷刺。「遠古」也許是個過當的形容，但這句話形成的韻律平衡令人激賞。整段文字予人寧靜效率之感。風景的刻畫一氣呵成，使其栩栩如生，沒有過多的細節打斷文章的節奏。

沃的散文是誠實而直言無隱的寫實主義，與厄普代克有著明顯的不同。兩人的風格也適合與威廉・福克納（William Faulkner）的小說《押沙龍，押沙龍！》（*Absalom, Absalom!*）做比較：

他在浴袍外罩著一件大衣，鈕釦零亂地扣著，身軀巨大但看不出身形的他，就像一頭衣衫不整的熊，直盯著昆丁（南方人，他的血液容易變冷，似乎較容易受到溫度劇烈變化的影響，但或許，或許只是表面上如此）。昆丁拱著背坐在椅子上，他的手插在口袋裡，彷彿想用手臂抱著自己取暖似的，他看起來有些柔弱，甚至身影在燈光下也變得稀薄，紅潤的光澤無法讓人聯想到溫暖、舒適。在寒冷的房間裡，兩個人的呼吸化成矇矓的白霧，此時不只是他們兩人，而是四人，那兩個呼吸的人，不再是單一的個人，而是某種類似雙胞胎的東西，有著年輕的內心與鮮血。施里夫十九歲，比昆丁小幾個月，他看起來就像十九歲；他是那種你永遠搞不清楚他幾歲的人，因為他看起來就是那樣，所以你告訴自己，他或她不可能是那樣，因為他或她不可能不利用自己的外表占便宜：所以你絕不能隱約地相信他或她宣稱的或極力同意的年齡，就連別人說他或她幾歲，你也不能相信。

這種散文深受美國一些創意寫作課程青睞，它具有一種可以讓人依樣學樣的自發性。儘管這篇文章不經意地符合了秩序與慣例，但它就像佩脫拉克（Petrarchen）十四行詩一樣帶有斧鑿之痕。在努力看起來自然的背後，存在著造作與矯飾。看似單純天真，實際上卻是自我中心。至於確實表現得相當拙劣的地方（「此時不只是他們兩人」），卻被掩飾成現實經驗中的挫折而草草帶過。最後幾句錯綜複雜的話語，流露出炫學的智巧。這幾句話並非特別圓滑，亦非拙於言詞。它們犧牲了高雅、韻律與簡潔，反而用一件件的爛東西來取代（曾經有人說歷史也是如此）。這幾句話太饒舌。面對這樣的作者，要讓他閉嘴是很難的。而且話說回來，什麼叫看起來就像十九歲？

兼見文學性與有效性的寫作風格

寫作的風格其實可以兼具「文學性」與有效性，納博科夫（Vladimir Nabokov）的《羅莉塔》（*Lolita*）的某個段落——主角的車子被私家偵探尾隨——充分顯示了這一點：

跟在我後面的駕駛，他的肩膀墊得高高的，留著狡滑的鬍子，看起來像是展示的假人。他的敞篷車亦步亦趨，彷彿跟我的破車之間有一條看不見的絲線連著。我們的車子性能遠不及他那部光鮮美麗剛烤過漆的好車，所以我完全沒有甩掉他的意思。喔，輕輕地跑吧，惡夢（nightmares，或可譯為夜馬）！我們爬上一條長長的斜坡，然後再度下坡。我們留意速限，當心動作緩慢的兒童，跟著道路黃色標線上出現的黑色彎線轉彎以

> 留下胎印，而無論我們怎麼開與開去哪裡，兩部車之間的空間總是維持不變，像經過計算似的，我們就像道路上的兩條魔毯，奇蹟地保持一定距離。

乍看之下，讀者會認為這與厄普代克的文字相去不遠。它有類似的文學自我意識，也對細節過度講究。與厄普代克一樣，納博科夫寫作的時候也對他的散文的聲音模式特別在意。兩人的差異在於納博科夫的文字有一種嬉戲感，彷彿文字本身也自覺到自己的矯揉造作。讀者可以隱約感覺到敘事者亨伯特・亨伯特（Humbert Humbert）在嘲弄自己。亨伯特・亨伯特這個荒謬的名字本身就是個笑話。最不正經的是他們居然「跟著道路黃色標線上出現的黑色彎線轉彎」，而他們的胎印遠比那些彎線粗得多。此外還有一些微妙的文字遊戲，如亨伯特很有創意地把奧維德（Ovid）的 noctis equi（夜馬）誤譯成 nightmares（惡夢）。

這段文字還存在著喜劇性的不一致，一方面它描述的是美國高速公路上日常的駕駛行為，但另一方面在描述這些平凡無奇的行為時，作者卻用了一些文謅謅的說法，如「一條看不見的絲線」（invisible rope of silent silk）、「光鮮美麗剛烤過漆的好車」

（splendid, lacquered machine）。這是個難得一見的寫作風格，意思是說它裝出一副高雅的樣子或過度雕琢；不過，這段文字卻躲過了這樣的指控，部分是因為它確實有趣，部分則是因為它的自我察覺帶有諷刺性，而還有部分是因為敘事者以相當慘烈的方式來補償他所造成的糟糕處境，亦即，他開車載著一名少女，並且把她當成自己中年性慾的對象，事實上，他綁架了她。高速公路上「空間總是維持不變……我們（counter-part）就像道路（viatic）上的兩條魔毯（carpet），奇蹟地保持一定距離」（「viatic」是拉丁文，指「road」）。有人指出「counter-part」的c與p呼應著「carpet」這個字。這種相當費神的、帶點娘娘腔的文學語言確實是亨伯特・亨伯特的風格，他是該書具有文化涵養的老派敘事者。這凸顯出亨伯特對美國日常文化地貌的諷刺，他在美國的高速公路上奔馳，旁邊帶著羅莉塔，也就是他的性慾對象。亨伯特充分認識到自己是個可悲、可恥、離譜的人物，身為高尚的歐洲學者，他居然只能流連於漢堡連鎖店與廉價的汽車旅館。而他與環境的緊張關係也反映在散文風格上。

儘管他是高尚的，亨伯特最終還是槍殺了奎爾提（Quilty），也就是他的情敵，然後自殺。這個場景實在太令人震驚了，值得長篇引出：

我的下一顆子彈打中他體側某個地方，他從椅子站了起來，身子愈抬愈高，彷彿白髮蒼蒼又老又瘋的尼金斯基（Nijinski），又像老忠實間歇泉（Old Faithful）或我過去做過的惡夢。他伸展到不可思議的高度，也許是我眼花——他做出撕扯空氣的手勢——身體依然扭動著，應和著活潑的黑人音樂——他嚎叫，頭往後一仰，手緊按著額頭，另一隻手直掏腋窩，彷彿被黃蜂螫了似的。他踉蹌倒下，但隨即爬起，倉皇跑進大廳……

他的神情突然變得十分嚴肅，但又帶點悲哀，他開始走上寬闊的階梯，我稍微移動位置，並未真的跟著走上樓梯，我接連開了三到四槍，每次槍響都打中了他；我每次對他開槍，對他做了恐怖的事，他的臉便痙攣一下，做出愚蠢的小丑表情，彷彿他故意誇大痛苦；他的動作慢了下來，半閉著眼，眼珠子不住地轉動，發出女人般「啊！」的叫聲。每一次子彈打中他，他就顫抖一下，好像我在搔他癢一樣。每一次我這些緩慢、笨拙、盲目的子彈打中他，他會氣若游絲地說著，繼續裝著他那一口假英國腔——他不斷痙攣、顫抖、發出不自然的笑聲，但在此同時卻又耐人尋味地用一種事不關己乃至溫和的態度說道：「啊，疼啊，先生，夠了！啊，痛死我了，親愛的老兄。在此懇求，高抬貴手。啊，真疼啊，真的好疼啊……」

這段文字與OK牧場槍戰不盡相同。相反地，它是英國文學史上最特異古怪的謀殺敘述。它如此怪誕的地方在於，遭受槍擊的受害者一直在意著微不足道的事物，造成一種極大的落差感。彷彿奎爾提是對著觀眾表演，而非身處於小說之中。即使他的血已經滴到樓梯上，他還是堅持他的英國腔調。正如納博科夫在先前引用的段落採取了嘲諷的手法，使他的寫作風格與他的描寫內容形成了極大的反差，奎爾提在這裡也是一樣，他堅持堆起笑容，使用老掉牙的禮貌詞彙（在此懇求，高抬貴手〔I pray you, desist〕），即使敘事者的子彈已經射到他。在這兩個例子裡，現實與呈現現實的方式出現不一致。

在這段文字裡，敘事者的風格與這起流血事件以及受害者本人完全脫鉤。最驚人的對比在於，一方面，憤怒與絕望驅使敘事者殺人，但另方面，敘事者卻使用正式而抽象的語言（不可思議的高度〔to a phenomenal altitude〕）來描述這起事件。即使當他一槍接一槍地射中對手時，他還聯想到文化方面的事，他想到知名的俄國舞者（「彷彿白髮蒼蒼又老又瘋的尼金斯基〔Like old, grey, mad Nijinski〕）。奎爾提在子彈的衝擊下往後拋，但這幅景象被巧妙地轉變成芭蕾舞優雅的一躍，原本髒污的殺戮，成了最高級的藝術。那句美麗的、喜劇的、輕描淡寫的說法，「帶點悲哀」（somewhat morose），彷彿奎爾提挨了幾槍之後的反應是嘴裡說了幾句失望的話。「好像我在搔他癢」（As if I were tickling him）是另一句輕描淡寫。或許整段文字最引人注目的部分，是作者本身的母語並非英語。

維持了詩意與口語形式的散文

納博科夫的寫作完全是「文學性的」，沒有雜亂或擁擠得令人不安的描述。美國作家卡蘿・希爾斯（Carol Shields）也寫出具有相同「文學氣息」的散文，只是風格上稍微壓抑一點。以下舉她的小說《愛情共和國》（*The Republic of Love*）的段落為例，書中的女主角菲伊・麥克勞德（Fay McLeod）是一名研究美人魚的女性主義學者：

幾年前，一個名叫莫里斯・克羅格（Morris Kroger）的男子送了一尊因紐特雕刻給菲伊，這是個美人魚像，身形略胖，模樣討喜，她側躺著，靠著粗壯的手肘支撐。雕像本身是磨光的灰色滑石，發育不良的尾巴往上纏繞，無禮地輕彈著……

美人魚的尾巴有各種形態。有些尾巴從腰部以上開始算起，有些則從臀部延伸，還有一些則是從腿變化，因此有兩條尾鰭。尾巴是銀色的，上面有鱗片，帶有渦形花紋，看起來就像水波狀的橘皮組織。美人魚的尾巴可能很尋常，可能非常長而且纏結，讓人聯想到龍或蛇的尾巴，或如同扭曲得極為驚人的陰莖。這些尾巴很結實，充滿肌肉，無法穿透，可以給予整個身體極大的推力。美人魚的身體堅硬，但有彈性，而且不可摧毀，反觀人體則是像蛋白霜脆餅一樣容易碎掉。

這是相當傑出的文學技巧，而且並未展現出過度的自我意識。它努力表現出詩意，也維持了口語形式。在意象的表現上無懈可擊，而語調則是極為從容而低調。「尾巴是銀色的，上面有鱗片，帶有渦形花紋，看起來就像水波狀的橘皮組織」（They're silvery with scales or dimpled with what looks like a watery form of cellulite），這句話的想像意味濃厚，特別是「渦形花紋」以及極具創意的橘皮組織所帶來的圖像感。美人魚可能有橘皮組織，這種打趣的說法拉近了我們與這些神祕生物的距離。「身形略胖，模樣討喜」（Fattish and cheerful）也是一句不太客套的話。然而，我們可以想像橘皮組織這種話題經常可以在日常對話中聽到，不過應該更常出現在老人公共休息室，而非保齡球館。

「發育不良的尾巴往上纏繞，無禮地輕彈著」（Its rather stunted tail curls upward in an insolent flick）是個美麗而簡潔的句子，每個字都不可或缺。「無禮」尤其讓人驚喜。或許美人魚舉起尾巴就像人類比中指一樣。或者，尾巴之所以無禮是因為它若無其事地違背了我們的期待，我們以為它應該更飽滿而且更長。把美人魚的尾巴比擬成扭曲得極為驚人的陰莖，似乎對小說本身的描述極不尊重，因為它居然用男性的部位來形容女性的身體。「結實」（Packed），「充滿肌肉」（muscular），「堅硬」（hard）與「極大的推力」（Powerful thruse）都是如此，但「無法穿透」（impenetrable）才是最令人驚訝的。我們的面前出現了矛盾，一個不可穿透的穿透器官。美人魚是女性，擁有類似陰莖的尾巴，但因為她們的尾巴就像穿透的器官，因此她們本身在性上面是不可穿透的。小說接著又提到美人魚是無性的，「沒有用來進出的女性通道」（there being no feminine passage designed for ingress and egress，這種臨床語言顯示菲依寫的是有關美人魚的學術論文。我們可以理解這類書面敘述，但通常在口語上不會這麼說）。由於美人魚擁有「堅硬，有彈性，而且不可摧毀」（hard, rubbery, and indestructible）的身體，因此她們顯現出強壯女性的形象。有人也許認為，美人魚與一些激進女性主義者的不同之處在於，前者無法被插入，後者則不願被插入。然而女性是人，人體「像蛋白霜脆餅一樣容易碎掉」（as easily shattered as meringues），因此女性雖然強而有力，但也很柔弱。蛋白霜脆餅的意象是另一個生動的想像。身體，與蛋白霜脆餅一樣，甜但也易碎。它們可能在你手上碎裂。人類是珍貴的，卻跟一些廉價的東西一樣，容易破碎。菲伊自己就是如此，她活力充沛，但也易受傷害。

接下來讓我們從散文轉向詩。以下是阿爾傑農・斯溫本（Algernon Charles Swinburne）《卡里頓的艾塔蘭塔》（*Atalanta in Calydon*）的一首韻文：

豐沛的溪流供養著盛開的花朵，
成熟的青草糾纏著旅人的雙足，
蒼白的新芽泛起了鮮艷的色彩
從葉子到花朵，從花朵到果實；
果實與葉子金黃而火紅；
牧歌的悠揚蓋過了豎琴，
薩提爾的蹄後跟
在栗樹根壓碎了栗子殼。

The full streams feed on flower of rushes,
Ripe grasses trammel a travelling foot,
The faint fresh flame of the young year flushes
From leaf to flower and flower to fruit;
And fruit and leaf are as gold and fire,

And the oat is heard above the lyre,
And the hoofed heel of a satyr crushes
The chestnut-husk at the chestnut-root.

這首詩有一種令人屏息的美，但這是一種朦朧之美。詩句的字裡行間充分表現了視覺的模糊。一切都太甜蜜、太抒情與太膩煩。沒有任何事物被具體呈現，因為一切都無怨無悔地以音韻之美做為優先考量。這首詩充斥著重複與頭韻，其中最荒謬的一句就是「蒼白的新芽泛起了鮮艷的色彩」。每一句話都有意識地表現出「詩意」。「成熟的青草糾纏著旅人的雙足」，其實只是用很炫的方式說明走路時你的腳被草絆了一下。詩的語調太亢奮，但詩的語言卻很單調。詩句看似閃耀光亮，實際上卻脆弱易碎。讓人覺得，只要從現實吹來一陣微風，就足以讓這首文學創作跌落塵世。

儘管充滿熱情，但斯溫本的語言還是過於抽象。他使用一般性的名詞，如「葉子」、「花朵」、「果實」與「火」。沒有任何事物受到仔細觀察。與此對比的是艾咪・洛爾（Amy Lowell）的詩〈指向南方的風向標〉（The Weather-Cock Points South）：

白色的花朵，
像蠟，像翡翠，像晶瑩剔透的瑪瑙；
花朵的表面如冰，
陰影微微泛著深紅。
在哪兒的花園能看到如此花朵？
群星簇擁穿過紫丁香葉
為了看妳。
殘月映照，閃閃發出銀光。

White flower,
Flower of wax, of jade, of unstreaked agate;
Flower with surfaces of ice,
With shadows faintly crimson.

Where in all the garden is there such a flower?
The stars crowd through the lilac leaves
To look at you.
The low moon brightens you with silver.

在這裡，詩人的眼睛一直看著花朵。詩句迴盪著驚異與讚賞，但為了精確陳述，因此壓抑了情感。這首詩稍微容許一點天馬行空的想像，如「群星簇擁穿過紫丁香葉／為了看妳」，但除此之外，所有的想像都必須屈從於現實之下。「殘月映照，閃閃發出銀光」，聽起來彷彿月亮向花朵致敬，但就算這是一種想像，它也符合現實。斯溫本的詩充滿催眠般的重複頭韻，使用過多的音節串連起所有的詞語，反觀洛威爾詩作的韻律秩序井然而有節制。她的語言自制而簡潔。雖然洛威爾因花朵的美麗而深受感動，但她仍維持自身的冷靜。斯溫本的詩句一路走來忙亂而跌跌撞撞，洛爾則是字斟句酌，努力維持均衡。

最糟的詩人會有翻身的一天嗎

我們將再舉一位詩人為例，做為本章的結尾，他有著無庸置疑的地位。事實上，全世界對於他的作品價值幾乎擁有相同的共識。因此，我們懷疑世人對他的記憶可能永遠不會有消褪的一天。他有許多作品被收入選集，他的永恆地位就如同蘭波（Rimbaud）或普希金（Pushkin）一樣穩固，而他的名聲也不像其他作家一樣經歷多次的浮沉。我說的是十九世紀蘇格蘭詩人威廉・麥克戈納格爾（William McGonagall），一般公認他是人類史上最糟糕的作家之一。以下節錄自他的詩作〈銀色泰河的鐵路橋〉（Railway Bridge of the Silver Tay）：

銀色泰河的美麗新鐵橋，
你堅固的橋墩與拱壁如此壯麗；
你的十三根大樑，在我眼裡，
安穩得足以抵禦任何強風的吹襲。

當我凝視你，內心充滿喜悅，
因為你是當今最大的鐵橋；
數英里外就能看見你的身影，
從泰河的東、南、西、北……

銀色泰河的美麗新鐵橋，
鐵道旁美麗的屏障；
起風的日子裡足以提供保護，
鐵路的車廂因此免被吹落……

Beautiful new railway bridge of the silvery Tay,
With your strong brick piers and buttresses in so grand array;
And your thirteen central girders, which seem to my eye,
Strong enough all windy storms to defy.

And as I gaze at thee my heart feels gay,
Because thou art the greatest railway bridge of the present day;
And can be seen from miles away,
From north, south, east, or west of the Tay . . .
Beautiful new railway bridge of the silvery Tay,
With your beautiful side screens along your railway;
Which would be a great protection on a windy day,
So as the railway carriages won't be blown away . . .

世間平庸的詩人不少，但罕有人能與麥克戈納格爾驚人的成就並駕齊驅。要糟到令人難忘可不是一般人可以做到的。他持之以恆，總是維持最低劣的水準。事實上，他的確有資格說自己每一句詩都做到無趣而乏味。想問這樣的人知不知道自己的作品很糟糕，等於是白費工夫。就像電視上的才藝表演，一些能力不足的表演者通常不可能會察覺到自己的表演很糟，而這正是他糟糕的原因之一。

然而，有個問題依然陰魂不散。想像有某個社群，或許是在遙遠的未來，到那個時候他們仍使用英語，但他們對英語的共鳴與使用的慣例，也許因某次重大的歷史轉變，而與今日的英國人有很大的差異。或許有些話，如「數英里外就能看見」，聽起來不會令人覺得難以置信；有些韻腳如「Tay」、「railway」、「day」與「away」也許聽起來不會讓人覺得煩膩；而「你堅固的橋墩與拱壁如此壯麗」，現在我們也許覺得過於平鋪直敘而且韻律笨拙，但未來的人也許覺得特別有魅力。如果薩謬爾‧約翰生可以對莎士比亞最具創意的描繪作出批評，那麼誰能斷定麥克戈納格爾，不會在未來成為眾人眼中的大詩人呢？

國家圖書館出版品預行編目（CIP）資料

如何閱讀文學／泰瑞・伊格頓（Terry Eagleton）著；黃煜文譯. -- 初版. -- 臺北市：商周，城邦文化出版：家庭傳媒城邦分公司發行, 2014.01
面；　公分.
譯自：How to read literature

ISBN 978-986-272-514-6（平裝）

1. 文學哲學　2. 文學評論

810.1　　102026189

如何閱讀文學

原著書名　／How to read literature
作　　者　／泰瑞・伊格頓（Terry Eagleton）
譯　　者　／黃煜文
責任編輯　／夏君佩

版　　權　／林心紅
行銷業務　／李衍逸、吳維中
總 編 輯　／楊如玉
總 經 理　／彭之琬
事業群總經理　／黃淑貞
法律顧問　／元禾法律事務所　王子文律師
出　　版　／商周出版
城邦文化事業股份有限公司
臺北市中山區民生東路二段141號4樓
電話：(02) 2500-7008　傳眞：(02) 2500-7759
E-mail：bwp.service@cite.com.tw
發　　行　／英屬蓋曼群島商家庭傳媒股份有限公司城邦分公司
台北市中山區民生東路二段141號2樓
書虫客服服務專線：02-25007718・02-25007719
24小時傳眞服務：02-25001990・02-25001991
服務時間：週一至週五上午09:30-12:00；下午13:30-17:00
劃撥帳號：19863813　戶名：書虫股份有限公司
讀者服務信箱E-mail：service@readingclub.com.tw
歡迎光臨城邦讀書花園　網址：www.cite.com.tw
香港發行所　／城邦（香港）出版集團有限公司
香港灣仔駱克道193號東超商業中心1樓
E-mail：hkcite@biznetvigator.com
電話：(852) 25086231　傳眞：(852) 25789337
馬新發行所　／城邦（馬新）出版集團　Cité (M) Sdn. Bhd.
41, Jalan Radin Anum, Bandar Baru Sri Petaling,
57000 Kuala Lumpur, Malaysia.
電話：(603) 90578822　傳眞：(603)90576622

封面設計　／黃暐鵬
排　　版　／菩薩蠻數位文化有限公司
印　　刷　／韋懋實業有限公司
經 銷 商　／聯合發行股份有限公司
新北市231新店區寶橋路235巷6弄6號2樓
電話：(02) 2917-8022　傳眞：(02)2911-0053

■2014年1月22日初版
■2022年3月11日初版7.3刷

Printed in Taiwan

定價／320元

城邦讀書花園
www.cite.com.tw

978-986-276-514-6

商周出版

廣　告　回　函	
北區郵政管理登記證	
台北廣字第000791號	
郵資已付，免貼郵票	

104台北市民生東路二段141號2樓

英屬蓋曼群島商家庭傳媒股份有限公司

城邦分公司

請沿虛線對摺，謝謝！

商周出版

書號：BK7054	書名：如何閱讀文學	編碼：

請於此處用膠水黏貼

讀者回函卡

感謝您購買我們出版的書籍！請費心填寫此回函卡，我們將不定期寄上城邦集團最新的出版訊息。

姓名：＿＿＿＿＿＿＿＿＿＿＿＿＿＿ 性別：□男 □女

生日：西元＿＿＿＿＿年＿＿＿＿＿月＿＿＿＿＿日

地址：＿＿＿＿＿＿＿＿＿＿＿＿＿＿＿＿＿＿＿＿

聯絡電話：＿＿＿＿＿＿＿＿＿＿ 傳真：＿＿＿＿＿＿＿＿＿＿

E-mail ：

學歷：□ 1. 小學 □ 2. 國中 □ 3. 高中 □ 4. 大學 □ 5. 研究所以上

職業：□ 1. 學生 □ 2. 軍公教 □ 3. 服務 □ 4. 金融 □ 5. 製造 □ 6. 資訊
□ 7. 傳播 □ 8. 自由業 □ 9. 農漁牧 □ 10. 家管 □ 11. 退休
□ 12. 其他＿＿＿＿＿＿＿＿＿＿＿＿＿＿＿＿

您從何種方式得知本書消息？

□ 1. 書店 □ 2. 網路 □ 3. 報紙 □ 4. 雜誌 □ 5. 廣播 □ 6. 電視
□ 7. 親友推薦 □ 8. 其他＿＿＿＿＿＿＿＿＿＿＿＿

您通常以何種方式購書？

□ 1. 書店 □ 2. 網路 □ 3. 傳真訂購 □ 4. 郵局劃撥 □ 5. 其他＿＿＿

您喜歡閱讀那些類別的書籍？

□ 1. 財經商業 □ 2. 自然科學 □ 3. 歷史 □ 4. 法律 □ 5. 文學
□ 6. 休閒旅遊 □ 7. 小說 □ 8. 人物傳記 □ 9. 生活、勵志 □ 10. 其他

對我們的建議：＿＿＿＿＿＿＿＿＿＿＿＿＿＿＿＿＿＿＿＿
＿＿＿＿＿＿＿＿＿＿＿＿＿＿＿＿＿＿＿＿
＿＿＿＿＿＿＿＿＿＿＿＿＿＿＿＿＿＿＿＿

請於此處用膠水黏貼